宋朝很生气 Ⅲ
千年虫局

韩小博 著

中国国际广播出版社

目录

第一章 东京大火 / 1

为君难,为守成之君更难……赵恒身处京城之巅,对呼啸的大风尤其感受强烈。

第二章 御驾亲征 / 21

大宋国库一分为三,国库去年亏空一千三百万贯,已空;宫中的右藏库来自国库盈余,国库亏空,右藏库自然也是空;唯一富余的左藏库昨夜被大火烧个底儿掉,还是空。

第三章 剑阁天险 / 45

世上竟然有这样的关隘!

剑门关坐落在不知什么魔鬼造出来的剑门山中,这剑门山形如一把砍刀,而且是一把打磨精细的砍刀,山壁整齐如镜,且草木不生,高大而突兀地横在面前。

第四章 刀山上行 / 67

　　马冲深吸了一口气,此时他身悬半空,下面是悬崖,上面是绝壁,正所谓"绝境"是也。唯一的出路就是上面那些或一拳大或脸盆大的石坑了!

第五章 蜀中迷局 / 87

　　面对这些杀气腾腾的下属,杨延昭脸色古井不波,气度如常。他甚至还有闲心想起张适提起的叛乱之情形,与现在何其相像。如果那时有位军政高官站出来,诚心安抚,晓之以理,也许就没有眼下这场蜀乱了。

第六章 仇者快矣 / 117

　　毁掉一座城,只需一场大火,塑造一座城,却需百年火候……我杨延昭绝不做这等一将功成万骨枯之事!

第七章 惊天逆转 / 141

　　高琼哈哈大笑道:"既然当了兵,这条命就是陛下的,不归我做主!你这小娃娃想要的话,拿十条命来换就是,讲什么劳什子的投降,老子最烦听到这俩字!"

第八章 罪有应得 / 161

　　高琼放声大笑道:"我高琼的脑袋值万贯,胳膊怎么也值五百贯。能伤了老夫算你本事,如果我此战不死,会把钱送到你家的!"

第九章 黄河别跑 / 183

昨天有人听说黄河发生了罕见的春汛,且是紧挨着朝中老臣接连病逝、上元节大火和川峡二路叛乱等人祸,便断言这是大宋天子不仁,始有人祸。现在上天也终于看不过去了,所以降下天灾,用滔滔黄河之水来行克火之事了!

第十章 鏖战大名 / 205

"据我所知,同样是万金之躯的萧太后就在城外,且披甲执锐于阵前。难道皇兄会怕她一个女人?"柴映雪不顾臣子之仪,目光直视着赵恒。

第十一章 攻克成都 / 225

杨延昭让随从取出一份圣旨,空白的,但已盖上了玉玺。然后他要来笔墨,抛弃了华而不实的骈文体,用再直白不过的语言写下了一道给张咏的简短任命书。

第十二章 局中之局 / 249

曾几何时,柴家高贵为君,赵家屈膝为臣。虽然今日时移世易,但柴映雪骨子里的皇家血脉至今仍在沸腾。

第十三章 百年细作 / 273

老夫与黄河为友半生,早已心意相通,多少年来一直为我所用。今日老夫就要执河为剑,斩尽这些胆敢自命不凡想要驯服黄河的蚍蜉!

第一章
东京大火

为君难,为守成之君更难……赵恒身处京城之巅,对呼啸的大风尤其感受强烈。

公元1000年来临的时候，欧洲人吃光了家中的余粮，拖家带口来到教堂，在惊恐和绝望中等待世界末日的来临。结果苦熬了一夜后，发现原来是虚惊一场。但在地球另一端的大宋王朝，宋真宗赵恒正经历着实实在在的世界末日。

首先是在年前，即将跨越古稀的枢密使曹彬病逝。作为开国元勋，曹彬平定了后蜀、南唐、北汉，攻下了大宋的半壁江山。作为护国功臣，他两次领兵北伐辽国，震慑北境。他被称为大宋军界的胆，所以他的离去使得大宋失去了一根定海神针。

紧接着在正月初一，大宋文臣界的定海神针——前宰相吕端突然病重，陷入了深度昏迷。太医院用尽了集体智慧，也没能挽留住他的生命。

如此一来，大宋的军界和政界接连失去了定盘的星，从皇帝到百官，心情无不七上八下起来。

然而赵恒还没从悲痛中回过神来，正坐镇北方前线、抵御辽国十万大军的老将呼延赞突然旧伤复发，卧床不起。

呼延赞是三朝老将，曾在全家脸上刺下"一片丹心灭契丹"的誓言，连女儿、儿媳都没落下，是出了名的抗辽先锋。这次萧太后趁冬季大宋的水长城结冰，携名将耶律斜轸一起入侵，一路势不可挡。赵恒在痛失曹彬的情况下，只得派遣绰号"小尉迟"的呼延赞前去抵挡。

"小尉迟"就是门神尉迟恭再版，赵恒原本希望呼延赞给大宋的新年站波岗，没想到后者刚上路，北方就突发大面积降温。呼延赞护国心切，不顾严寒快马加鞭赶到定州，结果导致高粱河大战时的三处箭伤复发，高烧不止，全军顿时群龙无首。

赵恒听说后，立即派遣太医院的五位名医带上宫中珍藏的名贵药材，连夜赶赴定州为呼延赞诊治。

然而太医们再次拼尽全力，也没能留住呼延赞，眼睁睁看着这尊门神出师未捷身先死。朝中的御史们听闻后，结合太医院年前年后的败绩，纷纷抨击"百无一用是太医"。民间的传言更玄乎，因为太医给大臣看病俗称"奉旨宣医"，所以都相信这是"天子不仁，宣医纳病"。

后来流言越来越广，以至于几位退休老干部不堪严寒生病，眼看达到了"奉旨宣医"的条件，竟纷纷上书婉拒赵恒的好意。倒是致仕多年的老宰相、太子少保辛仲甫不惧流言，伤寒期间主动请求宣医，结果他吃了太医开的药不过五天，也步呼延赞等人的后尘——过世了。于是流言经过正月这个特殊月份的恶化，升级为"宣医纳病，赐药纳命"，人们开始怀疑今年十有八九要天降大难。

为了安定人心，赵恒一面让大理寺卿向敏中提前结束假期，进驻太医院彻查，一面在紫宸殿召见以东府中书省、西府枢密院为首的中枢高层，连夜小范围内商量对策。

因为吕端、呼延赞等重臣刚刚过世，赵恒连过年应景的赭红色龙袍都没穿，而是身着一袭素色的便服坐于御座上。御阶下的十来位重臣亦是一脸凝重，完全没有过年的喜悦。

本来此次朝会该由首相李沆主持，但他不知什么缘故迟迟未到，赵恒只得亲开金口，向众臣问计。话音刚落，现场顿时陷入了沉寂——好端端的春节过成了伤感的清明节，任谁也是头一遭。

大殿里唯一出声的只有次相李至，不过常年患病的他发出的不是真知灼见，而是时断时续的咳嗽声。一些在场的大臣因为悲观情绪使然，甚至怀疑他会不会是下一个倒下的国之柱石。

沉寂了好一阵子后，喜欢背地里打小报告的三司使王钦若一改性子，挺着脖子上肥嘟嘟的瘤子打起了头阵："启禀官家，新年纳吉是人之常情。只要天降祥瑞，而且是大大的祥瑞，一定可以一扫流言，还官家以威福，还天下以太平！"

"真是个好主意，"开封府尹寇准声音怪怪道，"祥瑞又不是鸡雏，说有就有！"

寇准一张口，朝堂必定吵——赵恒不禁蹙了蹙眉。

果然，王钦若也提高了嗓门："当然可以说有就有，只要官家愿意。"

"你这是在怂恿官家造假，欺瞒天下吗？"

赵恒见王钦若要吃亏，急忙出声："王爱卿想为国分忧朕是知道的，但我大宋以诚立国，这样似乎不妥。"

"前朝李唐大和九年，唐文宗为铲除阉党，曾假造甘露于石榴树，对外宣称是天降祥瑞。"王钦若顿了顿，"只要于国有利，于民有益，历朝历代都会用些非常手段。"

没错，现在正是非常时期！赵恒点了点头，"王爱卿可有具体的想法？"

"启奏官家，微臣建议用天书……"

"天书？！"不仅是赵恒，在场的大臣都有些蒙。

"对，官家是天子，上天庇佑我大宋最好的明示就是降下天书，晓谕大宋江山永固于天下万民。"王钦若声音无比洪亮。

为了证明天书不是凭空想出来的，他还列举了汉武帝牛腹得天书的先例，说得赵恒不觉脸泛红潮。

"旁门左道而已，"寇准突然打断了他，"百姓的信心从来都是真刀真枪打出来的，计相大人不想对策击退辽国，却指望装神弄鬼愚弄百姓，你可真是国之栋梁！"

王钦若亦不示弱："今日之流言归根结底是百姓怀疑天不佑宋，恐降大难，以天书辟谣可谓对症下药，有何不可？"

赵恒见二人争执不下，转而向老师，也就是次相李至询问意见。

李至好不容易止住剧烈的咳嗽，拼尽全力说出一段囫囵话："如今我大宋如同急症在身，既要去痛，也要治本。王大人之计可以缓一时之痛，不妨一试，但当务之急还是赶紧任命一位能征善战的大将，打赢耶律斜轸这根辽国的定海神针，我们就有了自己的新定海神针。"

话音刚落，一阵咳嗽声就呼啸而至，李至整个人像筛子一样颤抖起来。

老成持国之言呀，赵恒耐着性子等老师的咳嗽缓下来，才问可有合适之人推荐？

李至没有正面回答，目光转向了寇准，"平仲（寇准字）以前出使辽国时，曾与耶律斜轸有过一番文斗，是我等中最为知敌的，还是他来推荐比较中肯。"

寇准也不推辞，推荐了曾一起战斗过的原任易州节度使，现任高阳关都部署康保裔。赵恒对康保裔在易州大撤退中的表现很是满意，当即照准。然后命王钦若全权处理天书事宜，明天一早必须拿出方案。

"启奏官家，微臣已有办法。"

王钦若今天似乎要反常到底，一改以往有话要赵恒屏退他人的路子，当场抛出了自己的妙计："陛下可宣称为求国家安泰，百官安康，万民安居，要斋戒三日。三日之中，陛下可称夜夜梦到天神为陛下诚心感动，要降福于我大宋。这期间，臣会安排人将准备好的天书暗藏于开宝寺塔，待斋戒结束，再让天书现身。如此一来，百官和万民一定会笃信是陛下的诚心感动上天，所以上天才会赐福我大宋！"

赵恒一听龙颜大悦，定国（王钦若字）真是忠君体国呀！而且这开宝寺塔是先皇下令建造，供奉阿育王舍利之用。塔高三百六十尺，建成至今仍是京城最高的建筑，天书降在这里天经地义。

更巧妙的是，明天开始斋戒，三日之后就是上元节。按照惯例，正是番邦来朝之日，届时朕正好可以挟天书之威震慑四方，进而传到萧太后耳中，让这个女人知难而退。

"准奏，明天朕就斋戒，为国祈福！"

分配好任务，赵恒正要宣布散会，首相李沆突然到了。李沆不仅与李至同岁，而且从前就是同行——曾是赵恒做太子时的老师。一向守时的他今天姗姗来迟，莫不是也生病了？赵恒看着消瘦的老师不禁忧心地想。

李沆没等赵恒开口，也不问御前会议的结果，直接提出了要求："请陛下屏退众人，臣有要事上奏！"

"众卿都退下吧。"赵恒不假思索道。

牛气什么？迟早你的位置是我的！王钦若一脸恭敬地行了君臣大礼，随着众人退出了大殿。

偌大的紫宸殿顿时空落了下来，只剩下赵恒和李沆师生二人，这使得前者得以放下皇帝的威严，来到御阶前与李沆对视而坐。

"恩师有何机要之事？"赵恒这个时候分外敏感。

李沆呷了一口热乎乎的茶水，缓缓道："臣刚去过吕相爷府上……"

两天前不是刚随朕去吕相爷的灵前浇奠过吗？赵恒不解。

"先皇在驾崩前，曾秘密交给吕相爷一封密信。"李沆说着，从怀里掏出一封绣龙黄布包着的信笺。

第一章　东京大火

赵恒急忙起身接过，打开一看，只见上面写着四个大字——慎火停水。

要防火防涝吗？他正思索中，冷不防看到了信的落款——臣希夷上。

希夷先生，不就是陈抟老祖吗？赵恒不觉脊背发凉。

陈抟老祖可是个了不得的人物，生于唐朝晚期，历经五代乱世，终于大宋初年，终年百一十八岁！

长寿倒在其次，更让人仰视的是他的通天之能。据说他预测之事，每每必中，以至于现今的算命先生都拿本托名他老人家所写的《麻衣相法》，大行招摇撞骗之能事。

赵恒听伯父——太祖爷提过，当年他还是郭威帐下的一名小兵时，曾找陈抟老祖切磋过棋艺。结果老祖看出他有帝王之相，就要他立下字据，如果输了棋，就要将华山赐给老祖修道。伯父当时想反正华山不是我的，立了字据又如何？谁知日后伯父陈桥兵变，真的得了江山，只得兑现当年立下的字据。

更有甚者，宫中传言当年父皇立太子时，也是老祖偷偷看过自己的面相后力主的……

看着学生一脸的惊愕，李沆娓娓道："这是端拱元年，希夷先生临终前写给先皇的，说是到庚金、子鼠相交之年，如有大难，再由当世之天子打开。"

赵恒一惊，今年正好是庚子年！

"恩师怎么看这四个字？"

李沆这才询问起了御前会议的结论，听完捋了捋胡须，"'停水'嘛，我大宋的水患只在黄河与淮河，其中黄河尤甚，几乎每隔两年就有一次水患，今年是该修缮一下沿岸大坝，预防一下了。至于这'慎火'，上元节也叫灯节，届时汴梁的大街小巷必是灯火通明，还有宫中的焰火助兴……依臣看，这天书之事还是作罢吧。"

赵恒心有不甘道："开宝寺塔供有阿育王舍利，有佛祖庇佑，应该无妨吧？"

"陛下难道忘了这开宝寺塔的来历？"

赵恒一愣，猛然想起开宝寺塔不仅是汴梁城的至高建筑，还是一座镇塔！

当初父皇弃选西京洛阳，最终将都城确定在东京汴梁时，曾有大臣表示反对，因为这里常年遭受黄河水患。汴梁的前身——魏国的大梁城、唐朝的汴州城就因水患而毁，至今深埋于城基之下，使得汴梁成了"城摞城"。父皇经过一番考虑后，决定在城中修建一座镇塔，并供奉阿育王舍利加持，以此镇水平波。

为此，父皇请来了闻名天下的建筑大师兼风水大家喻浩，由他来主持修塔。孰料塔成之日，百姓发现这座塔竟然有些歪斜，斜向西北方。父皇正要兴师问罪，喻浩却说阿育王曾托梦与他，告诫大宋的威胁除了水患，还有西边的党项和北方的辽国。所以塔身在他的舍利指引下偏向西北，以告诫大宋天子外患未除。

不过大宋的天子不必担心，汴梁城四面没有高山阻隔，所以常年西北风不断。等西北风将塔身吹正之时，就是外患消除之日，届时大宋将迎来万世不拔之盛世。

"陛下应该清楚，"李沆提醒道，"不论喻浩的话是真是假，但先皇认可过，恰巧黄河这么多年也未曾威胁京师，使得开宝寺塔已经成为百姓心中的大宋护国镇物，所以还请陛下慎之又慎。"

赵恒终于动摇了，如果开宝寺塔再有闪失，加上之前四位大臣的骤然离世，民心必然大乱呀。

"恩师提醒的是，是朕心急了。"赵恒起身朝李沆深鞠一躬。

李沆赶紧起身还礼。师生二人又深谈了一会儿，赵恒才让自己的亲信、殿前司都点检王继忠护送恩师回府。

孰料第二天早晨，宫中突然传出明旨：陛下为求国家安泰，百官安康，万民安居，即日起到开宝寺沐浴焚香，斋戒三日。

李沆派人进宫打探得知，原来昨夜王钦若等自己走后去而复返，向赵恒进言：既然开宝寺塔已是百姓心中的护国神塔，如果在此降下天书，更显上天庇佑之真。

为了坚定赵恒的决心，他甚至想好了一个新年号——大中祥符，意即天降我中原祥瑞，必将昌盛于今。

"这个赵恒呀，还真是像他爹说的，毫无恒心……"李沆无奈地摇了摇头。

* * *

在接下来的三天里，开宝寺成了禁地，赵恒在寺中诚心斋戒，抄写佛经，敬神礼佛。同时二十万禁军在王继忠的指挥下，对汴梁城各处进行了严格的火灾隐患大排查。开封府尹寇准作为京城的长官，一是禁止上元节期间民间燃放焰火，改由官府统一燃放，二是对放灯的地点严格限制，尤其是开宝寺周围。

另一方面，王钦若从翰林院秘密找来一位书法高手，令其用先秦时期的鸟篆文书写所谓的"天书"。然后装在一个精致的夜光石匣里，偷偷摸摸放进开宝寺塔的顶层。

虽说办事的这几人都是出了名的能吏，又贴心贴己，但斋戒中的赵恒还是隐隐有些不安，因为这几天一直大风不止，而且是罕见的西南风，连御街的彩灯都被刮掉一片。所以他戒肉戒酒不戒政，要三人每天都来汇报一次准备工作。

如此终于到了上元节，当晚赵恒有些忐忑地登上开宝寺塔，最后一遍检查了下王钦若的准备工作，这才长出了一口气，得以有心情俯视一眼窗外的夜景。

虽然今夜的风还是很大，但丝毫没有阻碍百姓过节的热情。按照往年的惯例，此时最繁华的御街、马行街、赵十万街两旁已经扎满了挂灯的棚楼"山棚"，里面挂满了字灯、水灯、凤灯、诗牌绢灯、玻璃灯、日月灯等各色彩灯，直把汴梁城装点得繁花似锦，也把百姓的欢喜照得灿烂无比。

"真希望朕的江山如同这夜景一般，永远繁华下去……"

继位三年以来，赵恒可谓兢兢业业。每天三更天起床，五更天准时赶到前殿早朝，挨个儿听取中书省、枢密院、三司、开封府、台谏等各大要害部门的汇报。能当场决断的，立即批复，不能决断的召集有司官员一边吃廊下食（工作早餐），一边商讨对策。

处理完头等要事，赵恒的整个上午就贡献给了各种大事、琐事，坐在紫宸殿里批阅奏章。

用完午膳，自觉才智不如父皇、伯父的他就钻到了书堆里，从《左传》《吕氏春秋》中汲取先贤们的真知灼见。

好不容易到了晚上，他又安排李沆、鲁道宗等当世大儒给自己上课，学习汉武帝、唐太宗等明君们的治国方略。这样直到子时，他才能回到后宫，享受片刻的安宁。

他这样拼命，无非是想以勤补拙，不辜负父皇换掉大哥、二哥，最终将江山托付给自己的一片苦心。但即便如此，有辽国的萧太后、党项的李继迁这两个强敌的存在，他的这三年一刻都未消停过。就在前年，辽军还曾长驱直入，打到了黄河北岸，差点儿逼得他迁都南方。

为君难，为守成之君更难……赵恒身处京城之巅，对呼啸的大风尤其感受强烈。

这时，一位内侍匆匆上来禀告：宰相李沆已经率领东西二府、六部、三司的高官以及番邦使臣，从东华门出发，两刻钟内就可赶到开宝寺，按照事先商量好的来恭迎陛下出关。

到时万民、番邦使节的焦点都在开宝寺时，塔顶大钟突响，夜光石匣光芒大盛，天书就可"降世赐福"了……赵恒仿佛看到了万民山呼万岁，人人脸上挂着"天神眷顾"般欣喜的景象。

两刻钟一晃而过，李沆等人在王继忠率领的禁军护卫下，取道赵十万街，浩浩荡荡来到了内城东北角的开宝寺。百姓听说万岁爷今晚要出关，也纷纷提前赶到寺门前的赵十万街两旁，期望能瞻仰一眼龙颜。

百官按次列班完毕，以中书省宰执李沆、李至、吕蒙正为首，齐刷刷地跪在正门前山呼万岁。居于寺内后殿的赵恒不禁龙颜大悦——群臣的呼声在强劲的大风加持下，愈发地震耳欲聋。

已换上绣着十二章纹冕服的他在内侍、金甲禁军的簇拥下，缓步走出后殿，经由大雄宝殿，走向寺门。

眼看还有十来步就要来到门洞，西南方突然传来一阵急促的马蹄声。赵恒凭耳力判断，来者的方向是南边的赵十万街。

这个时候，谁这么大的胆子敢来搅局？赵恒不禁攥紧了拳头。

马蹄声还未停下，就听有人高呼："不好了，广陵王府着火了……"

八弟的家着火了？！赵恒心中大呼不妙。

此刻他最担心的不是八弟赵元俨，而是皇宫和枢密院！因为广陵王府紧挨皇宫的东华门和北面的枢密院，稍有不慎……赵恒在瑟瑟的西北风中竟然额头冒汗！

他正要加快步伐，就从门洞中看到大臣队列最前排的李沆突然起身，让众人散开，使得报信之人得以冲到近前。

来人金盔金甲，护心镜上印着"天武"二字，显然是禁军四大王牌之一的天武军士卒。

天武军把守的正是东华门！难道……赵恒再也无法矜持了，不顾宽大的冕服和头顶沉重的冕旒束缚，快步冲出寺门。

"火势现在如何？"赵恒大声道。

赵恒光急着问话，没有来得及喊"平身"，所以天武军士卒只能双膝保持跪地，回首朝东华门的方向一指——火势过大，小的来时已烧到了东华门！

赵恒向东华门方向一瞧，虽然此刻满城的彩灯很是耀眼，但仔细分辨下，还是能看到东华门一带有一处光亮过于耀眼，盖过了周围的灯光。

如果所料不差，怕是东华门的城楼已被殃及……

赵恒刚刚做出推断，一阵急促的马蹄声又是呼啸而至。来人是一名开封府军的虞候，还没下马就高呼："报——"

"陛下面前大呼小叫成何体统，速速下马来报！"李沆罕见地一声厉喝。

来人赶紧在御前十来米处勒住缰绳，刚要大喊，李沆又是一声训斥，要他过来近前汇报"前线军情"。

被连续呵斥了两次，这个虞候终于醒悟了过来，小步冲到赵恒近前，低声道:"启禀陛下,大火已殃及枢密院……"

赵恒只觉得有些头大,枢密院执掌天下兵马,是军机重地,这火也太会找地儿了吧?

一旁的李沆忽然扑通跪倒在地:"臣恭贺陛下边关告捷!"

李至、吕蒙正先是一愣,但很快明白过来,也赶紧随首相大人跪伏在冰冷的地上。有了东府三巨头带领,文武百官不管明白的还是糊涂的,都扑通跪倒在地,齐声山呼万岁。

山呼声刚落,跪在李沆后排的王钦若扯着嗓子又高呼道:"陛下不辞辛劳,为国为民斋戒,一定是您的诚意感动了上天。有陛下这等贤主,实乃大宋之幸,万民之福呀!"

于是在他的带头下,百官不得不再次山呼万岁。

受到官员们的感染,围观的百姓们也呼啦一下跪伏在地,向大宋英明贤能的当家人赵恒感恩。吐蕃、大理等番邦使节也纷纷行礼,向大宋皇帝致敬。

赵恒还没回过神来,又是李沆奏请:"请陛下速速回宫,与臣等拟定犒饷,颁赏边疆有功将士!"

跪在李沆后排的王钦若不干了,"天书"还没降世呢,急着回宫干吗?

他急忙直起上身:"启奏陛下……"

李沆却不容置疑地予以打断:"臣请陛下即刻回宫!"

赵恒有些犹豫,虽然现在宫中、枢密院失火,但他深知开封府在府尹寇准的治理下,已经建立了完整的防火体系——街巷每隔三百步就有一座军巡铺屋,街坊交汇之处建有高大的望火楼,这些地方都配有人数不等的铺兵、士兵,以及水桶、铁猫儿、绳索等一应俱全的防火工具。即便遇到重大火情,这几千人的防火大军也足够应付了。

"臣恭请陛下回宫!"李沆这次的口气有些严厉,很像当年教导还是太子的赵恒。

还没等赵恒答应,李沆已示意王继忠拉来皇辇,将他护送回皇宫。而李沆却和寇准等一干大员留下来,没有离去,仿佛要指挥抵御什么重大险情一样。

就这样,赵恒被王继忠急匆匆护送回去。结果他颠簸了一路,从皇辇中走出来却发现眼前的所在不是皇宫,而是城南的别苑南御园。他正要责问王继忠,就觉得脸上发烫,抬头一看,只见东北方不知何时矗立起一个数百尺高的"火把",将汴梁城的夜空映得无比滚烫。

赵恒差点儿就瘫坐地上,那"火把"不是别的地方,正是京城的地标开宝寺塔!这意味着他刚刚离开的开宝寺已是一片火海!

而就在他的正北方——皇宫中也是浓烟滚滚,隔着几条街都能听到鼎沸的叫喊声。显然源于广陵王府的火势已经将大内、马行街、赵十万街、开宝寺连成了一片火海!如此一来,现在所处的南御园反倒是最安全的。

老师就是老师,怪不得还没过世就被世人尊称为"圣相"。他一定是一早预料到火势会很快蔓延至开宝寺,所以将朕送到南御园……不好,开宝寺附近还有成千上万的百姓!

"陛下请放心,李相爷和寇大人留下来,就是疏散百姓的。"王继忠回禀道,"臣已留下天武、捧日诸军的得力干将交由二位大人差遣。"

赵恒叹了口气,"怎么会是这样,会是这样……"

他只想给百姓给吃一颗定心丸,让大家安安心心过个好年。为了不劳民伤财,他连从正月十三就开始的上元灯会都放弃了观赏,一个人跑到寺里诚心吃素戒色,没想到换来的竟是这个结果。

看到赵恒痛苦的神情，王继忠扑通跪倒在地："陛下，是微臣失职，没有做好火患排查，请陛下重重责罚！"

"你是什么人朕还不清楚吗？"赵恒示意他平身，"朕在这里很安全，你速速带领这里的殿前司诸将士赶去增援，务必尽快控制住火情！"

王继忠有些迟疑，南御园虽说也是皇家禁地，但充其量只是一座别墅，守卫不过三五百人。现在城里乱糟糟的，自己把殿前司的人都带走了，万一有个闪失……

"愣着干什么？快去！"赵恒喊了出来。

王继忠不敢再有迟疑，翻身上马，领着殿前司各部马军、步军匆匆离去。

* * *

在强劲的西北风推波助澜下，此时汴梁内城包括皇宫、马行街、赵十万街、开宝寺等在内的整个东北片区已是一片滚烫的火海。尤其处于火势中心的马行街、赵十万街等处，原本就是繁华的步行街，分布密度极高的商铺、妓院、酒肆多以木结构为主，加上贯穿街头街尾的山棚又是竹竿、油布搭建，一有火情，立刻成"火烧连营"之势。天公不作美的是，今夜的西南风尤其猛烈，以至于马行街一处着火的山棚都被吹上了天，飘到了与赵十万街相连的一条巷子，把巷子里的山棚也点着了。

更让李沆等人头疼的是，他们疏散人群的方向是从北向南，而内城北部一向比南部繁华，造成百姓的观灯路线是从南至北的。所以疏散方向与人流方向相逆，无疑减缓了灭火效率。

情急之下，寇准大胆建议开放皇宫北门玄武门，让人群从皇宫借道西华门，转移到没有火情的城西去。

"好大的胆子!"坚持留下的李至强忍咳嗽,"让庶民擅闯皇宫大内,成何体统?"

"体统重要还是人命重要?"寇准反问,"皇宫地处汴梁中央,正好将着火区与未着火区隔开,百姓走这里是最快的逃命路线!"

"你——"

"平仲说得对,"李沆以首相之尊拍板,"百姓走皇宫,正好为救火的铺兵和禁军让开大道,就这么定了,出了事老夫顶着。"

见老伙计李沆下了决心,李至也不再坚持,反而主动请命去疏散百姓,毕竟皇宫的大门只有东府宰相才叫得开。

在他的指挥下,百姓安全通过皇宫,转移到了城西。天武军、铺兵等灭火大军也得以顺利赶赴各处火点,开展灭火工作。

但这时另一个难题出现了,人有了,灭火工具也带来了,但水不够!现在着火的范围占了内城的五分之一,需要的水量大得惊人!

眼看火势要蔓延到外城,寇准再次抛出一个大胆的"妙计"——不如从金水河就近取水!

李沆身后的吕蒙正厉声大喝:"大胆!金水河乃是皇宫的御河,岂能任你取水?"

他的潜台词是皇宫的风水讲究"背山面水",而金水河就是皇宫的风水河,老赵家的生气水脉。你这么干和挖祖坟、破风水是一个性质!

"我同意!"李沆果断道,"金水河从皇宫东北流出,正好贯穿整个火场,我把殿前三衙的人都拨给你,速速去办!"

还是老同年有魄力!寇准立即调集人马,一拨派进宫中的金水河段,一拨派往宫外的金水河段,按照街区、宫区分成二十个小队同时取水,分段

第一章 东京大火

灭火。

李沆则指挥开封府的官吏、杂役和府兵从旁协助。如此几人忙活了一夜，终于在第二天的辰时将火势控制了下来。

巳时，赵恒在殿前司的护送下回到了宫中，先是看到了几乎见底的金水河，然后又见到后妃们居住的东六宫化为灰烬，最后见到了最伤心的一幕——被焚毁的左藏库。

左藏库是从伯父赵匡胤建国起就有的小金库，三十多年来积攒的金银、字画、瓷器和丝帛不计其数。父皇第一次进库房时，还说啥时候能花完呢，这下倒好，两代所积，一朝殆尽！

去年全国赤字高达一千三百万贯，他原本还想着从自己的左藏库中拿出一笔钱，来支付北方战事所需的粮草。现在可如何是好……

他正满心不快，一个内侍忽然来报：枢密使王继英有紧急军情来报！

"宣。"

很快，比李沆还年长一岁的王继英一路小跑就赶到了御前。与棱角分明的寇准、忧国忧民的李沆不同，王继英的相貌显得平淡无奇，但他一开口就十分惊人。

"启禀陛下，辽军前日突袭高阳关……"

"高阳关失守了？"赵恒急切道。

高阳关是北方三大军区之一，位置险要，一旦丢失，北方战区的总指挥部定州必然不保！

"没有，高阳关守住了。"

"这就好。"赵恒刚要松口气。

"但康保裔战死了！"

赵恒差点儿没晕过去，康保裔是高阳关、镇州、定州三路都部署，刚一上任就壮烈殉国，这打击的不只是北方战区的士气，还有整个大宋的士气。

现在军中缺将，国库缺钱，这可如何是好？

赵恒还没调整好心跳，一个内侍又匆匆来报："天书"出岔子了！

原来昨晚开宝寺塔那么大火，居然没把藏在上面的夜光石匣烧掉。寺里的僧人在清理现场时，无意中发现了石匣。出于好奇，不知内情的他们打开后，从里面竟然发现了一块陨石，上书十六个大字：赵氏受命，终于德昌。岁在庚子，女主代之。

德昌是赵恒的小名，意思不言而喻，自己要成为大宋的亡国之君。而辽国的萧太后对内称"朕"，正是女主无疑！

这怎么可能？！朕明明检查过石匣，里面是一块缣绢，上书：赵氏命，兴于宋，付与恒，居其器。守于正，世七百，九九定。

赵恒百思不得其解，只得在未被火势侵扰的大庆殿召开御前会议。原本他把参会范围限定在东西二府、三司、开封府这几个要害部门，没想到负责监察百官的御史台老大赵昌言不请自来，还没等李沆宣布会议开始，就抢先发言，一口气弹劾了王钦若、寇准、王继忠三人。

弹劾寇准、王继忠，是因为二人事前防火工作做得不到位，酿成大祸。弹劾王钦若一是因为他既是始作俑者，怂恿官家造假在前；更是居心叵测者，弄出一份预言大宋亡国的"天书"，惑乱人心。所以赵昌言要求以玩忽职守罪罢免寇、王二人，以谋反罪诛杀王钦若。

赵恒一听犯了难，王继忠是自己的发小，寇准对自己册立为太子有恩，王钦若从自己还是太子时就是知冷知热的贴心人，动哪个都让他于心不忍。最后还是李沆代表东府给出了处理意见：在查明起火原因前，尚不能确定寇、王二人之责,所以先免职留用;王钦若却有偷换天书、妖言惑众的嫌疑,当即免职,交由大理寺收监审讯。

赵恒只得充耳不闻王钦若的喊冤声,全部照准,然后赶紧打发走了赵昌言,把会议拽回正题。

"诸位爱卿……"赵恒刚要开口,却发现眼前千头万绪,不知道该从哪件事开始。

关键时刻,还是李沆救了场:"如今这局面,一是要稳定人心,二是要稳定军心,三是要查清起火原因。"

他接着分析道,稳定人心靠装神弄鬼是不行了,只能靠战场上实实在在的胜利来证明那块陨石上是彻头彻尾的谎言。稳定军心,一是要重新任命统帅,二是要按时发饷。至于查清起火原因,则是要顺藤摸瓜,搞清背后策划这起大阴谋的主使。

"三件事中,这件事是最重要的!"李沆脸色凝重道,"这段时间先有几位重臣的离奇过世,又有流言与之遥相呼应。到了昨晚,更是一场异常巧合的大火将这些流言坐实,如果最终查明是人为纵火,那么这一连串事件就形成了一个完整的大阴谋!"

赵恒一听不禁脊背发冷,如果真是个大阴谋,那么主使之人不仅有通天之能,操控得了朕的太医院,甚至是朕的亲信王钦若;更有控局之力,在京城掀起一场冲天大火……

"查,一定要速查!"赵恒想了想,"寇爱卿,这件事就交给你来办,限期五日!"

寇准立即跪地领旨,因为这次调查对象涉及皇帝的亲弟弟,所以他又请求赐予生杀予夺的便宜之权。

"准奏！"赵恒出乎意料的果断。

接下来是稳定军心，首先要任命个新统帅。王继英提议三大军区中硕果仅存的高阳关都部署范廷召接任，吕蒙正则力主枢密院二把手王显。二人正相持不下，寇准突然提出了一个新人选——杨延昭。

顿时，大殿里安静下来。众人纷纷用同情的眼神看向寇准——你可真是哪壶不开提哪壶！

第二章

御驾亲征

大宋国库一分为三，国库去年亏空一千三百万贯，已空；宫中的右藏库来自国库盈余，国库亏空，右藏库自然也是空；唯一富余的左藏库昨夜被大火烧个底儿掉，还是空。

寇准似乎视力突然退化，完全无视赵恒逐渐加深的脸色，滔滔不绝道："先皇驾崩之时，萧太后举兵将陛下包围在瀛洲，是他用妙计将您安全送回京城继位。两年前货币之战时，又是他孤守被十几万辽军包围的遂城，最终以少胜多挽救了大宋。此等力挽狂澜之才，举国之内无人可出其右……"

"恐怕目无军纪法度也是无出其右！"

呛声寇准的是一个小眉小眼的中年人，尤其那双眼睛白多黑少，瞳孔小得如同针尖。他正是王钦若的副手——三司副使林特。

"寇大人难道忘了，两年前货币之战刚刚结束，他没向陛下请旨，也没有上报枢密院，就擅自就撇下遂城的大军，独自北上辽国！"

"我大宋以孝道为先，杨延昭去辽境的古北口祭奠其父杨业，有何不可？"

林特冷笑一声，"他是一人去的，谁知道他是祭奠杨老令公，还是密会辽国的什么人。不然，他怎么能安全地去，又安全地回？"

寇准顿时火了，手中的笏板像大片刀一样指向林特的面门，"你血口喷人……"

"这里是朝堂，不是闹市！"李沆高声道，"杨延昭是忠是奸，陛下心中自有圣断。"

赵恒一听，心里一时五味杂陈。杨延昭，或者说整个杨家的忠心他从来都不怀疑，但大宋最忌讳武将擅作主张，擅自行动，更何况是擅入敌国。要不是念在杨延昭的过往功劳，恐怕他现在早就被流放岭南，而不是顶着勾当左厢店宅务公事的头衔在大名府收房租。

杨延昭……还是先坐坐冷板凳，什么时候向朕主动认了错再说。

"恩师还没推荐一人，不知可有其他人选？"赵恒问计李沆。

李沆与李至、吕蒙正交换了下眼神，缓缓道："臣心中却有一人，他声望盖过曹彬、呼延赞，广受军中爱戴，而且年纪不过而立，正当壮年。"

我大宋还有这么一位牛人？赵恒盘点了半天，也没有一员大将对上号。

"此人是谁？"

李沆眼中炯炯生辉："正是陛下您！"

赵恒像是被晴天的雷突然劈中一般，脑中嗡嗡的，好半天才回问："恩师何出此言？朕对用兵之事可谓一窍不通。"

"陛下多虑了，为将者谋略在其次，威信第一。威信足，则士气足，士气足，则胜算足！试问举国之内，还有谁的威信盖过陛下？"

李至和吕蒙正也帮腔分析，北线战区连失两位统帅，士气低落，陛下御驾亲征，将给边关将士送去最大的士气鼓舞。随后王继英代表枢密院也表示赞同。

一看东西二府意见空前一致，赵恒也不好再推辞，当即指示王继英调度京中兵马，王继忠为先锋大将，王显为副帅，三日后启程。

"此次朕出征，兵马不能少于二十万！"赵恒特别强调。

王继英立即应诺："微臣遵旨。"

二十万人应该够安全了吧？赵恒努力宽慰自己。

统帅有了，粮饷怎么办？赵恒将目光投向了林特。林特别提多郁闷了，这原本应该是三司使王钦若发愁的事，现在他下了天牢，烂摊子全得自己这个副使来扛了。

没办法，他只好分析了如今的国库形势：大宋国库一分为三，国库去年亏空一千三百万贯，已空；宫中的右藏库来自国库盈余，国库亏空，右藏库自然也是空；唯一富余的左藏库昨夜被大火烧个底儿掉，还是空。

寇准不满道："你的意思是让陛下空着手去前线？"

"这个……"林特急得满头大汗，"其实还有一个办法……"

"讲！"赵恒催促。

"可以把川峡二路厢军的俸禄挪用一下，先应应急。至于他们的俸禄，可在新的赋税加征上来再行补发。"

川峡二路就是西川路、峡路，二者合起来就是蜀中。这里刚刚发生过民乱，所以驻军比其他各地要多得多。

"不可！"李沆表示反对，"你忘了川峡二路三年前发生过士兵刘旰掀起的兵乱？那里的军风一向彪悍，稍有不满就会生出事端。"

赵恒也有些犹豫，就问林特："就没有更好的办法了？"

林特的脑袋像拨浪鼓一样摇了起来。

寇准坚决反对，士兵只是人多，但平均下来俸禄并不高。反倒是在高薪养廉的制度下，官吏的人数虽少，但俸禄之和却大大超过军饷。所以他建议宁肯停发官员的俸禄，也不能停掉川峡二路厢军的军饷。

林特则谏言厢军空有一身蛮力，成不了气候，刘旰之乱很快平定就是力证。而官吏是代陛下牧守天下的栋梁，所谓君臣一体，陛下切不可寒了天下百官的心。

赵恒不如伯父、父皇两位开国之君强势，加之对自己不太自信，一向对百官比较依赖。所以林特的话击中了他的软肋。

"林爱卿之言也有些道理。"

看到皇帝松口，林特适时抛出准备好的后招："陛下如果觉得延发俸禄不妥，可用当地的蜀锦代替。"

对，还有蜀锦！赵恒的眉头立即舒展了些许。所谓锦衣玉食，这"锦"

第二章　御驾亲征

正是蜀锦，朕的后宫佳丽对蜀锦尚且爱不释手，用来替发俸禄应该可以。

他当即拍板照准，同时预征三个月的盐、铁、酒税，以备不时之需。

三日后，王继英将二十万禁军集结完毕，赵恒在城中大行检阅之后，领兵浩浩荡荡出发。临行前，他安排四弟雍王赵元份为名义上的东京留守，实则由李沆、吕蒙正、王继英共同辅政，裁决军国大事。

但就在此前一天，次相李至因为整夜指挥疏散百姓，本就虚弱的身体突发急症，陷入了昏迷。为此，赵恒不得不临时提拔吏部侍郎毕士安权参知政事，作为李至的替补。

宋朝的官、职是分开的，官代表了俸禄的高低，职才代表了具体的职权。所以毕士安如今是拿着吏部侍郎的工资，享受副宰相——参知政事的权力。至于"权"，则是赵恒为了安定人心，表明毕士安只是临时的，等李至病好了，这位置还是后者的。

但百姓们却不这么想，有吕端、辛仲甫两位宰相做先例，他们更相信这是大宋气数已尽的征兆。

赵恒对百姓的情绪心知肚明，为此他弃用皇辇，换骑了一匹高头大白马，在王继忠的牵引下，从陈桥门而出。

四十年前，他的伯父赵匡胤就是由陈桥门出发，然后半途折回发动兵变，建立了大宋王朝。如今，他也要从这里出发，一路北上，捍卫大宋的基业。

跨出城门的一刻，这位三十二岁的天子像个小孩子一般依依不舍地回望了自己出生、长大，并生活了半生的城市一眼——愿朕归来，你繁华如故。然后一抽马鞭，纵马奔驰而去。

* * *

与此同时，在北方镇州城外十里的辽军大营里，身着龙袍的萧太后萧燕燕正饶有兴致地看着眼前一个被五花大绑的女子。

此女二十出头，一袭沾满了血迹、尘土的宋军虞候军装，胸前的牛皮护甲有着不下十处刀痕。凌乱的长发下，一双俊丽的眸子正向大辽太后喷着怒火。

萧燕燕迎着怒火，朗声道："康红玉，朕听说你深得令尊康保裔的箭术真传，被俘前竟射杀了我大辽三十多位勇士。你说朕是将你五马分尸的好，还是乱箭穿心的好？"

康红玉正要往前冲，立即被身旁的两个契丹武士牢牢摁住背肩。动弹不得的她恨恨地大喊："随你的便！只是别心软，要不姑奶奶只要还有命在，一定会亲手杀了你！"

萧燕燕哈哈大笑，"你想杀朕？自不量力，你可知道你爹勇冠三军，百战百胜，为何还是战死？"

"还不是你玩阴的，在我们出城的半路设伏，偷袭我爹！"

"错！你爹不是死在朕的手里，而是死在朕的卧底手里。"

"你说什么？"

萧燕燕一边欣赏着她的错愕，一边戳心道："你爹手下有多少兵，什么时候当上的三路都部署，朕统统知道！"

康红玉想起父亲和牺牲的五千名将士，差点儿把银牙咬碎。

"而且我还知道，就在今天，你们的昏君赵恒黔驴技穷，只能自己带着兵来定州送死。"

康红玉与杨延昭一起死守过遂城，她对后者有功不能封赏，反而被赶去收房租很不满，所以平日对赵恒这位昏庸的上司并无好感。但她关起门来骂昏君天经地义，你萧燕燕算哪根葱，轮得到你来指责我大宋的天子？

第二章　御驾亲征

"我们大宋的人从来都是真刀真枪来硬的，赢在明处，输得坦荡，你们这么玩阴的简直就是鼠辈之为！"

一听康红玉出言不逊，两个辽兵立刻用上了蛮力，要把她的腰生生压成直角，向太后"鞠躬"赔罪。康红玉倔强地反抗着，即便胳膊上的刀伤被麻绳勒得鲜血直流，也誓不弯腰。

"果然是个硬骨头！"萧燕燕用眼神制止道，"如果你肯归顺于朕，我保证拿下汴梁之后，大辽的朝堂之上有你一席之地。"

"你痴心妄想，我大宋能臣勇将数不胜数，你不会得逞的！"

"不如朕先给你们大宋卜一卦如何？就在这几日，川峡二路必生叛乱。"萧燕燕异常自信道。

康红玉心里咯噔一下，川峡二路是大宋的钱袋和米仓，每年三分之一的税赋来源于此，那里要是乱了，岂不是釜底抽薪？

起初康红玉以为这个老女人想诓骗自己投诚，但她敢说出这种话，显然是安插了一些强有力的卧底。

"朕还可以告诉你，川峡这次大乱不是民乱，而是兵乱！你们朝廷的大军远在开封、定州，川峡必被乱兵所占，到时他们将兵出剑门关，直捣汴梁。"

康红玉听呆了，眼前这个女人怎么如此可怕？

"怎么样？你是现在归顺于朕，做个大将军，还是等南朝亡了再归顺，做个士卒的姬妾？"萧燕燕狠厉地看着康红玉，不容一丝质疑。

"姑奶奶什么时候都不会归顺你！"康红玉眼中浮起一丝戏谑，"别忘了，你还有个天敌杨六郎！他能一而再地让你的阴谋泡汤，就会再而三地让你这次照样屁滚尿流地滚回草原去！"

"杨延昭……"萧燕燕从容的脸上终于浮现出一丝怒色。

康红玉哈哈大笑,"你们契丹人自认北斗的第六星官武曲星是你们的克星,所以才心惊胆战地称他是六郎!我说的没错吧?"

"没错,所以他两年前潜入我大辽的古北口,朕才未加阻拦,让他得偿所愿。如今他的官职连个品级都没有,你说他还有什么资格来做我大辽的克星?"

原来是这样!康红玉如梦初醒。

"这个杨延昭还真是可怜,父亲、大哥为国捐躯,未婚妻也为国殒命,本人又差点儿赔上一条命才挽救了大宋。就是这样一个忠臣,却受着如此待遇,你说他可怜不可怜?"

"可……"康红玉差点儿就吐出个"怜"字,"你这个恶魔,这一切还不是拜你所赐!"

她像一头发狂的野兽,恨不能冲上去咬断这个老女人的脖子,迫使两个武士粗暴地将她重压在地,动弹不得。

萧燕燕居高临下来到近前,兴致勃勃地欣赏着她的暴怒,"归顺朕,朕可不论杨延昭今后是降是抗,都可放他一条生路。"

康红玉紧贴地毯的口中艰难而倔强地吐出两个字:"做——梦——"

"你别后悔。"

萧燕燕一挥手,让人把这个犟骨头拖出了视线。

"看来想借她瓦解镇州城的士气,还是有些难度。"萧燕燕喃喃道,"这个杨延昭,跟过他的人一个比一个骨头硬。"

* * *

两天后,赵恒率领大军快马兼程渡过黄河,终于赶到了五京之一的北京

第二章 御驾亲征

大名府。那时的黄河还没有形成"大名决口",分成北流和东流两股干流入海,所以地处黄河南岸的大名府因地势险要,就成为北宋的北大门,号称"控扼河朔,北门锁钥"。

既然是陪都,自然就得有陪都的规制。大名府在几代人的营建下,既有周长超过四十八里的外城,又有华丽的宫城,作为临时的中央政府绰绰有余。

为了鼓舞当地军民的士气,赵恒举行了盛大的入城仪式。先是衣甲鲜亮,人均身高都在八尺以上的禁军,然后是人、马都精神的殿前司诸班直前引。走了足足半个时辰后,赵恒才在黄色华盖的映衬下,骑者高头白马缓缓入城。

一路的马背颠簸让这位温文尔雅的天子自腰以下,没有一处不疼。王继忠曾建议换成舒适的龙辇,但赵恒坚持骑马走完全程。他要让随行的二十万将士打心眼儿里认可自己当统帅,这点罪必须受。

入城后,他没顾上休息,立即在宫中前殿召集大名府守将杨嗣询问前线战况。赵恒在朝中时,没少听杨嗣和杨延昭这对"边关二杨"的战绩,召来一见,才发现这位年纪轻轻的大将竟然比自己还生得细皮嫩肉,不考进士真是白瞎了。

"杨爱卿,康保裔殉国后,边关将士士气如何?"

"士气高涨,"杨嗣语出惊人,"康将军麾下三千将士全部战死,无一降敌,我等日日枕戈待旦,只等成为康将军第二。"

赵恒点点头,问了一个最关心的问题:"镇州城中缺了主帅,能守得住?"

"完全守得住,"杨嗣面如止水,"守军偏将肖洪誓为康将军报仇,全军将士也立志为殉国的父兄、战友雪恨。所谓哀兵必胜,镇州断无失守的可能。"

应对有度,洞若观火,的确肚里有点墨水!赵恒越看越喜欢。

"爱卿与辽军交手多年,觉得朕赢得了耶律斜轸吗?"

杨嗣双手一叩,正色道:"辽军是侵略我大宋的贼人,贼人只会分赃,岂能同心同德?我大宋此战只为保家卫国,必定与陛下上下一心,同仇敌忾!"

赵恒感受到对方的期待,信誓旦旦道:"辽军不退,朕亦不回汴梁。"

君臣二人正相谈甚欢,王继忠忽然带来京城的消息,在殿外求见。赵恒猜测,今天是第五天,一定是寇准查到起火的原因了。

"快宣。"

"微臣请求告退。"杨嗣知趣道。

赵恒赞许地点了点头。

杨嗣刚刚退下,王继忠就匆匆赶了进来,禀报道:"启奏陛下,寇大人五百里加急送来急报,纵火的真凶查到了!"

"是谁?"

"广陵王府的宫女王翠英。"

赵恒有些意外,"可有幕后主使?"

王继忠摇摇头,"所有事情全是王翠英一人所为,并无其他主使。"

"把寇准的奏报呈上来!"

赵恒接过奏报仔细看了一遍,原来这个王翠英是八弟生母的侍女,深得八弟信任,所以一直掌管府中的钱库。

半年前,王翠英因为相好的欠下一笔高利贷,遂打起了钱库的主意。谁知刚还清这笔高利贷,相好的又欠下一笔更大的。王翠英只好继续监守自盗,结果东西越偷越多。眼看出了正月,王府账房就要例行盘库,王翠英铤而走险,就趁上元节当晚府中的人都去赏灯之际,偷偷放了一把火。

寇准的奏报中还附有王翠英的供词,赵恒反复看了三遍,都没找出任何

第二章　御驾亲征

破绽。

真的只是这么简单……

熟悉赵恒秉性的王继忠这时奏道："启禀陛下，寇大人是当众在开封府衙审理的，李相爷和大理寺卿向敏中全程旁听，证据确凿。无论是百姓，还是旁听官员，均无一人对结果有异议。"

赵恒这才松了口气，"没有其他主使就好，这样百姓也就不会与那些谣言扯上联系了。只是这王翠英着实可恶，告诉寇准，要从重处罚。对了，还有她的相好！"

王继忠谨遵圣命，同时回禀："另外大理寺卿向敏中启奏，王钦若献计天书一事，是受人蛊惑。"

"他堂堂计相，何人敢蛊惑？"赵恒有些来气。

"是他的门客王肃。此人在王钦若还是枢密副使时，就追随左右，主意颇多。王钦若招供，他能取代原三司使毋滨古，这个王肃出力不少。"

"这个定国呀，他在朕被父皇猜忌时，曾出手相助，这份情朕会承一辈子。所以就算他不耍小聪明，只要实心办事，朕迟早会把他扶上计相的位子。"

赵恒埋怨了几句，又追问："'天书'被调包之事也是王肃所为了？"

王继忠摇摇头，"王钦若猜测是他干的，但王肃无论怎么严刑拷打，始终喊冤他只负责出主意，事情都是王钦若一手包办的。"

赵恒又问朝中大臣什么意见，王继忠苦笑说这件事大家躲都来不及，谁还敢出来替王钦若说话。尤其是赵昌言抓住这件事不放，带着一干御史要弹劾王钦若死罪。

"你代朕传话给向敏中，暗中改由寇准继续追查真凶，明面上就此结案，将所有罪责，包括怂恿定国都推到王肃身上！"

"官家，王钦若功是功，过是过……"

赵恒伸手做制止状，"照朕说的去办！"

王继忠只得奉命去给向敏中捎口信。

很快，北方战区硕果仅存的高阳关都部署范廷召赶到了。赵恒立即召集枢密副使王显、殿前司诸将与其召开联席会议，商讨退敌之策。

经过一番讨论，赵恒最终决定在大名府成立前线指挥部，自任三路都部署。王显兼任三路副都部署，作为事实上的统帅，率十万禁军进驻定州。镇州偏将肖洪官位不变，职事升为"权镇州观察使"。

具体作战计划是肖洪死守镇州，王显和范廷召出奇兵从后侧包抄，对辽军前后夹击。

"所有部署完成后，立即发起总攻！"赵恒最后下令道。

王显等人齐声遵命。

眼看一场超级大战就要打响，孰料次日川峡二路突然传来消息——当地驻军在团练使王均带领下发动叛乱，杀掉都监王铎、大将董福，不仅占据了成都，还攻打剑门关！

赵恒听完王继忠的奏报，立即问："因何叛乱？"

"塘报上说是这些人不满军饷挪给北境大军，而转运使张适一时又凑不齐足够的蜀锦，所以才聚众造反。"

赵恒心中大呼失策，蜀锦工艺复杂，先纹制，再绞丝炼染，装造后才能上机，所需工期很长。而川峡二路军队不下七八万，一时间如何凑齐这么多抵作军饷的蜀锦。

"符昭寿和张适呢？"赵恒追问。

第二章　御驾亲征

符昭寿因在货币之战中临阵脱逃，被贬到了川峡二路。赵恒念在他爹是开国功臣，刚刚把他提成了当地军界的一把手。张适则是刚到任的川峡二路转运使，是当地的政界一把手。

"二人率领残兵逃至剑门关，正苦苦死守。"

"他们手下还有多少兵？"赵恒的潜台词是"守得住吗"。

剑门关是入蜀的大门，同样也是出蜀的大门，一旦落入王均之手，他们就可长驱直入，威胁京师汴梁！

原想让辽军腹背受敌，如今自己却先腹背受敌，这可如何是好？赵恒不禁怀疑陨石上的"天书"是人为篡改的，还是上天降下的？

* * *

由于王显等人已经北上定州，赵恒身边能商量的只剩下了王继忠和杨嗣。

王继忠久在御前，对国内的军情很是熟悉："一旦剑门关失守，这些叛军就可经无兵驻守的京西南路，直逼汴梁所在的京西北路！"

赵恒对此自然心知肚明，但就近可调的劲旅只有汴梁剩余的禁军，一旦抽离，堂堂京师就成了一座空城！城里本来就人心惶惶，到时不乱才怪。

赵恒忽然发现王继忠身后的杨嗣脸色倒是古井不波，甚为淡定，就问："杨爱卿可有妙计化解？"

杨嗣分析道："禁军调动需要人、马、粮一起动，耗时耗力，没等兵马赶到，恐怕叛军已出蜀了。所以调兵是来不及了！"

"不调兵，难道要王均自己缴械？"王继忠不解。

杨嗣微微一笑，"兵嘛，符昭寿手下不是还有现成的。依我看，只需遣将一名守住剑门关，把叛军关在蜀中，时间一长，叛军必士气受挫。"

赵恒觉得有理，"何人可担此重责？"

杨嗣忽然面露难色，赵恒要他但说不妨。

"张咏。"

赵恒立即脸色一变，张咏是张适的前任，堪称文武全才，执掌川峡二路多年，不管是民乱还是兵乱，在他手里没有坚持过三个月的。但就在三个月前，他突然上书说蜀中百姓以用铁钱为主，铁不如铜值钱，所以购买力太低。比如买一匹绫罗丝，要用去铁钱两万枚，这些钱加一块竟重达一百三十多斤。

所以张咏竟然建议将自李顺民乱时，民间私印的纸质钱币合法化，还取了个"交子"的名字。

赵恒看到奏疏第一眼就很生气，这钱币乃是国家的血液，历来只能由中央有司衙门设计母钱，然后公铸公发。你张咏不加制止，反而鼓励使之合法，着实可恶！更过分的是，大宋政务权、军权、财权三分，互不隶属，连宰相都不能干涉三司使，你张咏这是明显的犯上、越权！

所以赵恒在王钦若建议下，将张咏就地免职，调往京西南路做了名小小的知州。

"张咏罪责在身，杨爱卿可有其他人选？"

杨嗣不假思索道："臣再举荐一人，杨延昭。"

怎么又是个被贬的？赵恒微微蹙眉。

"臣知道杨延昭也是罪责在身，且至今未向陛下认错，所以臣才觉得这次派他最合适！"

"这是什么道理？"

"擅入辽国这件事上，杨延昭从不认为自己有错，让他认错是不可能的。但天下人都认为他有功未赏，陛下在这件事上过于苛刻，赏罚不明。"

赵恒点点头，是这么回事。

第二章 御驾亲征

杨嗣继续侃侃道："臣深知陛下执掌天下法度，岂能因人废公？但陛下的气要出，杨延昭的功要奖，过也要罚，如此最好的办法就是让杨延昭再立下一次大功。"

有道理，赵恒示意杨嗣讲下去。

"陛下不妨任命他为平叛钦差，不给钱饷，不给精兵，让他前往川峡上任，以示薄惩。他成功后陛下再论功行赏，以示赏罚分明，让天下人无话可说。"

王继忠摇摇头，"听着是个两全其美的法子，但川峡之乱非同小可，这么做太儿戏！"

"没错，"赵恒也有些担忧，"而且杨延昭一定会认为这是朕在刁难他，拒不上任。"

杨嗣笑道："臣与杨延昭是太学时的同窗，他这人的秉性我很熟悉，自视甚高，从不认输，但也从来没输过！"

好像是这么回事，赵恒想起杨延昭过往的战绩，每一次接手的都是不可能完成的任务，但每一次他都能完成，不仅不打折扣，还超出预期，说他有力挽狂澜之才，一点也不过分。

赵恒斟酌了一会儿，又征求性地与御阶下的王继忠交换了下眼神，最后才下定了决心。

"就依杨爱卿之言，擢杨延昭为兵部侍郎，权川峡二路节度使，即刻赴剑门关平叛！"

节度使……这级别一下子就爬到我头上了，杨嗣心中苦笑。

赵恒让随行的知制诰杨亿立即拟旨，用玺之后，派杨嗣赶往大名府楼店务宣旨，并特别嘱咐杨延昭如果提条件，除了粮饷没的给，禁军不能动，其他的只要不过分尽可满足。

* * *

楼店务职权是管理和盘活国有土地,或者在繁华地段修建公租房,租给老百姓赚取房租,或者将一些偏远地段出租出去,让百姓按年缴纳租金——年纳白地赁钱。所以杨延昭被贬的两年中,一直干着收租子的腿脚活。

武将最不缺的就是脾气,尤其杨延昭还是极有脾气的"食人羊",所以他刚刚被下放到大名府楼店务的时候,杨嗣还担心这位学弟会因为降职,惹出些什么事端。没想到两年中他兢兢业业,把原有公租房数量增加了两倍,连续两年实现了房租收入五成以上的增长。

更让他意外的是,杨延昭执掌雄威军时麾下成天惹祸的大将尹继伦、刘谦竟然自去军职,甘心到楼店务下面做副手——管勾,协助杨延昭盖房子。且两年中规规矩矩,从没捅什么篓子。

所有这些都让杨嗣认定,这位学弟驭己有术,驭人更有术,日后必成大器。所以他不惜大费口舌,向赵恒力荐。

杨嗣兴冲冲地捧着圣旨到了外城东边的楼店务,却发现大上午的,杨延昭和两个管勾都不在。一打听才知道,城外有块楼店务的偏僻地皮被一个市井泼皮偷偷占据,已打好地基准备盖房,杨延昭刚刚赶去处理。

杨嗣只得让看门的橡典带路,快马加鞭赶往城外。

紧赶慢赶,杨嗣也用了半个时辰才赶到。泼皮占据的地皮位于一条民巷的尽头,离很远就能看到围了一群人,里面不时传来喊叫声。

"看样子,这泼皮名气一定不小,且很难缠。"

橡典连连点头,"此人叫王七,是这一带的屠户,仗着舅舅在府衙做主簿,平日里很少有人敢惹。"

第二章 御驾亲征

"这次他算碰上克星了。"

杨嗣让卫兵等候,他翻身下马快步挤进人群,只见一个八尺大汉正被楼店务的两个公差摁在地上,另有两人一个准备扒上衣,一个举着杀威棒。

王七一边拼命挣扎,一边破口大骂:"你们这群不长眼的家伙,知道我舅舅是谁?"

王七正前方,一个身着皂青色官袍,仪表不凡的年轻人冷冷呵斥:"我当然知道你舅舅是谁,如果他敢干扰本官执法,我杨延昭连他一块儿打!"

王七一看舅舅不好使,忽然停止了挣扎,"那你就打吧。"

众人以为他被杨延昭三个字吓到了,哪知道上衣被扒下来,才发现这家伙满是肥膘的背上文了一位了不得的人物——玉皇大帝,也就是传说中的天王老子!

围观的众人一看,纷纷双手合十,小声嘀咕"罪过,罪过"。

王七得意了,放肆地大笑:"你们打呀,有种连天王老子一块儿打……"

这一声嚷嚷就连举着杀威棒的公差也有些萎靡,赶紧把高高举起的棒子放了下来,不知所措地看着杨延昭。

杨延昭不为所动,硬声道:"你就是文上整个天庭,我今天也照打不误!"

他让手下马上行刑三十大板。谁知王七身边的四个公差忽然跪倒在地,磕头说不敢。原因很简单,皇帝认道教大神赵公明为赵家始祖,玉皇大帝是赵公明的顶头上司,你打这文身不是找死吗?

王七猖狂地站起身来,一边撩好上衣,一边冲杨延昭横道:"识时务的赶紧给老子赔不是,对了,还要赔偿我的误工钱二十贯!"

二十贯……禁军一个月的俸禄才一贯!众人无不咋舌。

"我只识大宋国法,不识时务,更不识什么天王老子!"杨延昭一瞅身后的尹继伦和刘谦,"交给你俩了,三十大板一个都不能少。"

尹继伦长得比王七还凶,道了一声"是",上前一拳就把王七擂出一丈远,然后捡起杀威棒,在刘谦的配合下重重打了三十大棒,痛得王七鬼哭狼嚎。待行刑结束,众人一瞅,这个泼皮背上的天王老子早已不复存在,只剩一片血肉模糊。

这还不算完,杨延昭又令下属将王七送到大名府衙,以侵占国有土地、威胁朝廷命官两罪并罚,治一个充军之刑。

众人见恶霸得治,无不拍手叫好,随后便纷纷散去。这时,杨延昭才发现看了许久热闹的杨嗣。

"你怎么来了?"杨延昭一脸不欢迎道。

"天王老子你也敢打,"杨嗣故作问罪状,"不怕夜里遭雷劈?"

"在我楼店务的公务范围之内,天王老子也得遵纪守法!"

"好大的口气,川峡二路有人造反,正烧杀劫掠,你管不管?"

杨延昭脸色微微一紧,但旋即又冷了下来,"楼店务又不是枢密院,那里不是我的管辖范围。"

"现在是了,"杨嗣嘿嘿一笑,"杨延昭听旨!"

杨延昭愣了一下,然后立即一撩官袍下摆,一丝不苟地跪下听旨。身后的尹继伦等人也赶忙跪下,虽然心里在嘀咕:"皇帝老儿可算想起我们来了!"

只听杨嗣朗声宣道:"门下,万夫之长,所以观师政之宜。四方于宣,所以寄国都之重。具官杨延昭,体沉鸷之度,怀忠毅之资,往昔策名兵锋,受任边琐,居擅万人之敌,自种方之背德……"

宋朝时的圣旨还没有"奉天承运"这一套,多以专职传达圣命的门下省的署名作为开头。但圣旨代表了皇帝的门面,开头的辞藻华丽还是少不了的,尤其这份圣旨还是知制诰中文笔最好的杨亿所写。

啰唆了大半天,尹继伦都要骂娘了,杨嗣才念到正题:"特增尔川峡二路节度使之留务,委之钦差,即日赴任。服兹宠渥,勉恢令图,毋忝我谋帅之举,可。"

念完,杨嗣换了换气,将圣旨折好递于杨延昭:"领旨谢恩吧。"

身后的尹继伦一脸茫然,这就完了?旁边的刘谦比他略有墨水,抓紧机会狠狠嘲笑了一把。

"你的手下还是那么没规矩。"杨嗣撇了撇嘴。

杨延昭把圣旨甩手丢给尹继伦,狮子大开口道:"想要我上任,第一,先把雄威军和静塞军还给我。"

雄威军现在归属京西南路,杨嗣无关痛痒,倒是这静塞军虽然只有三千骑兵,但在杨延昭的调教下,两年前在货币之战中一战成名,早已成了香饽饽,所以一早被杨嗣收在帐下。一听学弟想要回,杨嗣不免肉疼。犹豫了一会儿,他才咬牙同意。

"第二呢?"

"第二,赐我三千道度牒。"

杨嗣的牙根差点儿没咬碎,"你是要自己出家,还是开寺庙,要这么多度牒?"

度牒就是宋朝政府发给僧尼的身份证明,有了这个文书,穷苦百姓就可出家免除税赋、徭役。大宋立朝以来,税赋连年上涨,使得度牒成了一种硬通货,比铜钱还坚挺。

"当然是发军饷。"杨延昭辣辣地看着杨嗣,"我没猜错的话,这次出征应该没有军饷吧。"

"看来你是人在楼店务，心在汴梁城呀！"杨嗣哂笑。

"正月十五那场大火殃及东华门，东华门往北不远就是左藏库。那晚又刮的是西南风。虽然京师的口风很紧，但我猜想左藏库一定损失惨重，不然怎么挪用川峡二路的军饷给你们！"

听完分析，首先惊呼的不是杨嗣，而是尹继伦和刘谦——皇帝的小金库烧了！结果引来杨延昭和杨嗣的一齐瞪眼——闭嘴，敢泄露出去小心脑袋！两人知趣地闭上了嘴。

杨嗣大方地承认了杨延昭的猜测，然后问："还有别的条件吗？"

"没了。"

"你可想好了，这次反叛的是五万正规军，不仅训练有素，兵强马壮，而且对军方的战法一清二楚。可以说你只要动动手，人家就知道你要拉弓还是使剑！"

杨延昭回头瞅了瞅两个副手，二人摩拳擦掌，仿佛已等不及想砍人。

"别啰唆了，赶紧去申请度牒吧！"

度牒不像兵马，说给就能给，杨嗣只得打道回宫找皇帝大人去特事特办。

"等等，记得请陛下把写圣旨的钱付了！"杨延昭指了指圣旨，"文笔不错，想来一定是杨亿操刀的，我可付不起。"

杨嗣一愣，这才想起来杨亿还等着要润笔费呢。

要说这事儿全怪赵恒他爹，当年不知道哪根筋抽了，觉得写圣旨的人个个都是好手笔，给官员升迁的圣旨不能白写，要付费，美其名曰"润笔"。更缺德的是，润笔费还按知制诰的水平从低到高明码标价，刻在宫门外的石碑上。

杨嗣笑骂一声"抠门的老西儿",然后翻身上马直奔城内而去。

* * *

赵恒听完汇报,暗掐大腿:朕要是一早想到度牒,就不用挪用川峡的军费,搞出这么大乱子了……

"准了,朕即刻命杨亿和随行的翰林学士写制度牒。"

于是接下来的两个时辰,杨亿带着四五个翰林学士赶写度牒,杨嗣赶着调来静塞军,连同其指挥使田敏一起交给了杨延昭。

拿到度牒,杨延昭第一时间下发了三百道度牒,权当俸禄。

士兵们一看是度牒,甭提多高兴了。度牒往低了卖,至少也是二三十贯,如果不着急出手,卖一二百贯也是有可能的!所以一百多年后岳飞也曾以度牒作为军资,解决燃眉之急,此是后话。

杨延昭又批给田敏三百道度牒,让他先别急着去蜀中,而是着手到各处采办粮草,输往蜀中前线。至于什么时候可以带兵到蜀中,要等命令。尹继伦则被强行留下来接管楼店务,由管勾升到了勾当左厢店宅务公事。

"那你呢?"田敏久不在麾下,一时都忘了称呼大人。

"我带着刘谦先行一步。"

就带个他吗……田敏有些琢磨不透,不过这位上司从没跟下属解释的习惯,所以他只好不再多问作战的事,而是问了另一个问题——不和痴情的郡主道个别?

郡主就是大柴郡主柴映雪。

自从两年前杨延昭被贬到大名府,她便请求赵恒赐封为大名郡主,就封大名府。表面上她请求赐封的理由是思念死在瓦桥关的妹妹柴映阳,因瓦桥关在前线，所以想到近一点的大名府。但谁都知道她就是来陪杨延昭的，因为两年中赵恒为他选了不下十个将相子弟，要赐婚于她，却全都被拒绝。

面对想看笑话的下属，杨延昭想都不想道："没这个必要，映阳的诞辰到来前，我会凯旋的。"

不解风情的"食人羊"！田敏心中暗道。

交代完一应军务，杨延昭带着刘谦和五六个随从就直奔城南的景风门。此时日已偏西，城门再有一个时辰就要上锁，不少一早进城的小贩都赶着出城，城门口已排起了长龙，拥挤不堪。

刘谦正要招呼城门士卒清道，一队百人规模的白袍黑甲骑兵突然赶到，整齐地排在二人两旁，队伍如同预先排练过的一般笔直。小贩们从那一身身标志性的精美盔甲上立马认出这些骑兵是大宋最精锐的特种兵"剑舞"，从前是皇帝的贴身保镖，如今被派来专门保护大柴郡主。所以没人命令，他们自动散开一条道。

"剑舞"为首的是一名二十七八的年轻将领，生得剑眉星目，驱马到杨延昭近前，双手用力一叩："将军，卑职受郡主之命特来追随左右，听候调遣！"

杨延昭并不领情，命令道："我给你的第一项调遣就是返回郡主身边，老老实实地保护她的安全。"

"马冲恕难从命！"

杨延昭眉头一挑，"那你就是不听候调遣了？"

"卑职不敢！"马冲忽然压低声音，"郡主说了，您把尹继伦留下来足矣。"

杨延昭脸上古井不波，心里却是一阵涟漪：为什么这世上唯一知我的人偏偏是你……

"出发!"

言罢,杨延昭头也不回地打马而去。马冲和刘谦没有多余的客套,也狠狠一抽马鞭,紧跟了上去。

第三章
剑阁天险

世上竟然有这样的关隘!

剑门关坐落在不知什么魔鬼造出来的剑门山中,这剑门山形如一把砍刀,而且是一把打磨精细的砍刀,山壁整齐如镜,且草木不生,高大而突兀地横在面前。

杨延昭出发的当天,已飞鸽传书给驻扎京西南路的旧部雄威军,令其指挥使高琼率领三千精兵先行开拔,带足口粮,直扑入蜀的门户剑州。

按照脚程,雄威军应该六天的时间就能赶到剑门关,但当十天后杨延昭与其汇合时,却是在剑门关外的昭化城。

杨延昭一见面,就质问高琼:"为什么延误行程?"

别看高琼老爷子已六十五岁,做杨延昭爷爷都没问题,但却委屈得跟孙子似的回禀:"不是卑职不尽力,而是剑门关已落入叛军之手!"

杨延昭脸色顿时寒气森森,"这么说,符昭寿这几天一直瞒报军情?"

高琼点点头,他一路上收到的塘报都是官军如何死守剑门关,奋勇拒敌。结果到了昭化才知道,叛军两万人一路追击,符昭寿怕做俘虏,两天前竟然主动弃守剑门关,退到了关外十里的天险苦竹寨。

"那你为什么不去苦竹寨?"

高琼气哼哼道:"老子……老夫倒是想去,可符昭寿那厮被叛军打怕了,不管是援军还是叛军,谁到寨门前就射谁!"

更要命的是,高琼本来想着到了粮草充足的剑门关啥都有,所以口粮带得不多。照眼下这情形,明天就得断粮。

听高老爷子诉完苦,刘谦都忍不住啐道:"符衙内,真该死!"

要说这符昭寿是出了名的纨绔子弟,仗着老爹符彦卿是开国名将,年少时就欺男霸女,无恶不作。汴梁百姓深恶痛绝,却又无可奈何,只能编民谣骂他:符昭寿,不长寿。

就是这么一个无赖,居然在老爹死后,被赵光义提拔到边关做了大将。两年前的货币之战中,正是他对杨延昭坚守的遂城见死不救,给雄威军造成了巨大伤亡。所以包括刘谦、高琼在内的雄威军众将早已对他恨之入骨。

第三章 剑阁天险

杨延昭略微思索了下，说出了自己的想法："现在叛军占据剑门关，等于拿到了出蜀的钥匙，一旦让他们得逞，汴梁必腹背受敌，后果不堪设想。所以当务之急，是夺回剑门关！"

你疯了吧？高琼心中暗道，剑门绝壁可是天下奇险，两边是悬崖峭壁，中间就那么一条能过人的窄道，你说夺回就夺回，真是痴人说梦！

杨延昭没有理会别人的表情，继续道："叛军现在并没有急着出蜀，应该是在筹集粮草，所以我们一定要抢在他们出蜀之前，速战速决。"

高琼终于忍不住问："这剑门关'一夫当关，万夫莫开'，怎么速战速决？"

杨延昭也不解释，让高琼执自己的手令去苦竹寨，要符昭寿立即出城与雄威军汇合，明日就去攻打剑门关。

"他不出来怎么办？"高琼对闭门羹的滋味记忆犹新。

"他不出来，你就别回来。"杨延昭冷冷道。

高琼在心里将杨延昭杀了一百遍，忿忿地领着一千人马出发了。花了半天时间，当他费了九牛二虎之力爬上苦竹寨时，寨门楼上突然擂鼓大作，旋即一排弓弩手出现，剑拔弩张地"迎接"他的大驾。

高琼一勒缰绳，对着寨门楼上大吼："我是雄威军指挥使高琼，新任川峡二路节度使亲笔手令在此，符昭寿快快出来……"

还没等他说完，门楼上已经咻咻地乱箭齐飞。好在高琼已经吃过一次亏，所以这次带了上百个盾牌，而且是长可蔽身的八尺大盾——彭排，才没被射跑。

"我是雄威军指挥使高琼，这都是朝廷派来的援军，尔等速速收起弓弩，不可造次！"高琼有些恼怒地提高了嗓门儿。

城头一个虞候模样的军官可不理这套,对着手下喝令:"别听他的!城下的肯定是叛军,射中那个老头,铃辖大人重重有赏!"

话音刚落,十几支箭就朝高琼所在的方向招呼过来。好在亲兵早已用彭排在他身边筑起一道"铁墙",才没伤到分毫。

"我们的盾牌上可写着'雄威',不是什么叛军!"

高琼想起这次造反的叛军原是正规厢军,军服、装备都相差无几,赶紧让城上的人看清楚。

城上的虞候这才让手下暂停放箭,欠着身子往城下瞅了瞅,"等着,我这就进去禀报铃辖大人。"

不久后,一个身披华丽披风,准确地说是蜀锦披风的中年将领在一队重甲卫兵的保护下,缓缓出现在了寨门楼上。此人三绺胡须,细皮嫩肉,高琼认出来这正是从前的上司,如今的西川路兵马铃辖符昭寿。

你这孙子,可算出来了!

"符昭寿,看清楚了,我是高琼,当年和你爹一起在定州打过耶律德光的!"高琼急呼道。

符昭寿一看的确是高琼,顿时来了胆子,让卫兵麻溜地闪开。

"放肆,本座乃堂堂西川路铃辖,执掌一路军务,我的名字是你一个小小的指挥使能直呼的吗?"

高琼心中窝火极了,自己的官职虽说比这孙子小,但好歹当年和你爹也是同僚,怎么说也是长辈,叫你名字怎么了。

"别给老夫摆臭架子,西川路就是在你手里丢的!"高琼也横了起来,"老夫手里有钦差的手令,还不速速出来接令!"

听到"钦差"俩字,符昭寿只是哼了一声,"钦差是谁?他说了什么?"

"钦差是新任川峡二路节度使杨延昭,他让你恪尽铃辖之责,率领麾下军士与我一同收复剑门关!"

符昭寿一脸不屑道:"他杨延昭也配当钦差?真是蛤蟆穿红袍——只能远观,不能近瞧,凭他一个降将的儿子也想对我指手画脚,真是狗胆包天!"

高琼一愣,这才想起来杨延昭的父亲杨业原是北汉大将,在先皇打到晋阳时才降的大宋。而符昭寿的老子从后唐起就在军中服役,历经后晋、后汉、后周,到了大宋更是从龙于先皇,立下赫赫战功,最终被获封为数不多的异姓王之一的魏王。

但堂堂七尺男儿,不拼战功改拼爹,有意思吗?

高琼口气更甚:"钦差就是钦差,代表皇命,你爹就是活过来也得乖乖跪下听令!"

"呓喝,拿皇命说事儿是吧,"符昭寿脸扬得高高的,几乎是用鼻孔打量高琼,"别忘了,老子还是皇帝的舅舅呢!"

高琼无语,这符衙内的三姐还真是先皇的皇后。论辈分,皇上还得叫他一声舅舅。

看到高琼词穷,符昭寿更来劲了:"就是杨延昭来了,也得叫我一声舅老爷!"

"胡扯!我家将军什么时候成你的甥孙了?"

"你个老糊涂蛋,本座今儿就给你,还有杨延昭提个醒:我大姐、二姐都嫁给了前朝的皇帝柴进,论辈分你说该叫我什么?"

柴进是柴宗训的爹,柴宗训是柴郡主的爹……高琼一脑门儿黑线,这孙子真会投胎!

"好了,别在本座面前摆什么钦差的臭架子了,剑门关想收复你们只管去，打下来记得告我一声，我还等着回成都。"

高琼那个郁闷啊，皇帝家怎么摊上这么个无赖当亲戚，还偏偏做了一方封疆大吏。他本想转身就走，但临走前"食人羊"那句寒气森森的"他不出来，你就别回来"让他无比胆寒。

这家伙别看着白白净净，但敢于辽军万人之中，从梁王豢养的豹子嘴里活生生掏出心脏，想想就让人头皮发麻。这要是空手而归，他还不吃了老夫？

宁可得罪国舅爷，也不得罪这瘟神！

高琼正要再次搬出皇命，就听城头传来一声不耐烦的断喝——老匹夫，赶紧滚，再不滚，本座乱箭伺候！

敢教训老子，高琼吞了吞口水，从腰间喳啷一声抽出佩刀，指着城头的符昭寿喝道："老子不管你有几个好姐姐，今天你出来也得出来，不出来也得出来！"

对雄威军来说，主将的抽刀声就是冲锋号，他们立即大刀、长枪高举，只等一声令下，攻打寨门。

符昭寿有些意外，但很快他就恢复了符衙内的气势。

"吆喝，想造反是吧，给我射死这老匹夫！"

一声令下，寨门楼上顿时箭如雨下，磅礴地"浇"向高琼和他的手下。高琼原本只是想吓唬他，不到万不得已不动手，没想到这厮竟然先动手，而且直接下杀手。

老子今天豁出去了！高琼立即指挥大军先往后撤一截，然后用盾牌前、上、左、右保护好阵形，突然杀个回马枪，直攻寨门。一时间苦竹寨下杀声震天，远远可闻。

不过高琼毕竟只带了一千人,而苦竹寨所在的山头呈四棱形,寨门前一条山道盘旋,无法有效展开大阵,所以攻了半天,丝毫未有进展。

如果此时符昭寿倾巢出动,居高临下冲杀,必定造成雄威军人马践踏,后果不堪设想。不过符昭寿严重缺乏安全感,只觉得寨里安全,所以只是想把高琼赶跑了事。

眼看天色将晚,高琼只得将人马饥肠辘辘地原路带回,谁知走到半路,却撞上了杨延昭。

难道他要军法处置……高琼不禁满头冷汗。

谁知杨延昭竟然给了笑脸:"老将军辛苦,我带了一些口粮,你和兄弟们先凑合下,待会儿我们好痛痛快快杀敌!"

* * *

高琼一边干嚼着馒头,一边纳闷儿,大晚上的杀什么敌啊?

到了晚上戌时,果然一大队人马从剑门关方向冲来,趁着夜色上了山,方向直指苦竹寨寨门。

至此高琼才恍然大悟,原来白天自己与符昭寿寨门前大战,那般大动静一定惊动了十里外的剑门关叛军。苦竹寨上通剑门关,下连水会渡,是叛军出蜀的一大障碍,所以他们一定会趁着两败俱伤,于夜里奇袭苦竹寨,拔除这颗眼中钉。

换句话说,杨延昭这家伙一早算好了符昭寿不会接令出寨,而老夫又脾气暴躁,势必会起冲突,真刀真枪地上演一出祸起萧墙。

"又被这小子涮了,小奸巨猾!"高琼握紧了大刀,誓要将怒火发泄到叛军身上。

杨延昭真是好耐心,一直等到叛军全部上了山,然后和苦竹寨里的符昭寿交上了火，才下令让高琼和刘谦带队抄其后路。

这次进攻的士卒经过精心挑选，全是以前刘谦的部属，最擅长白刃战。高琼二人借着月色沿着陡峭的山路就摸到了叛军背后，只见叛军和寨里的守军在寨门前杀得正酣。

叛军由于长期驻扎蜀中，对山地战很是娴熟。他们事先准备了大量的弓箭，饱蘸麻油，然后点燃，以抛物线仰射寨中。现在的寨里已是火光大作，浓烟滚滚。

好在符昭寿十分惜命，他可以搂着蜀伎睡觉，但士兵们不能打盹，一半以上的人都瞪着眼睛坚守岗位。虽然在叛军的突袭下有些狼狈，但暂时没丢了寨门。

高琼看到两军以寨门为中心杀得人仰马翻，不由得幸灾乐祸："符衙内，你也有今天，先让你吃一会苦头！"

刘谦也知道己方兵少，以逸待劳才是上策，所以也跟着高琼躲在后面看起了大戏。

叛军本就是正规军，他们早就料到被打怕了的符昭寿会固守不出，以弓弩手来防御。所以他们一面准备了足够的盾牌，一面准备了杀伤力巨大的诸葛弩，一次连射十支箭，以绝对的火力优势压制城头的弓弩手。

不消一刻钟，无论是寨门，还是城垛，都被力道强大的弩箭射成了刺猬。

城上的弓弩手喘不过气来时，叛军瞅准时机，架起可以拆卸的云梯，举着盾牌开始攀梯向寨墙蜂拥。很快，寨墙上就爬满了蚂蚁一般繁密的叛军。

寨门楼上的官军不得不举起石头、板儿砖向云梯上的叛军砸去，但如此一来，正好将身体暴露在连弩之下，很多人连石头带人一起滚了下去。

叛军士气因此大振，很快便有几十名士兵登上了城头，与官军展开激烈的白刃战。砍杀声迅速取代了箭镞撞击声，淹没了城头。

高琼知道不能再等下去了，这才举起大刀，大喝一声："老夫奉旨前来砍人，想死的举起刀，不想死的举起手！"

然后不等叛军反应，第一个冲了上去，大刀一晃，一颗人头便已落地。刘谦也不含糊，带着大队人马也全速跟了上去，切菜一般向叛军砍去。

叛军此时的注意力全在寨门，完全没有设防背后，因此被突然冒出来的雄威军打得猝不及防。更可气的是，他们手里的诸葛弩在近战中根本无从施展，手中的盾牌又过于笨重，许多人来不及扔掉手中的装备换上刀剑，就挨了刀子。

叛军们被打蒙的同时，也心生胆寒——他们从没见过这么打仗的人，一刀砍来不劈脑袋，只砍右臂。刀法不仅准，而且快如闪电，刀片一晃，胳膊就飞了出去，彻底失去了战斗力。而且当官的和当兵的都是一视同仁，同等待遇。

唯一的例外是冲在最前的高琼，被他盯上，只有等死的份儿。

寨门楼上和云梯上的叛军也是一头雾水，先是听到一声怒吼，然后没一会儿就见己方的人马像遇到洪水一样，迅速倒掉一大片。转眼间，一队人马就冲到了寨门前。

寨门楼上的官军一看高琼带来的人战斗力如此凶悍，又少了诸葛弩的威胁，顿时士气大振，转守为攻，把叛军往城沿上赶。

如此一来，叛军陷入了雄威军与符昭寿大军的前后夹击中。不到三炷香的工夫，就被消灭了个干净。戌时刚过一半，战斗便彻底结束。

不过符昭寿麾下大将、益州团练使牛冕出来一盘点，发现除了被高琼干掉的三十来个叛军，其余的三千叛军多是一条左臂的残废。

牛冕虽然长期任职蜀中，但对雄威军的大名还是略有耳闻的。他一看这些俘虏，立即明白了——这是绰号"三字经"的刘谦的杰作！按照他本人的解释就是右臂一断，敌人变成了废人，还省去了杀孽，又提升了作战效率，一举三得。

牛冕当下便寻到刘谦，张口便是久仰大名、百闻不如一见。刘谦不愧是"三字经"，连说"过奖了，折煞俺……"，绝无一句超过三个字的。

高琼可没这么好脾气，质问牛冕："白天向老夫射箭的人里有你的兵吧？"

牛冕好不尴尬，连忙赔笑道："误会，误会，这都是……"

"要不老夫射你一箭，再跟你道声'误会'如何？"

牛冕刚才在城头对高琼是如何砍人的，看得一清二楚，吓得又是鞠躬，又是赔不是。

高琼知道他只是符衙内下面当差的，就暂且饶过了他，转而问："符昭寿人呢？老夫救了他一命，也不出来道声谢。"

正说着，寨门里传出一阵"闪开，闪开"的驱赶声，就见一队人浩浩荡荡出来。走在最前头的是八个旗手，每人双手高举一杆绣有"符"字的帅旗。借着火光，高琼发现这些旗面丝光闪闪，心中不免肉疼——这不是蜀锦又是什么？

符昭寿的帅旗大出常规的一倍，这么大尺寸的一匹蜀锦可以顶去一名士兵全年的俸禄了！

正当高琼看花了眼时，符昭寿才在几十名亲兵护卫下现身。高琼看这排场更加来气，都什么时候了，还摆衙内的臭谱儿！

高琼没注意的工夫，牛冕已一溜烟儿蹿到符昭寿近前，汇报起今夜的战斗结果来。符昭寿听完扬了扬脑袋，脸泛红光，就好像这场胜仗是自己的杰作一样。

然后，他在卫队的前呼后拥下来到高琼面前，"老东西，念在你今晚出力的分儿上这样吧，跪下给本座磕三个响头，白天的事我就大人有大量，不计较了。"

高琼差点儿气炸了，"我呸！你违抗钦差之命在先，老子还没跟你计较呢！"

见高琼不上道，符昭寿衙内脾气发作，不理会牛冕的劝阻，朝卫队一挥手，就要上去给高琼个下马威。高琼也不示弱，招呼一干雄威军士卒，提起血迹未干的大刀准备还以颜色。

就在刚才，被俘的叛军们还以为苦竹寨白天的战斗是一出演给他们看的戏，现在才明白敢情是真戏真做！

眼看一场群架就要上演，高琼身后突然传来一声厉喝——都给我住手！

听出是杨延昭，高琼和雄威军都住手了，但符昭寿的卫兵蛮横惯了，可不管你嗓门多大，爷爷就是要打人，朝着高琼继续一哄而上。

面对十来个猛冲而来的大汉，高琼想退已来不及，正想骂娘，就听"咻"的一声，两只正朝自己脸上砸来的拳头刹那间一左一右，从耳边飞过。旋即拳头的两个主人翻倒在地，鬼哭狼嚎起来。

高琼揉了揉眼睛，恍然发现这两个倒霉蛋已瞬变残废。就在他们的身前，两柄寒光如水的长剑直挺挺地插在地上，剑柄处两个鎏金大字"御赐"在火把的映衬下格外醒目。

人未到，剑已斩手，如此骇人的剑术只能是剑舞所为！

符昭寿的卫兵都是京城带来的，见过些世面，一个个当即急刹车。随即就见一队白袍黑甲的人马出现在了高琼身后,首位者正是杨延昭。

"剑舞听令,如果有人还不住手,形同此二人,立即断手!"杨延昭冷声道。

"遵命!"剑舞齐声应道,又一齐拔剑出鞘,随时准备执行钦差的铁令。

符昭寿一边的人立即噤若寒蝉,剑舞可是先皇一手创立的精锐,个个剑术无双不说,还皇命加身,杀人不偿命,这可得罪不起。

一看身边的人都犯了怂,符昭寿火了,推开一群废物,大步冲到杨延昭近前,恶狠狠揪住一个雄威军士卒的发髻。

"姓杨的,别拿钦差的名头唬人!本座是当今皇上的太上国舅,有御赐免死铁券,我今天就动手了怎么着!"

说着,他举起拳头对准士卒的鼻梁就要砸去。士卒谨遵杨延昭的命令,不敢还手,眼看就要鼻梁不保,突然眼前一道寒光,紧接着就听到一声狼嚎般的惨叫。待他定住神,赫然看到符昭寿瘫倒在地,抱着一条手腕处断掉的手臂号啕大叫。

嚯,国舅爷都敢动呀……

这时,剑舞指挥使马冲一挥手,两个骑兵立即出现在了杨延昭身后。只见二人手中举着一副对牌,上书"钦差到此,似朕亲临"。

本官在这儿,就等于皇上在这儿,代天执法,违者当诛!

面对这般阵势,牛冕赶紧带头伏拜,"我等甘受钦差差遣!"

杨延昭冷冷地扫视众人,斥责道:"尔等拿朝廷俸禄,本当恪尽守土之责。但看看你们,主动弃守剑门关,致使出蜀之路洞开,尔等虽未参与叛乱,但形同乱党!"

牛冕等人如同被一只大手摁住了脑袋,头压得低低的,恨不能钻进蚂蚁洞里去。

杨延昭口气缓了缓："但本官知道，此事罪在主将，尔等只是胁从。所以我给你们一个机会，就看你们想不想将功折罪。"

牛冕和一众士卒赶紧表忠，肝脑涂地，在所不惜。

杨延昭这才给了点好脸色，然后从中选出两千人，仿照叛军的装束去掉头盔上的红缨，手臂系上红绸，由高琼统领，一个时辰后出发，佯装成偷袭失败的叛军，趁夜色混入剑门关。

布置完这些，杨延昭又令牛冕将符昭寿收押，待他上奏朝廷后，由朝廷议处发落。

* * *

根据俘虏的叛军军官赵铁柱提供的情报，现在剑门关的叛军首领是赵延顺。此人本是叛军头子王均身边的一名亲军，虽然没品没级，但为人仗义疏财，平日颇有些声望。这次叛乱就是由他挑头，带着一伙人杀了发军饷的官员，然后煽动拥立王均为蜀王，占领了成都，成了如今这般局面。

杨延昭照此判断，这个赵延顺一定颇有心计，便嘱咐高琼一定小心应对。高琼心说，老夫投军的时候，这赵延顺的爹还没出生呢，对付他小菜一碟。

他让赵铁柱和七八个四肢健全的俘虏走在前头，然后便沿着崎岖的山路折向剑门关。原本苦竹寨的路就够难走的了，没想到去往剑门关的路更加艰难，别看只有十里，却跑了足足一个时辰才到。

借着月色，高琼虽然只是看出剑门关的大致轮廓，但足以吓跑他的三魂七魄了。

世上竟然有这样的关隘！

这剑门关坐落在不知什么魔鬼造出来的剑门山中，这剑门山形如一把砍刀,而且是一把打磨精细的砍刀,山壁整齐如镜,且草木不生,高大而突兀地横在面前。

这把"砍刀"中间有一处断口,据赵铁柱交代,以这个断口为界,将剑门山分成了大剑山和小剑山。当年诸葛亮突发奇想,在这处险峻的断口处沿着悬崖砌石为门,建成了如今的剑门关。

高琼即便眼力有些昏花,但也看得出剑门关根本不是凭人多就能拿下的。因为关门前的那条栈道不仅窄,而且旁边就是悬崖,关楼上弄来一群猴子把守,都能抵挡千军万马。

想到这里,他都忍不住来句"诸葛村夫",咒骂该死的诸葛亮弄出这么个鬼玩意儿。

好在有这些俘虏带路,除了山路有点难走,到关前的路还算顺利。此时关楼上灯火通明,老远就能看到上面站满了士卒。看样子,他们对今晚的偷袭很是重视,正等着前方的战报。

关楼居高临下,上面的士卒很快便瞧见了高琼他们,一边操起家伙,弓弩以待,一边冲着下面喊话:"站住,你们什么人?"

高琼一捅前面的赵铁柱,让他按交代好的向关楼上喊话。

"自己人,看清楚了我是赵铁柱!符昭寿那厮贼得很,白天和雄威军的火拼全是演戏,他们一早半路设下埋伏,就等我们钻!"

关楼上的一个军官认得赵铁柱,就问带队的刘虞候呢?

赵铁柱赶紧又说战死了,催促赶紧开门,不然符昭寿的人一会儿就追过来了。

军官一听,就招呼手下的人放下弩机,准备开门。

眼看计谋成功,高琼得意起来:杨延昭也太高看这些叛军了,凭他们的

第三章　剑阁天险

脑子也就能对付了符衙内。

他冲后面的人使了个眼色,一进关门,立即杀他个片甲不留,先拿下关楼!

高琼跟在赵铁柱等人后面,一路蜿蜒到关楼前,眼看关门一点点打开,胜利在望。突然,就听门洞里一阵嗖嗖声迎面而来,紧接着头顶也是嗖嗖声大作。

不好,有诈!

高琼赶紧后撤,前面的赵铁柱等人都没来得及惨叫,已经被射成了刺猬。此时,高琼的人都挤在狭窄的栈道上,突然遭遇攻击,根本来不及疏散和隐蔽,顿时成了活靶,坠崖声和惨叫声此起彼伏。

高琼本人胳膊和背部也中了两箭,忍不住大骂:"好个阴险的贼叛军,有种出来和爷爷真刀真枪干一仗!"

就听关楼上一个戏谑的声音回道:"回去告诉杨延昭,这种浑水摸鱼的把戏我见得多了,有种就真刀真枪地来攻关门,我赵延顺随时奉陪!"

高琼一边忍痛挥刀砍箭,一边努力记住赵延顺那张精瘦的脸——你小子等着,此仇不报老子誓不为人!

借着蜿蜒的山壁,高琼总算是躲开了雨点般的利箭,前后一扫,周遭的伤亡者不下百人。好在赵延顺只是想守住关楼,没有趁势追杀出来。高琼一路且行且退,到了山下重整兵马,然后匆匆赶回了苦竹寨。

高琼原本以为会挨一顿猛批,没想到太阳居然打西边出来,杨延昭不仅没有怪罪,还宽慰老将军辛苦了,让折腾了一夜的他休息去吧。

送走了高琼,杨延昭却没安眠,而是让马冲去找一个人,原川峡二路转运使张适。

马冲有些纳闷儿："将军，张适是文官，对攻取剑门关毫无用处，找他做什么？"

"你不觉得这次叛乱有些蹊跷？蜀锦就算一时不能筹集，迟早也能补上。而且军中拖欠军饷是常有的事，士卒们不至于因为这个就冒着杀头的危险造反。"

况且就算士卒们有怨气，也不至于被没品没级的赵延顺一煽动，就几万人群起响应。

杨延昭顿了顿道："发生叛乱不可怕，可怕的是叛乱者来自官军！赵延顺之所以有底气点名跟我叫板，正因为他们是官军出身，我们常用的作战套路、排兵阵法他们统统全懂。双方知己知彼，取胜何其难！"

他猜想自己正是忽略了这点，按照以往的诈术说辞前去骗开关门，才被赵延顺一眼识破。

"所以这次平叛不能光从战术上下手，还要釜底抽薪，找出叛乱的真正起因！"

马冲终于明白了他的意思：寨中的士卒都是符昭寿的人，不一定能问出真话。倒是张适作为转运使，从不插手军务，又被符昭寿弹劾其未能按时筹集足够的蜀锦，被当成此次叛乱的主要责任人处理，不仅被免职，还被收押于狱中。

他立即赶往寨中的监牢，将张适提了出来。这位年届不惑的前转运使大人蓬头垢面不说，面颊、手臂上还有不少擦痕，一看就受了不少苛待。

马冲看他堂堂封疆大吏如此可怜，就将自己的披风取下为其披上，然后亲自护送到主帅大堂。

张适见端坐于帅案上的不是符昭寿，就怯生生地问明上座者身份。一听是大名鼎鼎的杨延昭，忽然"扑通"一声跪倒在地，大呼冤枉。

杨延昭并没有凭好恶办事，而是警告在先："此次叛军暴乱的前因后果你且从实说来，听清楚了，是从实！如有一字欺瞒，我定不轻饶。"

"罪官不敢有丝毫隐瞒，还请杨大人明察！"

张适这才娓娓将叛乱的经过讲述了一番。原来符昭寿自从到任后，就迷上了蜀锦，不仅衣袍、鞋帽、足袋（袜子）用蜀锦做成，就连马匹的草料袋、军中的旌旗和亲兵的军服都不惜工本，全部换用蜀锦。

年前的中秋节，他更是突发奇想，将整个钤辖府用蜀锦包裹了起来，害得全成都的蜀锦作坊不眠不休，整整赶工了半年！

如果只是一时图新鲜，败家个一次两次也就算了，谁知这位符衙内奢靡成瘾，每天府中上下的蜀锦用品全部换一套新的。而蜀锦本就花色多样，尤其是本朝首创的八达晕锦，素有"锦上添花"美誉，能将多种图案交错重叠，织出的花样千变万化，美不胜收。符昭寿爱不释手之余，更是要求织工们每天呈送一种新花色，一年到头不许重样。

但蜀锦价抵黄金，符昭寿要的又都是极品，所以只此一项就花费巨大。为了满足自己的私欲，他竟然挪用军饷，川峡二路的厢军仅去年就有半年都在断饷。

而符昭寿这人又亲疏有别，宠爱带来的嫡系，嫌弃外人，所以每次被克扣军饷的都是王均这些人的部属。

快过年时，张适实在看不下去，请求符昭寿无论如何给全军发两个月的足饷，让人家都能过个好年。去岁腊月的倒是发了，但正月间京城突发大火，然后三司使就传来急报，正月的军饷以蜀锦顶替。

上面不知道川峡二路的情形，就把筹集蜀锦的任务交给了张适这个父母官。张适倒是积极与各大蜀锦作坊协商，劝他们主动献出一些蜀锦，抵消今年的税赋。结果，作坊主们表示只能拿出需求量五分之一的蜀锦，因为钤辖大人已经把未来半年的蜀锦都预定了！

张适又去找符昭寿协商，能否让出一部分蜀锦，先把这次的军饷抵掉，谁知符昭寿一匹蜀锦都不让。张适只得退而求其次，请求把他每天换掉的蜀锦让出来。符昭寿告诉他，本尊用过的蜀锦绝无流入贱民之手的道理，所以换掉之后统统做了柴火。

张适左右为难之下，只得打起了当地大户的主意，准备和他们预借一些，年后新税收上来再连本带利归还。孰料他还没向大户们下帖子，钱饷无着落的消息就传得满城风雨。

王均的部下跑去钤辖府理论，却被乱棍驱散。借着士卒们滔天的怒火，赵延顺大肆煽风点火，带着人包围了符昭寿在成都城中的一处私邸，搜出整整二十口箱子的绫罗金银，然后私分一空抵作俸禄。

其他各部厢军听说后，也纷纷叫嚷"去符宅领俸禄"，大肆洗劫了符昭寿的其他两处私宅。

符昭寿知道后暴跳如雷，把王均叫来骂了个狗血淋头，要他前去找士卒们算账，把抢到的财物一文不少地吐出来。

王均憋着一肚子火到了军营，还未宣布符昭寿的命令，就被赵延顺扯下一面黄旗盖在身上，带头起哄拥立他为蜀王。王均被符昭寿欺压了两年，早就受够了鸟气，便带领众人攻打钤辖府。符昭寿没做任何抵抗，从城头吊下绳子仓皇出逃，将成都拱手让给了王均。

其他各地厢军见势群起响应，公推王均为蜀王。王均纠集几万大军乘胜追击，一直把符昭寿追到剑门关，始有今日川峡二路这般不可收拾的局面。

第三章　剑阁天险

"误国者无过于此！"杨延昭听完愤慨道。

马冲也对符昭寿恨得咬牙切齿，恨不能立刻用手中的御赐宝剑取其项上人头。

"朝廷自有公论，"杨延昭摆了摆手，招呼他赶紧扶起张适，"张大人放心，我一定会将这次叛乱的前因后果一五一十上达天听，还大人以公允！"

张适立即千恩万谢，差点儿又跪下。

马冲却不打算就这么便宜了符衙内，就问："将军眼下打算怎么处置他？"

杨延昭嘴角微微一翘，"解铃还须系铃人，叛乱是他一手造成的，自然还要由他来终结。拿下剑门关，就靠他了……"

* * *

第二天一早，众将用过早饭后，立即被杨延昭叫到主帅大堂。

按照以往的经验，"食人羊"的各种冒险计划一般都在早上公布，然后立刻执行，让你连偷懒打盹的机会都没有。所以高琼、刘谦等人一早预备好了严肃的表情，分立大堂之中，等着杨延昭公布他的疯子计划。

孰料杨延昭今天突然转性，变得人性起来。

"诸位，据我了解，剑门关建成至今近八百年，从未有人从正面攻破过。所以，想要正面进攻剑门关，是万万不可行的！"

"对，大人说的是！""没错！"高琼等人无不附和。牛冕还不忘拍马屁，说杨大人见多识广，陛下派您来真是派对人了。

杨延昭忽然话锋一转："唯一的办法就只有奇袭了。"

高琼脸色一变，心说不好。牛冕不知好歹，忙问怎么个奇袭法。

"翻过剑门山，从而彻底绕过剑门关！"杨延昭轻飘飘道，仿佛剑门山只是个小土堆。

牛冕差点儿疯了，连说不可，这剑门山全是巨大的岩石组成，壁面寸草不生，笔直如刀锋，就像上天为蜀中砌的一道城墙一般，抛根绳子都找不到石角。

"全蜀中的人是不是都这么认为？"

牛冕点点头，"老话讲'蜀道剑门无寸土'，这是真理！"

杨延昭冷冷一笑，"我看不是真理，是迷信，是几百年来司马懿、钟会等人的无能，让尔等盲目自信到了迷信！"

牛冕虽然心里不服，但嘴上却不敢有丝毫不服。作为丢了剑门关的从犯，稍有不慎，就会成为"食人羊"盲目自信的炮灰。

"不过这样也好，因为叛军也必然如此迷信。"杨延昭目光炯炯，"迷信之人必然会有所疏忽，而这正是我们奇袭能够成功的机会所在！"

高琼心说不好，这下要分配任务了。作为雄威军指挥使，带头冲锋是他的本分！

果然，就听杨延昭点名："高琼，你派人把这个东西送进剑门关，然后转告关中叛军……"

高琼听完有些迟疑："反叛可是十恶不赦的大罪，老夫觉得凭这么几句话难以奏效。"

"平叛之策历来是剿抚并用，所以我命你和牛冕点齐寨中五千兵马，如果赵延顺胆敢回绝，立即于剑门关正面予以佯攻！"

高琼痛痛快快地领了命——既然是正面佯攻，那么奇袭冒险的事就跟自己没关系了。

杨延昭目光又转向马冲、刘谦，命二人点齐一千人，准备翻越剑门山。

马冲毫无异议，慨然领命。刘谦却像生吞了十斤苦瓜，恨不能立刻撞墙。

"二位不必担心，我们要走的这条路三十五年前有人曾走过，他就是大宋平蜀先锋史延德。"杨延昭自信地看看二人，"他也是迄今为止，唯一一个攻破剑门关的人！"

第四章
刀山上行

马冲深吸了一口气,此时他身悬半空,下面是悬崖,上面是绝壁,正所谓"绝境"是也。唯一的出路就是上面那些或一拳大或脸盆大的石坑了!

刘谦等人听得目瞪口呆。在他们的认知里,三十五年前那场平灭后蜀之战中,史延德是从三国时邓艾走的阴平小道打到成都的,怎么会是从剑门关攻过去的呢?

马冲代为答道:"蜀中之地历来有'天下未乱蜀先乱,天下已治蜀后治'的说法。太祖皇帝高瞻远瞩,将当年攻破剑门关的那条小道命人绘制成图,以便日后蜀中有变,可以拿下剑门关。"

但这条小道如果被蜀人知道,一旦发生叛乱,必被蜀人封锁或是毁掉,所以此事成为本朝的最高机密被封存于深宫。当年后蜀皇帝孟昶被押到汴梁,仅仅过了七日就突然病亡,都是太祖爷为了保密而下的狠手。

"所以大家如今所知道的这段历史,全是被太祖爷有意隐瞒修改过的。"

高琼听得后脑勺直发凉,连忙请求退下,这么机密的事被自己知道了,事后被赵恒灭口可咋办。

杨延昭让他放宽心:"蜀中之所以在本朝屡屡生乱,一是苛捐杂税过重,二是蜀中虽分川峡二路,但大致保持汉朝时的古益州区划,将汉中等各处关隘要尽揽其中。李沆李相爷已安排好了合适的主政之人,待我等平叛之后,自有此人革除弊政,力行新政,让这里再无乱事。所以这条小道以后是不是机密,也就不重要了。"

言罢,杨延昭心中不免有些愧疚,因为这条小道的图纸还是大柴郡主极力恳求,才从赵恒手中要来的,让马冲在必要之时交给自己。

亏欠你这么多,怕是今生也无法回报了……

高琼按照杨延昭的指示,派人将一个木匣快马加鞭送往剑门关,交给赵延顺。为了获取对方的信任,高琼只派了单人前去。

即便如此,赵延顺还是闭关不出,而是让来人将木匣放于竹篮中,吊上

第四章　刀山上行

关楼。从外表看，木匣仅能放下几册书本，但赵延顺还是谨慎地让手下代为打开。

亲兵小心翼翼地打开，倒吸一口凉气，里面竟是一只断手。虽说手比脸难认，但赵延顺一眼就认出了这只手是符昭寿的，因为五个指头上都套着一枚戒指，白玉、黄金、松石各种材质不一而足，件件价值连城。放眼整个川峡二路，还能有谁这么土豪？

在木匣里还有一封信，亲兵不识字，赵延顺只好自己拿出来细读。信是杨延昭写的，没有文臣那套华丽文藻，直白地告诉他：此次事变乃事出有因，全怪符昭寿克扣军饷，欺下瞒上所致。如今符昭寿因抗法已被本钦差斩去一只手，收押于大狱，只等圣旨下来定罪。本钦差也已上奏陛下，只要尔等放下兵器，重新归顺于朝廷，朝廷将既往不咎，尔等也可继续食朝廷俸禄，为国尽忠。

"哼，当我三岁小孩！"

赵延顺将信捏成一团废纸，然后明白地告诉来者：处置了符衙内，不过是再来个王衙内、张衙内，我等早已信不过朝廷。杨延昭要是有种，就来攻破我剑门天险，耍阴谋诡计算不得英雄！

听完汇报，高琼断定这赵延顺肯定是害怕作为乱首，被朝廷秋后算账，所以遵照杨延昭的计划陈兵于关前，一面不断从正面发动佯攻，一面不忘将符昭寿被革职的消息用射程数千尺的床弩射进关内，让叛军人尽皆知。

如此一来，赵延顺就是想对手下隐瞒，也无能为力了。

高琼再接再厉，每天在关前擂鼓大作，把先前俘虏的叛军押在阵前，让关里的叛军见识下这些断臂俘虏的惨状。同时还叫板赵延顺，让他出关来战，否则龟缩在关里，只有等着被消灭的份儿。

赵延顺当然清楚杨延昭想速战速决，更清楚他手下那帮屠夫们的凶狠，所以坚决守在关里，任凭高琼叫破了喉咙。但他手下那些士卒就没那么矜持了，如果当初不是符衜内太过分，谁想从事造反这项高风险的事业。于是有人嫌赵延顺缩头乌龟，有人想起了老婆孩子，军心开始浮动。

杨延昭抓住时机，于一个清晨按照史延德留下的路线图，带上投镖、套绳等攀岩工具，沿苦竹寨前的小剑溪溯源而上，直奔小剑山。

这小剑山与其说是座山，倒不如说是堵墙，如同一块打磨过的庞然大物耸立在眼前，挡住了去往蜀中的道路。更可气的是砖墙好歹还有砖缝，而这堵墙全是裸露在外的巨大岩石，岩石就像设计好似的，笔直如刀面，还寸草不生，想爬上去除非变成壁虎！

但刘谦和他的手下变不成壁虎，所以只能一个劲儿地摇头——怎么摊上这么个鬼任务！想来当初史延德那厮一定吃错药了，才敢接受同样的任务。

杨延昭领着他们，按照史延德留下的地图，几乎是一边行进一边找路，终于找到了一处岩缝比较多的山体。岩缝中一些草木寻机生长，为攀岩而上提供了难得的助力。

"就是这里了！"

杨延昭一声令下，十多名剑舞连眼皮都不眨一下，就跟着马冲一齐动手，将套绳对着山壁上横长出的树枝抛了上去。尔后各自又拽扯了一番，筛掉一部分不结实的树枝，然后马冲一马当先，娴熟地借助套绳攀岩而上。

升到半山腰后，山壁上难得的那点植被戛然而止，取而代之的是一些星星点点散落在石壁上的石坑，说深不深，说浅不浅，反正是没有形成足够深的石缝，让草木得以见缝插针。

马冲深吸了一口气，此时他身悬半空，下面是悬崖，上面是绝壁，正所

第四章　刀山上行

谓"绝境"是也。唯一的出路就是上面那些或一拳大，或脸盆大的石坑了！

这也叫路？

迟疑了一瞬后，他将吸入的那口浊气重重吐出，朝周围大喝一声："兄弟们，我先上了，各自珍重！"

然后目视头顶，看准一处仅容单手、距离自己不下三尺的石坑，双脚猛地一蹬，同时右手拼尽全力抓了上去……呼，还好，总算是够着了！如果力度稍大或是稍小一点，就将抓无可抓，必然摔成肉饼！

由于山壁近乎垂直，马冲必须抓住一个石坑，再寻下一个石坑，而选中的石坑是不是能帮他通到山顶，那就得看他的造化了。

幸好杨延昭也及时发现了这个问题，便安排下面的"剑舞"利用视角之便，一对一为山壁上的兄弟们"导航"。

方向的问题是解决了，但艰险并没有排除。比如马冲按照人肉"导航"的指示，发现下一个距离最近的石坑在右斜上方，距己怎么也五尺开外！

现在退无可退，只好拿命一搏了。马冲目测了三遍自己到石坑的距离，然后努力估算出右手应该使出的力度，这才吞了吞口水，奋力向右上方跃起，眼看就要抠住石坑，忽然不知从哪儿冒出一只麻雀，从他头顶掠过。

马冲心中一惊，右手稍微迟了一瞬。然而就是这瞬息间的分神，指尖竟与石坑的下沿擦肩而过，顿时脚底踏空，向深渊坠去！

下面的众人亦是大惊失色，心说这下可完了。

饶是马冲艺高胆大，此时也是一头的白毛汗。因为人在半空，又处于急坠中，正所谓上不着天，下不着地，身体的自然反应就是心中无底，手脚冒汗！

慌乱之中，他本能地伸手向山壁抓去。然而山壁光滑如镜，连片土渣都没有,任凭他双手力大如鹰爪,也无济于事。

马冲好歹是大宋最精锐的"剑舞"指挥使,他给自己定下的目标是要么战死沙场,要么封侯老死,可不是出师未捷,摔死山崖。所以他不顾一切地将右手贴在山壁上,任凭磨秃了指甲盖也不撒手,左手则拼命地在山壁上胡乱抓着,这样左右并用,寄望于在这疾速的坠落中突然抓到点什么,好捡回一条命。

然而他是顾头不顾腿,全身注意力都在双手上,却顾不过来双腿,膝盖不时磕碰在山壁上,以至于后来他疼到麻木了。

就在他认为自己必死无疑的时候,右手指尖猛然间给了他一个向上的助力——抓到救命的石缝了?!他下意识地指尖用力,左手迅速配合紧贴着抠来,总算是天不绝他,身体停止了下坠。

马冲喘着粗气抬头一看,果然是一条大约三指宽的石缝。

下面的刘谦等人也是长出一口气,继而给他加油鼓劲。

马冲吞了吞口水,这才看清楚原来自己已经重新坠到了半山腰处,周围散布着一些横出山缝的树枝。

虽然浪费了先前的一半努力,但好歹命在,他强迫自己尽快调匀呼吸,然后招呼下面的人给自己"导航",重新向上攀爬。

就在此时,杨延昭突然冲他大喝一声:"小心,头顶!"

他刚要抬头,眼前一黑,然后就觉得泰山压顶一般,一个重物猛然砸在头顶。虽然被砸得眼冒金星,陷入了短暂的眼盲,但他的直觉和触觉告诉他,砸在头上的是一个人!

生死之际,他一面左手咬牙抓紧了石缝,一面下意识地伸出右手,虽然眼睛一时借不上力,但他还是凭着敏捷的知觉,使出吃奶的劲抓住那个砸落

第四章 刀山上行

下来的属下。

直到抓住属下的腰带,他才感觉到右手中指和食指的指甲已经完全秃了,因为分明是指尖的伤口触到了对方的牛皮带。

马冲用力挤了下眼睛,把满眼的金星给强行挤了出去,然后寻到了属下肖勇那张带着血痕的脸。

马冲的单手支撑不了多久,他和肖勇心有灵犀地对视了一下,右手一用力,肖勇也配合地纵身一跃,便抓住了右手边的一根还算粗壮的树枝。

两人侥幸脱险后,杨延昭关心地问要不要先下来,让其他的剑舞替补上去。马冲倔强地予以婉拒,这点小伤算不了什么。

尔后,他便背对虚空,继续在一个又一个得手则生、失手则死的石坑中寻找向上的生路。

其他剑舞也无愧于精英之名,面对这条"绝路"亦是坚定地向死而上,为下面的大军徒手开辟前进的道路。

望着他们缓慢而坚定的身影,刘谦一边暗竖拇指,一边庆幸自己当年没有"有幸"入编剑舞。

饶是以剑舞的精锐之力,马冲等人在这段不足百尺的绝壁上也耗费了小半个时辰,才终于攀上了山顶。立于山顶,望着脚下那道犹如刀劈斧砍出来的山壁,马冲长长地出了一口气——原来我刚刚上了一座刀山!蜀道之难,古人诚不我欺。

再看他的手指,有五个指甲都已无存,不过他以惊人的毅力忍住了疼痛。

让他欣慰的是,随自己徒手上刀山的十五个兄弟除了身上挂了点彩,全部安然登顶,没给剑舞丢半分脸。

马冲眼中蘸满"好样的"扫视了一圈众人后,一挥手指挥他们将手中的套绳找好结实点的树木或是石头固定，然后绳子另一头抛下，作为后续大部队的上山工具。

在杨延昭和刘谦的指挥下，一千多名士兵分成十六支队伍，借助十六根套绳依次攀爬而上，用了一个半时辰，终于悉数上了刀山。

站在山顶，刘谦和麾下众人也是一阵得意，虽然他们不是第一批上来的，但只要攻破了剑门关，他们就是征服这座天险的盖世功臣。日后跟儿孙们提起，足够炫耀一番的。

然而他们的好心情还没持续多久，就发现了另一个头疼的事情——上山不易，下山也不易。虽说下山的路稍缓一点，但也不过是绝壁变陡坡！

* * *

杨延昭让众人稍事休息了片刻，就指挥他们重新起身，然后沿着山路顺延而下，并且特别强调：每人的下山时间不得超过三炷香。胆敢有逾限者，百名剑舞就是行刑队，立斩不赦。

"食人羊"的话就是圣旨，士卒们只得拼力按下心头的恐惧，一个接一个鱼贯而下。如此耗费了大半天，这一千人的雄威军终于全部越过了剑门山。虽然还没经过战斗，但不少人已经像干了一仗似的不是擦伤就是划伤，颇为狼狈。

在杨延昭看来，只要全员活着越过剑门山就是胜利。他没给士卒们休息的时间，立即开拔向剑门关东边的来苏挺进。按照史延德留下的地图显示，那里有一条偏僻但有些曲折的小路直通剑门关南面的清强店。

清强店距离剑门关有二十里，叛军都集中在关城里，多半会疏于防范。如果从那里发动突袭，成功的可能性很大。

杨延昭带着士卒又是爬山，又是渡河，夜里只在一处山林中短暂休整了两个时辰，然后一路急行军，终于在次日卯时天蒙蒙亮时赶到了清强店。而在这之前，他已让马冲放出信鸽，转告高琼务必于一个时辰后，也就是辰时从剑门关正面发动强攻。

几天来，高琼的进攻一直是雷声大，雨点小，除了依靠射程远的床弩等大杀器偶尔能对剑门关内造成点零星伤亡，根本无法在关城前取得任何进展。所以赵延顺对于今天高琼大军的"准点报到"一点也不在意，只是令士兵们在营房里好好待着，别被天上掉下的床弩箭头伤到就成。至于关前的雄威军，用诸葛弩好好招待就是，反正关前的小道上也挤不下几个人。

出乎赵延顺意料的是，战斗刚开始，战火就烧到了他的主帅大堂——雨点般的床弩箭支轰然而下，先是房瓦被砸成一个个碎片，随即标枪大小的弩箭穿破房顶，落入大堂之内。他眼巴巴地看着一个亲兵被硕大的弩箭戳穿头骨，糖葫芦一样钉在地上。

原来高琼这老小子隐藏了实力！

赵延顺不是笨蛋，床弩杀伤力是不小，但弩机这东西的杀伤力与个头成正比。一架床弩最起码的配置是三张大弓，依靠这么多张弓的合力才能把相当于一支标枪的弩箭射出，所以其个头往往不亚于一辆战车。

也正因为如此，他才断定即便高琼手里有大把的床弩，也无法在剑门关前狭窄的栈道上展开，一次能投入战斗的有四五架就不错了。孰料今天这弩箭如雨下，少说也有上百架弩机，难不成高琼这家伙把弩机搬到剑门山顶上了？

在没搞清楚敌军的虚实之前，赵延顺决定以不变应万变，先守住关楼再说。他顾不上主帅的颜面，和亲兵顶着偌大的帅案就冲出了大堂，把士兵们从营房中喊了出来，然后顶着盾牌直奔关楼增援。

与此同时，借着床弩的巨大火力威压，高琼指挥大军用盾牌排成两人排的龟甲阵，巨蛇一般的沿着山道蜿蜒而上，进抵至关楼前。半山上的弓弩手见状立即暂停对关楼的"人工降雨"，以免造成误伤。

关楼上的叛军被床弩压制了好半天，一看箭雨停歇，立即搬出诸葛弩，准备好好发泄下。孰料下面的"巨蛇"突然掀掉盾牌，露出了一溜诸葛弩！随即一阵连珠炮似的箭雨倾斜而上，打了他们个措手不及！

诸葛弩一次连射可达十支弩箭，几十架弩机连番齐射，很快便把关楼射成了刺猬，连带把守卫的士卒射得伤亡惨重。处在"巨蛇"腹部的高琼眼看前面得手，立即抽出腰刀，大喊"攻门"。

前排的士兵闻令立即冲到关楼下的门洞里，开始举着盾牌撞击关门。剑门关的关楼小得像座碉堡，关门比地主家的蛮子门大不到哪儿去，很快门闩就在官军如潮的人肉撞击下有些变形。

因为这几日高琼的进攻太过有气无力，所以关楼上的守军只有百十来人，适才已被床弩和诸葛弩干掉了一大半，此刻只有不到三十人能投入战斗。他们这点人在门外官军的猛攻下渐渐不支，眼看门栓被撞得就要从中间一折两截。这时，赵延顺领着上千人忽然赶到，猛地冲向了关门，将几近崩溃的关门顶了回去。同时，赵延顺身先士卒，不顾危险冲上了关楼，指挥士卒重新部署下十来架诸葛弩机，向关楼外的雄威军发起猛烈的扫射。

关楼居高临下，下面的人又密密麻麻，只要把弩箭射出去，不愁射不中人。于是乎雄威军立刻遭到了密集的火力反扑，不少士兵被射成刺猬后，翻身栽下了栈道旁的百丈深渊。

高琼没料到赵延顺反应这么快。之前在他看来，这个黄口小儿不过是搅屎功夫了得，才侥幸从一名士卒摇身变成了叛军大将，今天一交手才发现，这家伙竟是个狠角色。

不过老夫打过的仗比你杀过的人都多，还能输给你不成？

高琼横下一条心，严禁任何人撤退，同时一边恢复龟甲阵型，一边用诸葛弩对诸葛弩，跟姓赵的小子耗到底！

赵延顺在关楼上居高视下，终于发现了敌军床弩得以摆开大阵的秘密——原来这天杀的高琼竟然在每架弩机上装了六张弓，使得射程大为提高，在开阔的半山腰上也能发挥杀伤力。

怪我小看了这老匹夫，原以为他是一个只会拼蛮力的莽夫，没想到还有如此手段。也罢，反正雄关天险在握，小爷我就舍命陪你耗上一耗，看看是你的矛锐，还是我的盾坚！

想到这里，他又对偏将下令，命其调两千兵马集结于关楼附近，先养精蓄锐，等雄威军被耗得精疲力竭时，再以逸待劳杀出。到时高琼人困马乏，上千人又挤在狭窄的栈道上，自己居高临下俯冲，必定让雄威军慌不择路，互相踩踏……赵延顺想到这儿，禁不住一脸的得意，仿佛此刻关楼前的山坡已是血流成河。

双方就这样你来我往，耗了整整一个时辰，到巳时时分，关楼下的雄威军已略显疲态，连高琼那高亢的喊杀声都变成了嘶哑的破锣嗓。更重要的是，经过一个多时辰的消耗，雄威军的弩箭"降雨量"大不如前，显得后劲不足。

赵延顺意识到以逸待劳的时机到了，便来到两千精兵面前，煽动道："兄弟们，被高琼那老匹夫整天骂缩头乌龟，你们乐意吗？"

"不乐意！"众人齐呼。

"在他们眼里，我们是一群乱臣贼子，人人该杀，但我们为什么要反，你们说！"

士卒们一个个面红耳赤，高喊："是被符昭寿他们逼的！"

"没错！我们用自己的身家性命为朝廷卖命，就为了让老婆有口饭吃，让孩子有衣裳穿。"赵延顺说到动情处，眼圈已是微红，"但是我们的活命钱却被那些官老爷们贪墨了，你们说，是我们该杀，还是他们该杀？"

"他们该杀！该当诛灭九族！"士卒们用滔天的杀气回应着他。

赵延顺一把抽出佩刀，对着关楼外一指，"现在，就让我们杀出关去，让高琼知道助纣为虐是什么下场！"

说完，他一挥手，紧闭的关门缓缓开启。他一马当先冲了出去，群情激昂的士卒们也蜂拥而上。关楼上此时也是诸葛弩火力四开，暴雨般对着雄威军一阵猛扫。关门外的雄威军显然没料到里面的缩头乌龟们有胆子杀出，一时有些措手不及，进退不得。

赵延顺要的就是这效果，一跃闯入雄威军队列中，挥起刀就是一阵劈砍。士卒们见他如此不要命，也备受鼓舞，潮水一般"淹"向下面的敌军。

水从高往下淹，必然气势大增。叛军这么一番俯冲，顿时把雄威军挤得节节后退，将先前的战果尽数丢弃。叛军一看对手不堪一击，顿时头脑发热追了起来。赵延顺却看得清楚，雄威军只是后退，但队形未乱，便觉察出有些不对劲，赶紧勒令停止追击。

恰在此时，半山腰开阔处的床弩大阵突然对空起射，三道耀眼的火光直冲云霄，方圆十里之内皆可目睹。

"中计了！"赵延顺大喊。

这时，就听高琼的破锣嗓瞬间自愈，打雷一般高喝道："黄口小儿，老夫奉旨前来砍人，今日就是你的死期！"

声音刚落，雄威军突然停止了撤退，并扔掉笨重的盾牌，反冲上去对着

第四章　刀山上行

关外的叛军就是一顿猛砍。

两军混战在一起不分敌我，关楼上的诸葛弩立刻成了摆设。赵延顺这下才明白过来，敢情高琼是想引蛇出洞，然后趁着关门大开，好浑水摸鱼攻进去。

当务之急是赶回关楼，然后紧闭关门！赵延顺打定主意，便想冲回关楼。然而自己的人已经和雄威军缠斗在一起，想脱身谈何容易。

冲杀了一阵，他终于决定痛下狠心，抛弃自己的人，自个儿先回到关楼再说。但栈道上人挤人，他也费了好大的劲儿才摆脱了缠斗的人群。孰料他刚喘口气，就见去路又被堵得死死的。原来那两千大军还有一半在关内，此时还没反应过来，正鱼贯而出。

赵延顺只得连骂带吼，给手下的笨蛋们急踩刹车，让他们掉头赶紧回去。如此费了好半天劲，他才侥幸返到关门前，却听关内不知何时杀声四起，浓烟滚滚。

难道雄威军进关了？赵延顺不禁脊背发凉，这里可是剑门关，高琼就是再能耐，除非插上翅膀，否则怎么可能在我毫不知情的情况下，杀进关里呢？对了，忘了姓杨的，这几天都是高琼在外面叫阵，一定是他趁我不备……

虽然搞不清杨延昭走的什么道，但赵延顺想到关里还有八九千人，心中就稍微定了定。他冲进关门，急令守卫的士卒们关闭楼门。一个士兵刚说下面还有那么多弟兄没进来，就被他一刀劈倒。其他人不敢再有异议，一咬牙把自己人和敌人统统挡在了关外。

他让偏将守住关楼，自己找来一匹马，顾不上关内山道的崎岖，就直奔关城中去。谁知一路上遇到了不少败退下来的残兵——一条胳膊的，和几天前高琼拉到关门前示众的俘虏一模一样。

赵延顺勒马揪住一个指挥使，问发生了什么事。后者结结巴巴说是一队人马高举一面写有"杨"字的大旗，突然抄后路攻打关城。后门本来就没什么人把守，所以片刻便被攻破，他们一路势不可挡，目标直指前面的关楼。

果然是杨延昭……赵延顺捏紧了缰绳，看来他是想和高琼那老匹夫前后夹击，好牢牢控制住剑门关楼，把大军放进来。

哼，你有张良计，我有过墙梯，谁输谁赢还不一定呢！

赵延顺眼里瞧得明白，这些败退下来的只是后营的士兵，充作预备队的，前营的除了被自己带出关门的两千人，尚有五千人马没动，他们才是关里的精锐。而且不管杨延昭是怎么抄后路的，凭剑门山这刀山险道，他只能靠两条腿翻过来，肯定没有骑兵助阵，这就给了自己集结人马的时间。

拿定主意，他立即掉转马头，直奔前营中军，点齐人马横插通往关楼的主道，正好与杨延昭的人马撞在一起。

赵延顺只见冲在最前的是一队白袍玄甲的猛人，他们个个身材高大，手持利剑快若风雷，砍瓜切菜一般扫得守军人仰马翻。这身手是……剑舞？！

他咽了咽口水，就见紧随其后的是一群身着雄威军军服的家伙，虽然手持之物是军中寻常可见的环刀，但战斗效率惊人，一刀下去，保管让对手右臂落地，再无战斗力。

"食人羊"的手下果然无弱兵！

不过赵延顺也发现对方虽然个个不是善茬儿，但人数不过千余。

人少就好……他眼珠一转，顿时计上心头，先是让手下的五千人以六人为一组，摆出一个个小而精的六花阵，以防御队形正面迎敌。然后对一名传令兵小声耳语几句，后者随即骑快马转小道，消失得无影无踪。

第四章　刀山上行

此时杨延昭指挥部队正杀向关楼，忽然见前方斜刺里冲出黑压压一片人马，并迅速打散成六花阵，挡住了去路，便知道遇到真正的对手了。

这个赵延顺不简单，临危不乱，还应对有法，真不像是一个小兵的作为……杨延昭隐隐觉得这次蜀乱似乎不那么简单。

对于眼前这群数倍于己方的叛军，刘谦握了握环刀，给了杨延昭一个有力的眼神——我有信心全部制服！

杨延昭摇了摇头，这大几千人挨个砍过去，起码也得自损五百。后面还有城高池深的成都等地，照这么打下去得死多少人？然后还了刘谦一个更有力的眼神——看我不战而屈人之兵。

他先是让部队立即停下，尔后让一名剑舞高举帅旗，大步来到阵前。

叛军看到官军的主帅竟是一名黄口小儿，不免将他和靠老爹爬上高位的符衙内当成一类货色。

站定后，杨延昭朗声道："我乃兵部侍郎，权川峡二路节度使杨延昭，奉旨前来平叛！"

居然是节度使……叛军们心说咱们的头头王均四十好几，才不过是团练使，上面还有防御使、观察使等好几个品阶。这位衙内果然是靠爹吃饭的货色！

看到叛军脸上的轻视之色，杨延昭声音陡然加重："剑门虽是天险，但挡不住我神兵天降！我已从关后截断退路，尔等现在是瓮中之鳖，休想再做困兽之斗！"

杨延昭的话如同一盆冷水，终于让叛军们认清了己方最大的倚仗剑门关被破这个事实。剑门山这座刀山都挡不住的人，自己能挡得住吗？

"小杨令公，我看你才是困兽吧？"

杨延昭循声望去，只见一个两眼狭长，但目光深邃的精瘦年轻人骑着高头大马，立于叛军阵中。

"你就是首逆赵延顺？"

赵延顺冷冷笑道："在你眼里，我们都是叛逆，都该诛杀九族，何必分什么首逆、胁从？"

叛军们一听是这个理，顿时握紧了刀柄，准备拼个鱼死网破。雄威军亦不示弱，纷纷剑拔弩张。

杨延昭伸手止住手下，又往前几步，离最近的叛军只差一步才停下。身前的叛军士卒如临大敌，警惕盯着这位敌军主帅，却惧于后者一双比锥子还锋利的鹰目不敢轻举妄动。

杨延昭在背后鲜红的帅旗下，官威分外慑人。

"我知道你们参与叛乱并非出于异心，而是因为符昭寿贪墨军饷，克扣你们的养家糊口钱！"他的眼光犀利地扫过除赵延顺之外的所有叛军，"所以本钦差在此郑重承诺，只诛首逆，不杀胁从！"

叛军们不免有些动摇起来。

"首逆者，一为王均，二为赵延顺，除此之外不管是谁，本钦差尽可赦免死罪！"

谁是首逆，谁是胁从说得明明白白的，而且是从代表皇帝的钦差口中说出来的，叛军士卒们终于有些心动了。

"别忘了你们因何举起叛旗，不是为了效忠什么蜀王王均，也不是为了跟大宋朝廷作对，而是为了一家老小能活下去！"

赵延顺忽然哈哈大笑，质问道："说得好，但不知小杨令公如何解决我等的欠饷？"

第四章 刀山上行

符昭寿欠下的窟窿你根本填不起！

杨延昭冷冷地对视着赵延顺，却不恼不慌，而是轻轻一抬手，马冲和两名剑舞大步来到杨延昭身后。三人各自从背上取下一口狭长的木匣，从里面亮出几道黄纸。

看叛军面面相觑，杨延昭接过一道黄纸，打开示与众人道："这里是五百道度牒，够你们这里所有人的欠饷了吧？"

川峡二路厢军的月俸不及禁军的五分之一，五百道度牒少说也值一万贯，充作这五千人的俸禄绰绰有余！

叛军们常年在军营里，凡事都讲究眼见为实，现在五百道价抵黄金的度牒明明白白就在眼前，他们终于绷不住，开始互相嘀咕了。

这时，就听赵延顺一阵狂笑，"小杨令公当我们三岁小孩吗？三年前刘旰叛乱，三千残军被劝降，事后却悉数被斩，您不会忘了吧？"

杨延昭知道这事，当年张咏确实拼尽全力才劝降了这些人，却被王钦若等人一本打翻，说什么谋逆反叛乃诸罪之首，务必杀一儆百，硬是说动了赵恒痛下杀手。

赵延顺趁势一指前方："姓杨的，你看好了，就在刚才我已派人收拢后营的部众重新控制了后关门。现在你才是瓮中之鳖，还是乖乖向我这个首逆投降吧，我会向蜀王保举，你还是川峡节度使，不过是我蜀国的川峡节度使，哈哈……"

杨延昭眉头微微一蹙，果然不是小兵才智！自己的人马一路直冲关楼，悉数抵此，先前拿下的后关门反倒成了破绽。

等打完这仗一定要查查这厮的底细……

对面的叛军被赵延顺一煽呼，已是个个狰狞，摩拳擦掌。

杨延昭不屑道:"夺回后关门又如何?我杨延昭打仗,从来不考虑,也无须退路!"

叛军见他原地岿然不动,一时竟不敢轻举妄动。

杨延昭继续晓之以理:"诸位所虑之事纯属多余,一则三年前的张咏张大人并非钦差,无便宜行事之权;二则当年主杀降军的王钦若已锒铛入狱,听候朝廷发落。我乃代天巡牧川峡的钦差,所应允之事便是圣旨!"

"马上就是俘虏了,还敢自称钦差?"赵延顺大手一挥,就要指挥叛军变六花阵为三才阵,转守为攻。

"慢!"杨延昭大喝一声,"我今天就让诸位见识下什么是钦差,什么是生杀予夺之权!"

说完,他朝身后的马冲一使眼色,后者很快去而复返,将一个人揪到了叛军阵前。一见此人,叛军士卒顿时肝火上涌,同时也真正领略了钦差的威力。

* * *

被带上来的不是别人,正是此次蜀中之乱的罪魁符昭寿符衙内!

只见往日不可一世的符衙内灰头土脸,被捆得结结实实犹如粽子,唯有身上那件蜀锦的袍服还光彩照人。不过略显奇怪的是,他只有左臂被缚,右臂却耷拉在捆绳之外。

众人不由联想起前几日高琼派人送来的那只手,难道真的如他所说,将符衙内斩手了?

他们正好奇中,就见马冲揪住符昭寿的右臂高高抬起,露出了被白布包扎的断臂,顿时疼得后者龇牙咧嘴,破口大骂当今川峡二路一把手。

"胆敢再吐一个脏字,我现在就把你丢到对面去!"马冲威胁道。

第四章 刀山上行

符昭寿望着对面那一双双喷火的眼睛，立即把嘴闭得紧紧的。就在前些日子，正是他们拿着砍刀满城追，把自己撵出成都的！

这时杨延昭告诉一众叛军，符昭寿已经被自己罢免了铃辖一职，并将其累累罪状上达天听，不日就会有诏书下来，给予符昭寿应有的惩罚。

大活人押在眼前，不由得叛军士卒们不信。

杨延昭见时机成熟，先给个甜枣："我只给尔等一炷香时间考虑，如果重投官军麾下，即刻补发欠饷，恢复官军身份，且既往不咎！"

叛军士卒们一听，顿时个个眼睛发亮。

杨延昭适时又打一棒子："如若顽抗到底，不仅尔等性命不保，还将连累家人，子孙不得参加科举，永世与仕途无缘，女眷背负叛匪余孽之名，再难嫁与良人！"

叛军们大道理不懂，但小算盘还是算得清的。服个软，重回吃皇粮的大家庭，我好全家都好；硬到底，虽然有可能成为开国功臣，但成为阶下囚的可能性更大，尤其是在蜀中的护身符——剑门关已破的情况下。

算清楚造反和归顺的成本后，最先是前排的一些叛军士卒丢掉兵器，高喊着"我要拨乱反正""我听从杨大人调遣"涌入雄威军的队列。因为他们离杨延昭最近，把度牒和符昭寿看得最是清楚。

有他们带头，叛军的心理防线终于大崩溃，先是三五十个，然后是成排成排地丢掉兵器，甘愿听从钦差大人调遣。但也有个别或怀疑或自觉罪孽深重的，趁着乱局四下逃散，几千人的场面一时显得有些混乱。

杨延昭对这些虾兵蟹将不甚在意，唯一让他惦记的只有赵延顺。因为此人既是逆首，更有着常人难以企及的心机，只有抓到他，此战才算是得尽全功。

然而就在此时，不知谁喊了一声："兄弟们，发饷了，快去领饷！"

一些后排的士卒生怕度牒被前面的人抢光了，旋即往前涌来，局面一下子更加不好收拾。

第五章
蜀中迷局

面对这些杀气腾腾的下属,杨延昭脸色古井不波,气度如常。他甚至还有闲心想起张适提起的叛乱之情形,与现在何其相像。如果那时有位军政高官站出来,诚心安抚,晓之以理,也许就没有眼下这场蜀乱了。

"谁敢抢,以谋逆罪就地斩首!"杨延昭一声厉喝。

不用下令,马冲和一众剑舞已亮出一柄柄寒光森森的三尺利剑,天兵一般横在阵前,总算是镇住了穷疯了的士卒们。

"人人有份,我杨延昭不会欠你们任何人一文钱俸禄。"

说完,他当众吩咐刘谦将归顺的士卒按现有编制,由营指挥带领向前者报到,暂编入雄威军,然后再以每营十道度牒进行分配。军官一听自己的职务和编制不变,当然很配合。有他们带头,几千士兵很快井然有序起来。

叛军基本都听话了,接下来就是抓捕赵延顺。然而马冲带人在士卒中搜寻了一圈,也没见到这家伙。

看来刚才喊抢钱,制造混乱的人就是这厮了!杨延昭命令马冲带上人,即刻赶往唯一的出逃通道后关门,截住这个家伙。然后他带领重新整合后的雄威军,一边收编劝降其他还在抵抗的叛军,一边向关楼攻击前进。

叛军现在群龙无首,几乎没组织起像样的抵抗就纷纷归降了。不消三炷香的工夫,杨延昭已顺利拿下关楼,与关外的高琼大军胜利会师。

至此,被符昭寿不战而弃的天险剑门关终于克复,进出蜀中的钥匙终于回到了朝廷手中。但遗憾的是马冲虽马不停蹄地赶至后关门,但还是被赵延顺煽呼来的一群后营士卒拖住,使后者得以侥幸逃脱。

杨延昭闻报后,留下高琼等人善后,连午饭都没吃,就点齐三千精兵空着肚子直扑剑州城——丢了剑门关,赵延顺下一步只能是退守剑州。

剑州城只用了半个时辰,就被杨延昭顺利攻克。进城后,他才得知赵延顺压根就没来剑州。至于守军,他们根本没料到剑门关会失守,所以没做任何防御准备。

杨延昭的心情并没有因剑州的轻易克复而放松,相反,他愈加觉得赵延顺是个心腹大患。此人知道剑门关一失，剑州城一无重兵，二无防备，肯定守不住，与其做无谓的牺牲，倒不如择有利地形于别处再行抵抗。

再往前纵观此人，于叛乱肇始之时煽风点火，使蜀中之乱从星星之火骤成燎原之势；于剑门关审时度势，明智地转攻为守，坚壁清野，企图拖垮粮草不足的自己；于破关之时临危不乱，兵败之时还能浑水摸鱼，及时脱身。此等作为，既有谋士的随机应变，又有大将的取舍之勇，这种人要么是天赋异禀的奇才，要么就是深藏不露的危险分子。

杨延昭凭自己的直觉，更倾向于后一种可能。因为蜀中之乱看似乃符昭寿胡作非为所致，实则与辽军寇边之举遥相呼应，使大宋北有强敌压境，南有叛军背后捅刀，形成内外夹击之势。同时蜀中作为大宋钱粮重地，此乱又与东京大火遥相呼应，致使大宋的财政在蒙受巨额损失之后，又被釜底抽薪，断了重要财路，一时无法恢复元气。

这几件事如果说是巧合，那么萧太后除非跟老天爷有血缘关系，否则她的运气未免太好了！

排除掉巧合的可能，杨延昭决心要尽早平定蜀乱，好让在前线苦苦支撑的皇帝赵恒免除后顾之忧，放手与萧太后一战。

想到这儿，他重新分析了下蜀中的形势。蜀中虽分为西川路、峡路两个一级行政区，但以夔州为治所的峡路各方面实力远远落后于以成都为治所的西川路。这是因为成都是蜀汉、前蜀、后蜀等历代割据政权的都城，虽然地理上偏居蜀西，但几百年来累积了无尽的人力、物力和军力，是蜀人心中当之无愧的首善之地。所以别看王均匆匆起事，因为占领的第一块地盘就是成都，一下子占领了蜀人心理上的制高点，遂势不可挡，短短十数天就打到了剑门关，几成割据之势。

如果想速战速决，那么最好的办法就是尽快拿下成都，不能逐城逐地攻取，更不能指望在道路难行的蜀中迂回包抄，只能以最直接的行军路线进攻。

打定主意，杨延昭叫人取来川峡二路的地图，查看后发现绵州扼守涪江上游，无论是三国时邓艾灭蜀走的阴平古道，还是几十年前开国元勋王全斌灭后蜀走的剑门关，最终都必须通过绵州才能直取成都。所以欲攻成都，必取绵州！

确定好了下一个目标，杨延昭将牛冕和几千弱兵残将留在剑州，负责筹备军需，然后亲率重新整合后的一万雄威军急行军，向下一个战场绵州进发。

一路上，杨延昭一面将符昭寿被免职收押的消息四处散播，一面派出一些降将和降兵现身说法，用自身的无罪豁免劝降各处叛军。在如此强大的心理攻势下，东川等地的叛军纷纷举城归降。

更让人兴奋的是，王均由于太在意夺取剑门关等战略要地，来不及顾忌其他一些州县，导致包括四州都巡检张思钧等在内的"漏网之鱼"还在其他非战略要地抵抗。他们苦盼来了平叛大军后，纷纷派人与杨延昭取得联系。杨延昭对蜀地的官员不太熟悉，就由随军的张适进行甄别后，再由杨延昭一一回信或是派遣特使，命其配合输送情报或是筹集粮草。

有了统一指挥，原先一盘散沙的抵抗力量遂井然有序起来，官军们互相配合，形势大为好转。

奇怪的是，面对杨延昭的高歌猛进，王均和赵延顺似乎也很配合，既没有在沿路各地布下重兵拦截，更没有派去一兵一卒的援军，放任杨延昭往南进发，使得雄威军比原先预定的时间还早两天就抵达了绵州。

对此，高琼、刘谦有些得意，认为叛军在剑门关一战后，士气上已经土崩瓦解，也许没等自己动手，其他各地的官军就能把成都光复了。他们信心这样足不是没有道理的，就在两天前，处在成都腹背的蜀州知州杨怀忠飞鸽传书，提出叛军主力一旦北出成都，他就带领招募来的两千乡勇前去偷袭。

杨延昭却告诫他们不可掉以轻心，因为据斥候传回的情报，绵州的守将不是别人，正是漏网之鱼赵延顺。虽然一时无法得知城中有多少叛军，但杨延昭推断他置各地城池于不顾，极有可能是抓紧时间布防绵州。只要守住了绵州，不管之前丢失了多少城池都无所谓，毕竟这里才是通往成都的钥匙。

事情果然不出他的所料，高琼带人连续攻打了两天，都无功而返。因为绵州城下布满了数不尽的拒马、绊马索，城头则备足了滚木、礌石和包括诸葛弩在内的多种短、中、远程弩机，把绵州城变得几乎密不透风。

每次出击，高琼的大军离城墙还有几百步远就遭到漫天弩箭的"洗礼"。好容易顶风冒雨跑至城下，又被削得尖尖的众多拒马拦住去路，高琼只得和士卒们冒着中箭的危险清除这些路障。当他们干完这些力气活，终于可以攻打城门了，整根整根的滚木和百斤重的巨石又暴泻而下，让人防不胜防。

在进行了两天这种近乎铁人三项似的进攻后，高琼终于抱怨起来："老夫打了一辈子仗，还从没干过这么重的力气活！"

他向杨延昭建议，不如迂回至东边的梓州，绕过绵州，再进攻成都。杨延昭当即予以否决，如果折向梓州，路上耗费时间不说，谁能保障梓州就比绵州好打。

不过杨延昭不是一根筋，照现在这种打法就算最终攻下了绵州，自己的人也把血流得差不多了。所以他决定双管齐下，一面武力进攻不停，一面大搞心理攻势，让已归顺的士卒向城中的同乡、父兄飞箭传书，进行劝降。

高琼、刘谦立即照办。经过这两天交手，他们已搞清楚城中守军原先的藩属，然后让军中的士卒向这些老同袍们传信——只要肯弃暗投明，罪过一笔勾销，还可恢复官军身份，补发去岁的全部欠饷。

因为当兵的人一般不识几个大字，所以信中全是大白话，让人一看就懂。几百封信准备完毕，杨延昭检查过没问题，决定在当天晚上守军戒备最松弛的时候，从北东西三面射入城中。

然而就在发射前一个时辰，赵延顺突然搞了一个小动作，使他不得不取消了这次行动。

* * *

事情是这样的，杨延昭事先预定的行动时间在戌时。按照军中常规的作息，这时应是用完晚饭之后，正是饱而有闲的时候。

然而就在酉时三刻，军营之中突然箭声大作。杨延昭不免有些意外，心说赵延顺竟然反客为主，主动出击了。

不过他并不慌张，本来自己就打算搞一次小小的夜袭，士卒们正枕戈待旦，所以就算赵延顺想偷袭，也讨不到便宜。然而出乎意料的是，叛军的偷袭仅限于一次齐射，然后便偃旗息鼓，再无动作。

这点箭雨量，杀伤力微乎其微。如果射箭不为制造大规模的伤亡，那么就只有一个解释——赵延顺跟自己想到一块了，用飞箭传书！

对于这号危险人物，杨延昭当然不会掉以轻心，立即起身前往营中落剑区域。果然不出他所料，叛军的箭全是些秃头箭，毫无杀伤力，真正具有杀伤力的是箭杆上的那些纸卷。

上面的大白话有些骇人，痛斥杨延昭之前承诺的"只诛首恶，不杀胁从"是骗人的鬼话，符昭寿被收押只是一出苦肉计，前有王小波，后有刘旴等人血淋淋的活证。等川峡二路平定之时，就是秋后算账、株连九族之日。

第五章 蜀中迷局

赵延顺还真是会玩心理战,杨延昭心说。王小波、刘旰等人都是于蜀中起事,而且都发生过官军平叛中先劝降,尔后被秋后算账的先例。尤其是王小波那次,被一次杀掉三万俘虏,蜀人至今提起仍是心惊胆战。所以他就用这四个字大做文章,的确是正中那些新降将士的心。

这时,军营里突然传来高琼的怒喝,原来他看到信的内容后,立即打发自己的人收缴落在营中的箭,严禁新降的士卒们触碰。

"不用收缴,"杨延昭制止道,"高老爷子嗓门儿大,你来当众念给还没看的人听听。"

高琼愣了,怎么着,真不怕妖言惑众呀?

但杨延昭的话必须得听,他只好将营中的新降士卒都召集到中军大帐前,当众将信念了出来。不出他所料,那些士卒听完果然无不交头接耳。

"诸位,想必你们也对信中所说心存顾虑吧?"杨延昭目光热辣地与这些人对视着。

众人默不作声,但他们自然地聚在一起,与原先的雄威军分立而站,已然说明了问题。

杨延昭没有生气,而是朝马冲抬了下手,后者立即去而复返,捧来一本厚厚的蓝皮册子。起初新降士卒们并不在意,但当杨延昭用火把照亮了册子的封面后,他们不由得瞪大了眼睛。

"你们看清楚了,这是我重新造册并上报朝廷的雄威军名册,刨去还未入蜀的静塞军,一共一万八百六十八人,将尔等尽数纳入其中!"

杨延昭为了打消他们的疑虑,让马冲打开名册,当众点名两营新降士兵的名字。结果一个不落,悉数在册。不少人被点到的时候双目泛潮,激动不已。因为登入名册,就意味着军籍的恢复,与叛军身份彻底告别,从此与杨延昭的旧属一视同仁，这等同于是如假包换的特赦令！

这些人中，官职最大的虞候上官勇带头下跪，声泪俱下："大人之恩我等铭感五内，刚才是我们小人之心了，还请大人责罚！"

上官勇年近五旬，才是个小小的虞候，一看就是从小兵一步步爬上来的。

杨延昭上前屈身扶起，"都起来吧，今后尔等如有怯敌畏战之举，我定会责罚！"

不说再有反心，而说怯敌，上官勇当然听得出他的用意，激动道："定然不负大人所望！"

"当然有了功，我杨延昭也会为你们请赏的。"

新降军卒们又是千恩万谢，保证多多杀敌。经过赵延顺的这番搅和，杨延昭的预先准备的心理攻势只得取消，因为前者既然赶个饭点前来挑衅，意味着已经有所防备，只能另谋计划了。

这时上官勇主动提及昨日在攻城时发现，守军中有几个虞候、营指挥与自己都是蜀州同乡，愿意想办法联络一下，争取让他们弃暗投明。

听他这么一说，杨延昭想出一条妙计，交代一番后，准备第二天实施。

次日一早，杨延昭正要命高琼点齐人马，再度攻城，马冲突然来报剑州的信使到了，带来了中书省关于前日奏疏的批复。

杨延昭知道，如今皇帝亲征在外，朝中由李沆等宰执们主事，所以一些无须皇帝下圣旨的非重大事情，就由中书省代为批复。

来者是他留在剑州的雄威军老人史珍香，不知是一路上累的，还是生了病，面色十分之差。杨延昭正要关怀一下，前者却顾不上一脸油汗，径直上前将中书省行文递上。

"大人，您还是先看看吧！"

口气火急火燎的,难道行文他已经看过了……杨延昭看了看装有行文的木匣,火漆印完好,显然没有动过。

杨延昭暂且不理会史珍香,动手揭掉封印,取出行文一看,顿时脸色铁青起来。看完之后,重重一把将行文拍在帅案上,声响大得连帐外的侍卫都一哆嗦——这么多年,还是头一次见大人这么怒形于色!

高琼、刘谦一看气氛不对,都赶紧站得规规矩矩的,生怕一个动作不对,触了"食人羊"的霉头。

还是马冲犹豫了下,轻声问道:"大人,李相怎么说的?"

杨延昭没有回答,而是将行文丢给他。马冲才看了一半就被杨延昭传染,也是一脸怒色。原来中书省的批复竟然是对符昭寿宽大处理,免掉钤辖之职,降为益州团练使!他不禁想起之前的货币之战中符昭寿也是被免掉都部署,降为益州团练使,但不过半年就做回了比都部署只高不低的钤辖,而且管辖的地盘更大!

史珍香小声道:"三日前,朝廷新派的钦差林特已抵达剑州。这鸟人一来就将符衙内放了出来!"

"三司副使林特?他钦的什么差?"马冲更加意外。

"是权西川路转运使!"杨延昭代答道,"川峡二路乃我朝财税重地,他这个代理计相自然是来着手恢复这里的财政,早点给国库挽回点损失。"

说到这里,他的愤怒更盛。川峡二路自开国以来,一直被朝廷当成奶山羊,极尽所能来挤奶。且不说历朝历代都有的夏秋两次田税,在此基础上还额外衍生出了"耗米",也就是粮食运输过程中的损耗。原先老百姓交一石粮食,加收个四五斗"耗米"。但到去岁腊月,王钦若为了自己能出政绩,等张咏前脚刚被调离,就将今年的"耗米"加高到了两石,相当于田税提高了两倍！

正常的田税之外，每逢战事或是其他各地发生旱涝，川峡二路还要加征"科配"。这个税一是不定时，二是不定额，想什么时候收就收，想加多少就加多少，简直是明抢！

农民不好过，商人也好不到哪儿去。自后蜀割据时起，因为战事多，且各地州郡产铜少，川峡二路就以使用铁钱为主，一直延续到今天。但朝廷收税不管这些，要求必须以铜钱交税。老百姓无奈之下，先是把家里的铜器交了，然后又去佛像身上剜铜，到最后被迫去盗掘古墓，可谓遍地找铜。还是前任转运使张咏连上十道奏疏，才改为铜铁钱并收。

正是在这种高压之下，才有了王小波、李顺等人的起义。也就是张咏主政川峡二路时体恤民情，把"耗米"的额度严格控制在四斗一线，同时尽量将"科配"的次数控制在一年两次之内，才让蜀中的百姓得以喘喘气。

现在川峡二路还未平定，林特就这么急着来收税。照此下去，恐怕刚刚平定了兵乱，马上又起民乱！

这时，马冲一句话打断了他的思绪："大人，符昭寿开释的消息很快就会传遍川峡二路，这等于佐证了昨夜赵延顺信中的蛊惑之言。到时势必引起新降军卒们的反弹，更会坚定眼前绵州叛军的死守之心！"

还有句他没说，但杨延昭无比清楚，那就是自己被置于言而无信、与符昭寿一丘之貉的境地！这样一来，想速战速决的计划就要泡汤了。

杨延昭眉头突然蹙成了"几"字形——赵延顺的信早不来晚不来，偏偏在中书省批复到达的前一天来，难道他有未卜先知的本事？

即便时间上巧合，那么他信中为何敢言之凿凿地说符昭寿被收押，只是出苦肉计呢？这一出与今天的一出两下配合，无中生有的苦肉计也成了真的

第五章 蜀中迷局

苦肉计！

杨延昭据此更加肯定，这个赵延顺的背后，一定有股不为人知的势力，在朝堂、边关和蜀中各处兴风作浪……

高琼看杨延昭迟迟不语，就问："大人，老夫今天还要不要按计划攻城呢？"

"不用了，将中书省的行文内容公之于众吧！"杨延昭的脸色恢复了往常的冷肃。

高琼一听差点儿没栽倒，"这不是要激起兵变吗？"

"纸是包不住火的，迟早都要知道，与其被士卒们拔刀逼问，还不如痛痛快快讲出来，倒显得真诚一些。"杨延昭冷静分析道，"而且，这件事对赵延顺来说是件绝好的'兵器'，他一定会善加利用，在合适的时机给我们以致命一击。"

同样的消息，从敌人嘴里说出来和从自己人嘴里说出来，绝对是两种结果。

马冲赞同高琼的意见，也觉得不妥，建议就算今天要公开，也要先让高琼将兵马做些调动，以防事态不可收拾。

杨延昭摆了摆手，"我昨天已说过，上了名册的人就是我雄威军的一员，此等行为与食言有何异？"

众人见他如此决绝，只得照办。

军卒们原本就整装待发，等着攻打绵州城，所以很快就聚齐在中军大帐前，昂首挺胸静候主将大人训话。

见此情景，马冲不禁叹了口气，暴风雨要来了！

* * *

很多归顺的士卒还停留在昨夜的欣喜之中，精神饱满地等着杨延昭勉励他们奋勇杀敌，没想到上来的却是凶神恶煞的高琼。

高琼拿着中书省行文，先干咳了两声，然后用不太擅长的韵律磕磕绊绊念起了骈文体的内容。好在事前马冲已将他不认识的字一一指出，他总算是没有出丑。

行文除了前半部分为了韵脚合仄，有些不知所云，后面的具体命令部分还都是人话，让肚里没多少墨水的士卒们都能听懂个大概。结果不出所料，那些新降士卒们越听脸色越难看，顷刻间个个都变得和高琼一样凶神恶煞了。

尤其是听到符昭寿只是被降为团练使时，很多人当场嗷嗷大叫起来。怎么着，两年前符衙内就是贬谪为益州团练使，结果不到半年就越级升到了钤辖，如今还想再玩一次，把我们当傻子，是吧？

而且从朝廷的角度看，虽然团练使只是个中不溜的军职，所掌不过一州之地，但在拼死拼活一辈子能做到虞候就不错的士卒们看来，这种程度的惩处简直太温柔了。更何况还是益州的团练使，掌握着川峡二路的首善之地成都府！

于是各种难听，且带着蜀地特色的脏话一股脑儿窜了出来。一开始还只是骂符昭寿，后来连朝廷一块儿骂，最后火力点终于全部集中到了杨延昭身上。

高琼还没把行文念完，就听上官勇大骂一声"你这个骗子"，第一个向杨延昭冲去。有了他带头，其他新降军卒像冲锋陷阵一样，潮水般涌向大帐前的杨延昭和高琼、刘谦。

好在马冲早有准备，见势不好，立即召集百名剑舞像四面城墙一样，整整齐齐将杨延昭守在中间。剑舞个个以一当十，任谁都知道这些家伙不好惹，但今天这事关系到身家性命，所以上官勇还是不顾一切地往前冲。

第五章 蜀中迷局

马冲咬了咬白牙,将手中的长剑像绚烂的烟花一样舞了起来。其他剑舞见状,亦是舞剑如花,那阵势寒光四射,剑气冲天,连周围的空气都搅动得像三九天的寒风一样锋利。

原来这就是平戎剑舞阵!饶是身处阵中的杨延昭也不免有些惊叹。这套阵法是当年太宗皇帝赵光义为了自身安全,让剑舞操练出来的一套护驾大阵,想不到今天得以一见。

就听马冲喝道:"谁敢再向前一步,立斩不赦!"

上官勇一听虽然脚下放缓,但被愚弄的感觉更加强烈——昨晚还说拿我们当自己人,今天就要置于死地了!

这时,就听有人掷地有声道:"所有剑舞听令,收起剑阵,退至我三十步之外!"

马冲先是一愣,旋即转头看到了杨延昭那不容置疑的眼神。但现在特殊时刻,他还是想提醒一下。

"马上退到我三十步之外,"杨延昭重复了一遍,"他们都是我的部属,哪有将军怕自己的兵的道理!"

马冲知道再怎么劝也没用了,只得撤去阵型,退至三十步开外。但人退了,剑没入鞘,保持着随时可以救驾的姿态。

杨延昭打发走了马冲,却没打发走高琼,这让后者心中一凛——一把老骨头今天要交代了。

没了剑舞的阻隔,上官勇等人终于开始放肆地开到杨延昭近前了。很快他们就将杨延昭围得里三层外三层,只要一言不合,下一瞬必是刀剑相向。

面对这些杀气腾腾的下属,杨延昭脸色古井不波,气度如常。他甚至还有闲心想起张适提起的叛乱之情形,与现在何其相像。如果那时有位军政高官站出来，诚心安抚，晓之以理，也许就没有眼下这场哗乱了。

同样的事情，休想在我的手里再次发生！

杨延昭没有理会这成百上千张嘴，而是将目标放在了一个人——最能代表他们的上官勇身上。

"上官勇！"杨延昭一声厉喝，乱糟糟的士卒们一下子安静下来，不自觉地将注意力聚焦在带头人身上。

"我……"面对那双没有任何惧色的眼睛，上官勇心中的怒气和理智几经博弈，最后憋出一句："下官在。"

"你是开宝三年从的军，随军出蜀征讨过北汉，抗击过契丹，也平定过蜀中刘旰兵乱。三十二年来忠于职事，方才累功至虞候，我说得对吧？"

上官勇一下被勾起了过往，心中不免感慨万千，仿佛三十二年来的军旅生涯历历在目，尤其是曾经带给他荣耀的抗击契丹之战。

"想不到大人还知道某家的履历。"

"正因为知晓你的履历，我才会放心让你仍居原职，将功赎罪！"杨延昭的目光咄咄逼人起来，"你参与过平定蜀中历次叛乱，我来问你，刘旰这些人中可有一次成事的？"

上官勇连连摇头，"一次没有。"

"如果你是我，像你这样参与过一次叛军，如果再复叛一次，你会赦免第二次吗？"

"这……"上官勇不禁额头冒汗，但还是鼓起勇气道："下官并不想复叛，但是大人言而无信在先，我等不得已而为之！"

杨延昭冷冷地与他对视着，"我命剑舞斩掉符昭寿手臂，将其收押在先，给朝廷的密奏中奏请严惩在后，试问我哪里言而无信？如诺不信，我可将奏疏底稿示与尔等！"

"就算如大人所说，但符衙内还是逍遥法外，这你怎么解释？"上官勇此话一出，其他军卒也跟质问起来。

"符昭寿暂时被从轻发落不假，但我相信天理昭彰，报应不爽，符昭寿一定会受到他应受之罚！"

"大人，这话恕下官无法相信，"上官勇一指身后，"而且这里每一个兄弟都无法相信！"

"对，我们不信！""你们这些当官的只会官官相护！"……

杨延昭用一句话让众人安静了下来："我给你们写军令状，如果叛乱平定前不能让符昭寿受到惩处，我任凭各位处置。"

当官的给当兵的写军令状？！上官勇与身边的士卒面面相觑，我们没听错吧？

最后，还是上官勇代表众人问道："大人，你是说你要给我们立军令状？"

杨延昭点点头，"军中无戏言，我杨延昭今日便立下文书。马冲，取笔纸来！"

很快，马冲就把一应纸笔全部取来，交给了杨延昭，然后弯腰躬身做起了"桌案"。看到名震九州的剑舞首领如此恭顺，上官勇不免有些震撼，心说御下有方者当如此君……

一旁的高琼却腹诽这小子真是疯了，这要是被朝中的那些御史知道了，保准把你弹劾到崖州吹海风去。然后就见杨延昭像个愣头青似的，用士兵们能看懂的大白话，写下一纸军令状。

说实话，高琼认识的武将里，除了老上级曹彬的字笔走龙蛇，也就属杨延昭的字称得上是书法作品了。只是这书法更像是剑法，一撇一捺有如刀锋剑刃，自带杀气。

这么好的字，竟然是写给这些下级，还是些个反复无常的东西，真是糟践了……

写完后，杨延昭又命人取来兵部侍郎、节度使两方大印，一同盖上。这等于明白无误地告诉众人，就算自己将来调回兵部另有他用，这纸军令状照样有效。

杨延昭将军令状当众交于上官勇，"我如果不能履行今日之诺，拿着这纸令状到御史台或是知谏院，我就会立刻成为言官们的箭靶。"

上官勇明白他话中的意思，本朝在赋予御史台、知谏院监察百官权力的同时，也给他们规定了一项业绩指标——每百天之内最少要交给皇上一份弹表，否则就是失职，要被革职的。杨延昭如果言而无信，这份军令状就会像丢进狗群的骨头一样，被台谏的言官们大肆攻击。而在这些骂人高手面前，别说是个节度使，就是宰相都别想幸免。

按说这下上官勇该满意了，但这家伙却得尺进尺道："大人，您毕竟是守牧一方的封疆大吏，军令状中所说任由我等处置，没有朝廷的许可，我等如何敢动你？"

"大胆！你还真想取大人的性命怎么着？"高琼终于憋不住训斥一句。

本来上司给下级写军令状，而且是处置皇帝舅舅的军令状，已经够给面子的了，这些家伙还要蹬鼻子上脸，真以为自己水能覆舟不成？

他这一吼，雄威军的老人们也都不干了，纷纷摆出一副给脸不要脸的公愤状，恨不能棍棒伺候一番。

但杨延昭却不这么想，仅凭上官勇一句"没有朝廷的许可"，就足以证明他已经不想复叛了，自己必须乘胜追击彻底让他们放心。否则连这区区几千人的心都不能安抚，更遑论安抚川峡二路的民心和军心，让北方前线的陛下解除后顾之忧？

"那本官就将性命交给尔等！"杨延昭正色道。

现场顿时静寂下来，针落可闻。上官勇一方想破脑袋，也猜不出这位封疆大吏如何把命交到自己手上。高琼的脑袋比较直，以为杨延昭要做什么傻事，死死盯住身前的这位上司。

众人竖直了耳朵，只听杨延昭如是道："剑舞原是我的卫队，上官勇我命你挑选一百名精干的下属，即日起充作我的新卫队，日夜不离守在我的身边如何？"

他的话不啻一声惊雷，把在场的人都给惊住了。

上官勇惊诧于他的"狼胆包天"，换作是自己，说啥也不敢让一群怀有二心的职业杀手天天守在周围。别说杨延昭会食言，就是他不打算食言，也保不齐有个别人想吃回头草，趁他熟睡时取了他的脑袋去赵延顺那里领功。

但事已至此，他想回绝，自己的人恐怕也不答应，看来只有瞪大眼睛盯住手下的兔崽子们了。

于是不管高琼、马冲等人如何不情愿，上官勇还是接管了卫队长之责，手握军令状守在杨延昭身边。

一场突如其来的风暴就此收场。但到底是暂时的偃旗息鼓，还是彻底的风去天晴，那就只有天知知道了。

* * *

稳住了局面后，杨延昭知道经过这一番折腾，今天的仗是打不成了。倒不如以静制动，看看赵延顺还有什么后招，然后再见招拆招，将计就计。

同时，他虽然不待见林特，但此君毕竟是皇命在身的钦差，理论上执掌西川一路的政务。所以杨延昭准备修书一封，从平定叛乱的大局出发，劝他暂且少生事端。

恰在他要提笔之时，一个从北京大名府来的信使却赶到了，带来了大柴郡主的一封密信。信中没讲什么思君之情，而是告知近日朝中发生的一些事。

杨延昭这才知道原来符昭寿得以幸免，靠的不是老爹和皇后姐姐们的在天之灵，而是前任宰相吕端的在天之灵。

吕端一生清廉，又经常用私财接济穷苦百姓，以至于过世后没给子女留下多少余财。偏偏他的两个小儿子吕蔚、吕霭不成气候，去岁欠下一笔债。但仗着老爹是宰相，竟赖着不给，还指使家仆打伤了债主。于是债主一纸诉状告到开封府，弄得满城风雨。

恰在这时，杨延昭弹劾符昭寿的奏疏送到了京城。御史们对符衙内的斑斑劣迹早有耳闻，于是纷纷上书弹劾，要求严惩。其中窦元宾的奏疏最为激烈，不仅要求将符昭寿就地正法，还本着举一反三的精神，追根溯源到权二代这一大顽疾上。

他指出大宋开国已四十年，太祖爷仁慈，杯酒释兵权后厚待功臣子弟，不少人恩荫官至高位不说，连带他们贪赃枉法也不予追究。所以窦御史除了力主砍符昭寿的脑袋，还主张没收吕端在东京留下的宅子，抵给债主，同时罢免吕蔚、吕霭二人殿中省进马的职务，发配至崖州，永不叙用！

其他御史知道他的奏疏后，再接再厉，把前宰相范质、赵普、薛居正等人子弟的恣意妄为之事全部揭发，大有不一锅端掉不罢休的架势。

赵恒在大名府正被萧太后斗得焦头烂额，原本也想对符昭寿严惩一番，好早点荡平蜀乱。但当他见到窦元宾等人的奏疏后大为光火，吕端是什么人，

第五章 蜀中迷局

那是冒着生命危险帮朕登上皇位的恩人！如果准了窦元宾的奏疏，那和忘恩负义之徒有何区别？

更不用说赵普，他是帮助太祖、太宗两代皇帝开创大宋基业的开国功臣，元勋之首。朕要是苛待他的子孙，日后有何颜面去见两位先皇？

赵恒越想越来气，不仅自掏腰包，从本已见底的荷包中支出一笔钱帮吕蔚两兄弟还了钱，保住了吕宅，还对舅舅符昭寿从轻发落，允其戴罪立功。

不过赵恒为了平息众怒，一是没有追究杨延昭擅自打残舅舅的罪责，二是同意赦免张适，降为益州通判。

看到这里，杨延昭突然脸色沉重起来，自己上的是密奏。按正常程序是先送中书省，然后随宰执们的密奏一同直送皇帝手中。照理说，奏疏的内容只有李沆和吕蒙正知道，那帮御史们是怎么知道的？

还有，吕端教子一向很严，所以长子吕藩和次子吕荀早早就凭本事做到了国子博士，成为国子监中满腹经纶的高级教员。这老三和老四和自己虽然接触不多，但听说也是学富五车之人，当知君子有所为，有所不为，怎么就突然成了欠债的老赖？

而且债主早不告状，晚不告状，偏偏在自己上书之时告到开封府？

似乎与他心有灵犀，柴映阳在信的第二部分提到了一桩秘辛。

那是在柴映阳作为俘虏滞留辽国之时，萧太后与姐夫宋王耶律喜隐长期不合。后者作为辽国的宗室，对于萧太后这个耶律家的媳妇执掌国政，且僭越称"朕"十分不满，总想取而代之。

耶律喜隐知道萧太后把着柴映阳不放，是想奇货可居，只要大宋出价合适，她迟早是要放人的。所以耶律喜隐总是找机会暗中与柴映阳接触，获得其好感，以图有朝一日在帝位争夺中获得来自大宋的帮助。

在有限的几次接触中，耶律喜隐曾透露过一个重大秘密：辽国在大宋安插有一名间谍，代号"囚牛"。此人能耐极大，早年太宗赵光义在刚刚灭掉北汉，临时起意出兵辽国，准备收复燕云十四州时，是他第一时间将这个情报送到了萧太后手中，使得辽军沉着应战，导致了后来的高梁河之败，连太宗腿上都中了两箭。

雍熙三年，太宗第二次北伐，军队尚在集结中，又是他将宋军的作战计划先一步送到了萧太后的龙案上。结果宋军两路大军还未摸到幽州的城墙，就大败而归。

甚至于太宗病危之时，大宋的群臣们尚蒙在鼓里，囚牛就将此事通知了辽国。萧太后于是勾结当时宋廷的副宰相李昌龄和大内总管王继恩，阴谋拥立赵恒的大哥赵元佐为帝，差点儿让正牌太子赵恒丢了皇位。幸好吕端和李沆力挽狂澜，才避免了亡国之灾。

可以说囚牛就是萧太后的一把撒手锏，有他在，萧太后每每都能击中大宋的要害，占尽了先机。也正因为他如此重要，所以辽国之内只有萧太后一人知道他的身份和联络方式，即便是身为皇帝的亲儿子耶律隆绪和老情人韩德让都是只闻其名，不识其人。

当时耶律喜隐道出这桩秘辛的时候，柴映阳觉得匪夷所思。大宋太祖、太宗两代皇帝都是明察之主，怎么会容一个间谍如此兴风作浪。所以她一直怀疑囚牛是耶律喜隐为了夸大自己的价值，故意杜撰出来的。

但是从去岁武将之首曹彬过世起，几桩巧合得离谱的怪事接连发生，且桩桩直指大宋要害，柴映阳这才重新想起了耶律喜隐的话。如果这些事不是巧合，那么幕后黑手只能是神秘的囚牛！

纵观囚牛之前的几番作为，都是手段隐蔽，步步为局，且最后总留有务

第五章 蜀中迷局

求一击必杀的狠招。所以柴映阳在信中提醒杨延昭,对付蜀乱务必多个心眼,免得中了对方的冷箭。

"恐怕我已经中了囚牛的冷箭了!"杨延昭捏着信笺苦笑道。

原本自己还只是猜测,郡主的来信终于让他确定赵延顺的确不是一个普通的军卒那么简单。不然这家伙远在蜀中,出招却与朝中的变局互为掎角,显然是有高手布下了一盘大棋局,举手之间就将自己努力营造的局面翻转过来。

更可怕的是,这盘棋局极有可能连王钦若、林特等肱股之臣都被设计成了棋子。这些人本就不是善类,不管是被奸人蒙蔽,还是已与奸人成一丘之貉,其破坏力都是黄河泛滥级的。

想到这里,他暂且放下给林特的书信,先给柴映阳回了一封信,让她将囚牛的事情务必告知开封府尹寇准,请这位前宰相动用自己的能量追查囚牛。另外请他务必想想办法,尽快将林特调走,勿要让川峡二路的百姓在兵乱之后再遭苛政之害。

写完后,他将信交给来人,让其即刻送至大柴郡主手上。然后又让史珍香赶回剑州,务必每日将林特、符昭寿的一举一动飞鸽传书过来,以防这两个家伙出什么幺蛾子。

做完这些事,他才将注意力重新放回到眼前的绵州城。想要让囚牛的计划落空,首先必须啃下这块骨头,否则不用囚牛出手,城中的赵延顺就能打败自己。

但一想到城中的叛军有可能是囚牛阴谋的炮灰,他又不想为了拿下绵州,而制造大量的伤亡,因为那相当于是自己人杀自己人,取悦的只能是敌人!

如何才能少流点血,少耗点时间拿下绵州呢?杨延昭像个守财奴似的思虑着，忽然他的目光落在了帐外的一个侍卫身上。

此人自然是上官勇精挑出来，一个时辰前刚刚成为自己的百名侍卫之一。虽然只能看到他的侧脸，但那双狭长的眼睛、清瘦的面容……

"你，对，就是你！马上进帐来！"杨延昭喝令道。

被点名的侍卫有些不知所措，以为主帅大人为了早上逼宫的事，要找自己撒气，不免心中有些忐忑。

但"食人羊"岂是好说话的主儿，他只得硬着头皮走进大帐。这厢帅案后的杨延昭却越看心中越是欣喜，真是太像了！

等此人站定后，杨延昭问道："你叫什么？"

"回禀大人，小的名叫张大奎。"

杨延昭意义难明地微微一笑，"听好了，今天起你不用做我的侍卫了，我有一项重要的任务交给你！"

张大奎从军五年，一直是个大兵，接受过的最重要的任务就是给杨延昭看门，当下便激动起来。

"敢问大人，什么重要任务？有赏钱吗？"

"赏钱肯定有，前提是做个好俘虏……"

* * *

两天后，作为叛军临时指挥部的绵州城知州府衙内，赵延顺忽然得到斥候的回报：杨延昭准备撤军了！

"杨延昭下的明令？"赵延顺很是淡定。虽然符昭寿被从宽处理的消息以坏事漫天飞的效率传遍了川峡二路，但他不相信杨延昭这号狠角色会就此知难而退。

斥候回道："不是，敌军大营中井然有序，杨延昭还命人赶去涪江上游砍

第五章 蜀中迷局

伐粗大的木材，说是赶造攻城用的吕公车。"

赵延顺从椅背上直起腰，"那你从何得知他们要撤退？"

"从逃跑的士兵口中得知的……"

斥候告诉赵延顺，几天来雄威军中那些新降的士卒人心惶惶，害怕符昭寿有朝一日重掌蜀中，被打击报复，所以不少人都想寻机逃走。但杨延昭看管甚严，不得已昨晚有人纵火点着了一些粮车，借着火势造成的混乱局面，不少人趁机逃了出来。

今日，杨延昭表面上故作镇静，大张旗鼓地派人去伐木，但据从伐木队伍中逃出来的人说姓杨的不地道，打算留下新降的士卒固守大营，他则打算带着老部下们撤退。

"'食人羊'果然狡诈！"赵延顺兴奋道，"你速速多派人手再去查探，务必搞个清清楚楚！"

斥候应声照办。很快他们便收集到了更多的证据，甚至带回了几个逃出来的士卒。这些人原是成都卫戍营的，与名册一核对，确有其人，招来同营的战友更是对得上号，这才让赵延顺放心大胆地盘问起来。

这些人带来的情报更加详细：杨延昭已委任上官勇为雄威军左厢指挥使，让他率领新降士卒们留下来殿后。上官勇原本不愿当炮灰，但杨延昭威胁说他先叛朝廷，再叛王均，已叛无可叛，为国尽忠尚可保全家人不被株连，否则不论死在谁的手里，都将被定为叛逆。

上官勇屈从姓杨的压力，只得配合演完这出戏，让自己的人死守军营，拖住赵延顺。

好一招金蝉脱壳，赵延顺追问："姓杨的打算什么时候跑？"

"应该是今天。"

"应该?"

"姓杨的信不过我们,守口如瓶,但他的人一早就把行李打好了,应该就是今天!"

赵延顺沉思起来,如果想撤下上官勇的人撤退而不引起骚乱,那就得悄没声地走,最好的时间就是夜里众人熟睡时。杨延昭回撤必经高灵山,那里山路难行,马匹辎重多有不便,正是伏击的最佳地点!

确定了伏击地点,赵延顺立即行动起来,一面命偏将点齐三千兵马,准备后半夜袭击上官勇部,一面亲自点齐三千兵马,准备绕小道急行军至高灵山设伏。城中留下八千大军,作为机动兵力随时策应两路大军。

大军部署完毕,赵延顺又命斥候继续监视敌营的一举一动,有消息立即飞鸽传书于自己,便于相机行事。

偏将是与他一起从剑门关拼死逃出来的,对杨延昭的手段心有余悸,便劝他谨慎一点,别再着了姓杨的道。

赵延顺却显得胸有成竹,这杨延昭是智将,当知能战则战,不能战则退,不逞匹夫之勇。现在绵州城坚兵强,久攻不克,加上自己借符昭寿之事大肆扰乱其军心,雄威军已是身心俱疲,强弩之末。杨延昭趁内讧未起,丢掉上官勇这个大包袱,及时撤退乃是明智之举。

再观他的撤退手法,不能而示之以能,故布疑阵大造吕公车于前,又令上官勇用树上开花之计虚张声势于后,好让自己看不清虚实,不敢轻易出击。

偏将又问:"那就不怕这些逃散的士卒把老底儿捅出来?"

"这才叫虚中有实,实中有虚,让我等犹豫间,他则兵贵神速连夜撤走!只要守住剑门关,就能把我等封于蜀中,日后再徐图之也不迟。"赵延顺右手虚捏一把空气,"可惜,我要的不只是川峡这片弹丸之地,我是不会让他活着离开的！"

偏将见他分析得头头是道，也不再犹豫。

赵延顺又嘱咐他："今夜袭营最好劝降上官勇，尽可许诺他高官厚禄。"

偏将有些疑惑："您不是最讨厌反复无常之人？"

"先把他招降过来，然后杀掉便是！"赵延顺压低了声音，"还有他的手下，也一个不留，做得干净点！"

偏将面色十寒道："他们和咱们的人是同袍，这么做……"

赵延顺骂道："笨蛋，你对外就说是杨延昭撤走前动的手！"

偏将点点头，咬牙应下了。

为了避开雄威军的斥候，赵延顺绕了个远道，从绵州城后门出，沿涪江向南一段再折向一条偏僻的茶马小道。经过四个时辰的急行军，终于在晚上亥时赶到了高灵山。通往剑州的唯一官道从高灵山半山腰穿过，道旁树木繁茂，正是设伏的好处所。

赵延顺找到一处两侧山峰高耸的道口，将三千大军布局在前、左、右三面，只等雄威军一到，立即三面杀出来包饺子。

到了丑时，斥候放出的信鸽赶到，告知杨延昭的人马已离开军营，上了官道，按照脚程卯时天蒙蒙亮那会儿就能赶到高灵山。

赵延顺谨慎得出奇，生怕杨延昭加快步伐，提前赶到来个出其不意，所以他不许任何人打盹，都瞪大眼睛，张好弓弩，一刻都不能松懈。

他和手下的人瞪大了眼睛等呀等，等到卯时天蒙蒙亮，雄威军还没出现。

"逃命都不能快跑两步！"赵延顺心说。

然后又是多半个时辰的漫长等待，东边已泛起了鱼肚白，还是没见着一个人影。这下他有点耐不住性子了，眼看到了辰时就要出太阳了，这姓杨的倒是快点来自投罗网呀！

结果他一直等到辰时五刻，太阳都爬了半截高了，依旧没有见着杨延昭。

赵延顺有些焦急了，雄威军原先的驻地离高灵山不远不近，再怎么着也不会走五个时辰！

情急之下，他又问有没有新的信鸽飞到。士卒回禀说三个时辰前飞来一只信鸽后，再没见到其他信鸽。

赵延顺清楚地记得三个时辰前，也就是丑时的飞鸽传书中，斥候还说雄威军沿官道已到李家沟，方向直指高灵山，没道理会延误这么久呀？

我知道了！赵延顺嘿嘿笑了起来，定是这杨延昭精通兵法，怕在这山高路陡的高灵山中了埋伏，所以放缓行程，想诱我现身。

"继续等！"赵延顺下令道。

众人不得不强打起精神，饿着肚子继续等了起来，同时心中纷纷咒骂该死的杨延昭，赶紧前来送死。

就这样，叛军一直等到了巳时，也没等来杨延昭。没等来姓杨的也就罢了，竟然连偷袭上官勇的偏将也没任何消息送来。赵延顺这才感觉不妙，招呼人马向来路疾驰折回。

其实走官道路程能缩短一个时辰，但赵延顺细细想来，杨延昭既然没来高灵山，就极有可能埋伏在来高灵山的路上。遂坚持沿狭窄难行，但偏僻隐蔽的小道一路疾行。

好在现在是白天，这条小道的沟沟坎坎都能看得一清二楚，所以一路上走得还算顺利。而且四个多时辰的路程中连一个伏兵也没遇到，使得赵延顺和他的三千人马完完整整回到了绵州城下。

折腾了一夜外加多半个白天，此时赵延顺的人是又困又饿，好在安全回

第五章 蜀中迷局

来了，众人紧绷的神经总算是松弛下来，还没挨着城门，就有人盘腿坐地，有人哈欠连天，看着比打了败仗还累。

赵延顺此时也是顶着两个黑眼圈，他打马来到城门下向城头的人喊话，要他们立即打开城门。

他话音刚落，只觉头顶突然灰暗起来，抬头一看，乌云般的飞箭利弩不知从哪儿冒了出来，立时倾泻而下。

不好！他赶紧打马就跑，一下子蹿出老远。但即便如此，手臂和背上还是各中一箭，顿时痛得整张脸都扭曲起来。

其他的人就没这么幸运了，他们又渴又饿，完全是靠一股等着进城开饭的毅力在苦撑着，哪有防备的意识。等箭雨射入他们的头盖骨和胸膛时，才发现该逃命了，但下一瞬就身体不听使唤，纷纷栽倒在地，呜呼哀哉了。

紧接着城门大开，一队白袍玄甲的剑舞突然冲出，手中双剑齐舞，左右翻飞间，已有一大片人像铺路石般整齐地沿城门前的大道倒下。

叛军们这下总算是搞明白绵州城已重新姓回赵恒的"赵"了，一连串可怕的念头随之而生——城中的八千友军去哪儿了？前面是汹涌的涪江，这可怎么逃？

他们正不知所措中，突然东西两个方向喊声震天，就见在鲜红的"杨"字旗和"雄威"旗引领下，两队雄威军相向而来，像对铁钳一般要把他们囫囵吞掉。

叛军们本来就饿得心慌慌，接着又因丢了老窝而吓得心慌慌，现在又突然陷入了包围圈，更是慌上加慌，根本组织不起像样的抵抗。一些人没等雄威军冲到近前，就丢掉兵器好空出手来投降。

还有好多没饿昏头的，凭着脑中那股不想被秋后算账的倔强，在拼命抵抗着。

这时，就听城头上传来三声震耳欲聋的炮响。所有叛军，不管是投降的还是顽抗的，都是为之一震，心说雄威军还有什么了不得的后招？

就在心神不宁间，三面饿狼般的雄威军却停止了绞杀。叛军们心里更加不安，下意识地往城头上望去，只见一个头戴银盔，身着银色山文甲的年轻将官凛然出现在正中的城垛后，身后一左一右各有人举着两面写有"钦差到此，似朕亲临"的对牌。

这……就是杨延昭？

杨延昭冷冷俯扫过下面的叛军，任何与之对视的人都从中感到了一种莫名的恐惧，好像那不是一对肉眼，而是出鞘的利刃！

早在两年前的货币之战中，杨延昭于辽军万人之中生掏豹子心脏的事迹就传遍了蜀中。当时就有传言，这杨延昭一双虎目如炬，内有雷霆，那头豹子正是被其虎目所慑，忘记了反抗才被他单手入口，生擒心脏的。

今日一见，果然是威压十足！

叛军们正恍惚间，就听杨延昭字字扎心道："绵州已落入我手，八千守军尽数归降，昨夜袭我军营之三千人马也全军覆没，尔等这区区三千残兵要想活命，就速速归降！"

杨延昭将叛军的各处兵马、人数一一道出，又将他们的结局一一告知，虽然未亲眼验证，但叛军们本就脆弱的心理防线瞬间被击溃。当下便有数百人丢掉了兵器，不过还有一千多顽固分子死死攥着刀剑不撒手。

"现在包围你们的有四千大军，还有百名剑舞助阵，歼灭尔等只是时间问题，而且我敢保证不会超过一炷香的工夫！"用过了威，杨延昭改用恩劝降道："你们以前都是官军，出于公愤才误入歧途。我不想杀自己人，只要

第五章 蜀中迷局

归顺，我就以钦差之令尽数赦免！"

剑舞招招夺命的精湛剑术和刘谦手下一刀必残的缴械技术历历在目，被杨延昭一番恩威并举，又有几百人放下了兵刃。

剩下的人虽然已不足千余，但杨延昭知道这些才是最难啃的骨头。不过，他早想好了应对之策。

就在剩余的叛军大骂别人怂包时，城头突然传来另一个人的声音："杨大人言而有信，我和兄弟们都已恢复官军身份，且补发去岁的欠饷，尔等就不要再怀疑了！"

众叛军侧头一看，劝降者不是别人，正是老战友上官勇。

"杨大人不是不能杀你们，而是不忍杀，希望大家留待有用之身去杀契丹，战党项，护卫我们的同胞和亲人！"上官勇说得有些激动起来。

原本因为符昭寿，他还对杨延昭耿耿于怀，但当昨晚从袭营的俘虏口中得知赵延顺要把他和手下全部干掉时，出离愤怒了。两下一对比，还是"食人羊"可信！

有了他现身说法，那些顽固分子终于松动了，先是零星的兵刃落地声，然后叮叮当当声越来越密集，最后竟像是扔破罐子一样，哗啦一下全部丢盔卸甲。

杨延昭终于松了口气，轻声自语道："总算是没流太多血……"

绵州之战以杨延昭还算满意的方式结束了，但有些美中不足的是赵延顺竟然又一次逃脱了。原来就在中箭后，这家伙一夹马肋，竟马不停蹄向外冲去。刘谦的手下本来想拦住他，但不知是故意的，还是运气好，这厮的坐骑屁股上中了好几支箭，像得了狂症一样拦都拦不住。

不过这家伙也不是等闲之辈，逃脱之后趁杨延昭在收拾残局，竟纵火焚烧了涪江上的木桥，不仅断了官军的去路，也断了自己人的退路。

杨延昭知道后，竟有些义愤。从后者的反应看，他显然是在转瞬间就明白了绵州已丢，且以疲惫之师定无胜算的道理，所以才舍弃几千大军，独自逃生而去。此等作为，与当年曹操败走华容道，让士兵以活人之躯背草填土，助其逃生的禽兽之举何异？

此贼不除，蜀乱难平！

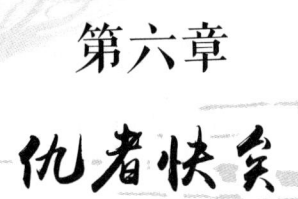

第六章

仇者快矣

毁掉一座城，只需一场大火，塑造一座城，却需百年火候……我杨延昭绝不做这等一将功成万骨枯之事！

绵州一战俘虏的叛军多达万人，杨延昭命张适和上官勇进行甄别后，将其中两千精兵编入雄威军，六千人编入西川路地方厢军，分散驻守绵州等新近光复城池，由之前坚持抵抗的文官暂时统领。

由于不少刺史、知州等大官在战乱中逃走或是被抓，于是乎一时间许多县丞、主簿、县尉等八九品的芝麻小官成了代理地方长官。不过这些人也都是文人出身，读圣贤书长大，不会生什么异心。

杨延昭将归降的军队分散开来，避免了他们聚众复叛的可能。又改由文官统领，让这些满腹经纶、忠君爱国的文化人便于进行思想肃清。

治国治军之道贵在一张一弛，杨延昭为了安定这些军卒的人心，照例以度牒补发了去岁的欠饷，不过数量上只及应发数的七成，以薄惩他们晚于剑门关守军归降。同时，也向其他仍坚守在反叛一线的其他叛军传递出一个信号：早点投降，好处更多。

一些士卒虽然有些微微不快，但当他们知道杨延昭攻下绵州竟然不费一枪一刀时，彻底没了脾气。

原来杨延昭是趁赵延顺远在高灵山的空当，先是假意向高灵山方向行进，骗过斥候，然后突然掉头折回绵州，将长相神似后者的张大奎五花大绑，在天亮时分押到城下，并带着已被斩首的偏将的人头，诈称已全歼赵延顺的两路大军，要城中的守军立即投降。

城中当时只有几名虞候留守。他们一合计一号人物被活捉，二号人物人头落地，还抵抗个什么劲儿，遂未做任何挣扎就举城归降。

绵州得手之前，杨延昭已出手将叛军的斥候统统干掉，于是赵延顺就成了聋子，完全不知后方的情况，乖乖自投罗网。

纵观杨延昭在剑门关和绵州两地的攻略，兵多不是障碍，路险也不是难题，城坚更不在话下，有林特这样猪一样的队友也没难倒他。加之绵州之后过了涪江，几乎全是一马平川，成都根本无险可守。想明白了这些关节，这些人只得收起怨言，老老实实接受新的工作安排。

打下了绵州后，杨延昭一面抓紧恢复西川路的政务系统，一面边在涪江上搭建浮桥，边侦察成都方面的动向。

这时，蜀州知州杨怀忠送来一条重要消息：王均根本没料到绵州会这么快就失守，所以正慌忙给先前派往川峡二路各处攻打抵抗州县的军队下令，让他们赶紧回来。

所以此时攻打成都，正是最佳时机。

杨延昭也想早点夺回成都，这样叛军就再也成不了气候，平息蜀乱将指日可待。然而就在浮桥搭建完毕时，林特突然送来一封信。

当时杨延昭正和手下众人在江边视察浮桥，他对这位三司副使大人一向没什么好感，所以都懒得接信，就让张适代为打开。

林特的信首很是客气，称杨延昭为"贤弟"。信中先是对杨延昭收复绵州表示祝贺，希望能勠力同心，早日还川峡二路清宁。讲完没有营养的客套话，林特话锋一转，才道明他和符昭寿已在来绵州的路上，准备随雄威军一同前往收复成都。

他的理由很是冠冕堂皇：符昭寿之前署理川峡二路军务，久驻成都，对城中的情况最熟悉不过。由他从旁协助，收复成都将会顺利很多。而他本人作为钦派的西川路转运使，代天子守牧一方，有责任尽早进驻西川路首府，好名正言顺地恢复这里的政务和民务秩序。

还没等张适念完信，高琼就粗暴打断道："我呸！攻城的时候不来，眼看成都要收复了才来，这厮不是明摆着来抢功嘛！"

马冲也表示赞同:"那符衙内懂什么成都军务,恐怕只懂蜀锦。林特带着他赶来,无非是想分一杯羹,好立功给朝廷看,争取早日官复原职。"

张适没权利指责同为戴罪之身的符昭寿,但一想到这位衙内未来还要鱼肉蜀中的军民,就有些不安。

"请大人为川峡的百姓做主,更为大宋的安定着想,千万不能答应呀!"

杨延昭不置可否,而是反问道:"你们可记得我钦差仪仗中的对牌后半句是什么?"

似朕亲临……几人一下子无语了。

"我的对牌上有这句话,林特作为钦差,他的也有!"杨延昭无比清醒道,"而且林特是什么人?是和王钦若、丁谓、陈彭年、刘承珪齐名的'五鬼',奸诈至极,我没料错的话,今日他就能到这里!"

"那就由着他来?"高琼怒道。

杨延昭面色一沉,"当然不!只是这种奸人放着不管,只会惹是生非,搁在眼皮底下才能将破坏减少到最小。所以不如将计就计,让他们随行,但怎么打还是我说了算!"

其实还有一点他没挑明,林特等"五鬼"结党营私,在朝中颇有势力。想要对付林特,在这里出招是没用的,只能在朝中发力,借皇帝的手来约束他指派的钦差。

* * *

此时的东京汴梁城中,寇准正拿着杨延昭的来信去找老同年李沆。虽然两人是同一年中的进士,但寇准今年不过才三十九岁,比起年过半百的李沆生气十足,在中书省的政事堂里就嚷嚷起来。

"老同年,你还记得为何与我、张咏、王旦自诩'兴国四子'?"

第六章 仇者快矣

李沆先是屏退了左右，待屋里只剩下他、吕蒙正和寇准三人，才往太师椅上稳稳一坐，微微笑道："当然记得，我们四人于太平兴国五年同一年登科，以兼济天下、振兴国家为己任，所以以此劝诫我辈当自强不息，匡扶道义。"

寇准猛呷一口茶水，然后重重将茶碗撂在桌几上，"亏你还记得！川峡二路的百姓还没从叛军手中解脱，你就耐不住了，这么急着派林特去加派税赋？"

李沆苦笑道："平仲呀，你也是做过宰执的人，应该知道三司使何等尊贵，岂是中书省能差遣到外地去做钦差的？"

"就算是官家的意思，但你是帝师，以前有义务教官家做人，现在官家身为天子，你更有义务教他体察民情，与民休戚！"

一旁的吕蒙正一看，寇准这架势是要给李沆当老师呀。赶紧劝他先消消火，听李沆慢慢说。

李沆这才正色道："我来问你，为何天子的冕服肩部绣有日月？"

"当然是寓意天子肩挑日月，提醒为君者要肩负苍生！"

"对！天子者，不仅要代天治民，更要代天护国，毫无主见之辈如何担得起这副担子？"

"这……"寇准语塞了。

"我是帝师不假，但为师者，岂能一辈子耳提面命，指手画脚？如果官家养成依赖臣下的习惯，如何治理这千万芸芸众生，又如何战胜萧燕燕那般如狼似虎之辈？"

其实李沆何尝不知道赵恒这个学生的缺点，但大宋富甲四方，怀璧其罪，被辽国、党项等强敌所觊觎。如果凡事都替赵恒做好了打算，替他当了家，就像萧太后教育儿子耶律隆绪那般，等自己和李至哪天干不动了，赵恒依靠谁去？

寇准虽然理解老同年的良苦用心，但现在京中谣言未去，边关十万辽军未走，蜀中如果再处理不好，"赵氏受命，终于德昌"的流言必然会被百姓当成预言，成为萧燕燕兴风作浪的利剑！

"老哥哥，难道你就眼看着林特在蜀中胡干？"寇准忧心道。

李沆捻须缓缓道："你倒是说说，朝中谁人最讨厌'五鬼'？"

"当然是乖崖公张咏了！"寇准不假思索道。

寇准的这位老同年虽是文官出身，却一身侠气，碰上看不惯的官员，不管和自己的工作范围有没有交叉，都敢仗义执言，上书弹劾。

几年前，寇准被贬到登州做知州期间，张咏曾来京述职，凑巧见到王钦若、林特等人不顾财政艰难，怂恿赵恒大兴土木，扩建汴梁城的几处宫苑。至于工程款来源，这些家伙的建议是向川峡二路加征"科配"。

当时川峡二路正发生旱灾，百姓连春播的种子都买不起，如何受得了这番压榨。张咏一怒之下连上三道奏本，弹劾王钦若等"五鬼"。

赵恒原本想将奏本留中，冷处理一段，等张咏返回成都后好不了了之。孰料张咏竟在紫宸殿奏对时当众弹劾五人，其中一句"不诛死，无以谢天下"引起了御史台台长赵昌言的共鸣。赵昌言趁机带领众御史一起弹劾，逼得赵恒将五人各降两级，以平息众怒。

张咏因那次打"五鬼"打出了名，还被朝臣们尊称为"钟馗"。

李沆颔首道："现在林特这个小鬼想在川峡二路搜刮民脂民膏，正是钟馗降临主持公道之时。"

一直没怎么说话的吕蒙正提醒道："但林特是西川路转运使，执掌一路民政，如何让张咏去牵制他呢？"

李沆微微一笑，话中尽显老辣："蜀中有两路，林特不过是其中一路的转运使。我可密奏陛下，委任张咏为峡路转运使兼成都府所在的益州知州！"

吕蒙正恍然大悟，怪不得官家当初想让林特做两路的转运使，李沆说啥也不同意，原来在这里留了一手。

寇准也对李沆佩服不已，张咏就任峡路转运使，差遣的级别上就与林特不相上下，还可将后者的苛政阻挡在峡路之外。同时兼任益州知州，等于钻了一路财税体系的空子——转运使掌管一路之财政，知州掌控一州之财政，而西川路一半的财政来源尽在益州。这样一来，张咏就有足够的底气制衡林特。

"妙啊！"寇准拊掌道，"只要乖崖公一到蜀中，就可从民政上掣肘林特，为延昭平蜀免除后顾之忧。"

高兴之余，寇准不忘让李沆赶紧上奏赵恒，好让张咏早点赴任。

李沆却笑道："官家已经准奏了，估计最迟明天张乖崖就能接到圣旨了。"

寇准这下心满意足了，起身准备告辞，李沆却叫住了他，面色严肃地问起了一件事。

"左藏库的火场清理结果如何？"

寇准张口便道："除去字画、锦缎、木器、玉器等项损失无法挽回外，尚有金银可以回收。经过重新炼化铸造，已得马蹄金一千锭，真花银一万锭，细渗银一万五千锭，还有其他花锭银、真光银，共计总值六百八十六万贯。"

"只有这么多吗？"吕蒙正有些失望道，虽然他不知道左藏库的真实家底，但两代先皇积攒了三十多年，怎么也有个七八千万贯吧！

李沆也有些意外，但他相信寇准肯定不会中饱私囊，一来这是在宫中行事，那么多双眼睛盯着，二来他这位老同年从不攒钱，每月的俸禄不是接济了穷苦百姓，就是置办酒席，敞开了招待别人。这些"别人"不止有好友、同乡，连路过寇府的陌生人都能随便进去讨杯酒喝，以至于传言他回京两年，京城的好酒之人没有没喝过寇府宴酒的。去岁干脆有邻家酒肆改名"寇府宴"，生意都赶上了汴梁第一酒楼——白矾楼。

只见吕蒙正掰开了指头盘算道："现在北方前线战事久拖不决，那里至少还有三百万贯的缺口。按照上次御前奏对的计划，今年还要全面整修黄河沿岸堤坝，疏通漕运，保守点也要花去五百万贯！这还不算蜀乱平息后的安民开销、汴梁火灾的善后等巨额开销。"

寇准沉吟了一会儿，道："可以在商税上想想办法。出于对士大夫们的照顾，我朝的商税漏掉了官员们的私产，尤其是京中达官贵人，很多置有酒肆、当铺等产业。他们中官小的，税率只有值百抽一，刚及民间商贾的一半。官大的，干脆一文钱不交。如果这块……"

李沆立即打断道："此事干系重大，且时下内外交困，民心已经不稳，不可再让士人之心动摇！"

"那你说该当如何？"寇准急起来，一点不把老同年当宰相。

"这样吧，先押送一百万贯给前线，再拨五十万贯给你开封府修缮京城。记着，先紧着百姓来，皇宫可以缓一缓，嫔妃们现在暂住南御园等处，还是可以将就一年半载的。其余的留作河工之用！"

虽然李沆并不相信什么"赵氏受命，终于德昌"的流言，但黄河确实到了该大修的时候，否则一旦泛滥成灾，就不是五百万贯能打住的事了。

吕蒙正也表示同意。寇准既不是两府中人，也不是三司的堂官，只得照办。

但李沆还不打算放他走,又问起了追查曹彬、吕端等人死因和大火背后主使的进展。

寇准心说我这不是自找的,送上门来等你问东问西!

"我先是明查了太医院众人的药方,又照方抓药,给民间患有同类病症的人服用,皆是药到病除。然后又收集了李至大人家的药渣,也没有任何投毒的迹象。最后,我又暗查了所有太医的履历,其中十人从前朝起就三代供奉太医院,皆是家世可靠之辈。另有五人侍奉两代先皇至今逾三十多载,都是忠心不二之人……"

李沆打断道:"就是没有人投毒,几位老大人正好被那预言言中,前后脚病故了?"

"当然不是!"寇准坚决道,"我从不信什么国运之类的谶语,江山兴亡岂是看天象、堪风水就能定的。天下兴亡,只有吾辈与万民说了算!"

李沆和吕蒙正皆是赞许地点点头,然后勉励他继续查下去,还诸位老大人一个交代。

李沆又问:"上元节大火查得怎么样?"

自公开宣判王翠英是纵火罪魁后,明面上大理寺和开封府就此结案,但寇准暗中仍继续追查。

"王肃、王翠英的家世我都查过,除了二人都是京兆人之外,祖上两代都没有过任何瓜葛。"寇准轻叹了口气,"我又暗中追查了一年之内与其交往之人,皆是寻常之辈。"

"下一步你计划怎么办?"

寇准沉声道:"我建议既然二人已判定死罪,就不用等秋后了,直接问斩,然后按照陛下的意思将王钦若放出来做贬谪处理。"

吕蒙正不干了,质问:"如此就算了?好端端的京城,岂能白白遭此横祸?"

"当然不是,我想欲擒故纵,以此明面上表示陛下想大事化小,让此事早些被淡忘,好让那些幕后主使放松警惕,我则暗中监视王肃和王翠英的家眷,静等他们露出马脚。"

李沆和吕蒙正想了想,只能先这么办。打发走了寇准,李沆又找来在殿前司供职的高琼侄子高继宣,让去寇准处接收一百万贯现钱,然后立刻送往北方前线。

高继宣当天接收完毕,就带人直奔赵恒驻跸的大名府。当他满脸兴奋地将这笔救命的钱送到赵恒手上时,没看到皇帝陛下的笑容,却看到了一脸愁容。因为就在前一天,王显的大军刚刚遭遇了一场大败,阵亡将士多达两万人!

* * *

事情是这样的,王显率领大军按原计划在镇州周边集结完毕后,便向辽军主动发起了进攻。

王显的军队与镇州城中的肖洪两下配合,很快解除了镇州之围。但辽军却并未撤走,而是在镇州城北扎下营盘,与宋军展开了几番规模不大不小的拉锯战,双方互有胜负,却迟迟未决出最终的胜负。

王显原计划是想让范廷召的轻骑兵作为奇兵,趁双方主力决战的时候,突然杀出一举定胜负的。然而辽军似乎看出了王显求胜心切,一直没有倾全力应战,使得他迟迟不敢暴露范廷召这把撒手锏。

后来,远在大名府的王继忠给他出了个主意:耶律斜轸不想早点决战,那就逼他决战。具体办法是摆出规模超大的步兵大阵,强攻辽军的营盘。

第六章 仇者快矣

之所以动用步兵，是因为大宋缺马，但盔甲工艺精湛，又有成熟的阵法，步兵作战的技术要远远超过骑兵。

现在辽军就在眼前，不用长途奔袭，正是发挥步兵大阵坚韧有余、后发制人等优势的良机。具体办法是以重甲步兵为主力，由王显统领正面迎敌。等两军激战正酣时，范廷召的轻骑兵作为奇兵突然从背后杀出，合击辽军。

王显觉得可行，就摆出五万人的超级步兵大阵，直驱辽军大营。大阵远远望去，气势恢宏，犹如推进中的泥石流。

辽军这次似乎很配合王显的计划，见这么多宋军来攻，立即大打出手，派出两三万人的骑兵直扑上来。

辽军的战马不愧是草原良种，奔跑如风，气势如雷，数万匹马组成的大阵齐冲之下，竟把大地都震得瑟瑟发抖。不过王显并不惧怕，因为宋军重甲步兵装备着历朝历代以来最结实的铠甲。

这些铠甲的基本款由一千八百二十五片甲叶组成，每片甲叶都是精铁经过数道工序锻造而成，最次的也不低于六十斤重。而且这些甲叶通过甲钉来连缀，如果战事需要，可以随时增加甲叶数量，以提高护身能力。

坚固的铠甲与士兵自身的重量叠在一起，配合八尺高的大盾彭排，王显布下的这方大阵如同一堵厚实坚固的城墙，根本不惧骑兵的冲击。

为了好好教训这些入侵者，除了最前排的彭排盾阵，王显还安排了三重杀阵：彭排之后紧随三列长矛手，前两排为投掷手，负责将短一些的矛枪在敌人未到之前投出，进行中程狙杀；最后一排手握丈八长矛，负责在敌军骑兵靠近之时突然将长矛刺出，或刺中战马，或挑落骑手，进行近程狙杀；等敌军前队遇阻，无法突破时，所有投掷手和后面的步兵拿出配备的腰刀一齐杀出，进行白刃战。

望着疾驰而来的辽军，王显心中默默道：今日，定叫你们知道什么是害怕！

随着辽军的一步步逼近，王显恍然发现领军出战的竟然不是耶律斜轸，而是已故名将耶律休哥的儿子耶律高九！

由于辽国人要么姓耶律，要么姓萧，所以仅凭一面写有"耶律"的军旗是分辨不出主将的。两年前辽军双璧之一的耶律休哥已死，王显原本计划今日倾全力击败仅剩的一璧耶律斜轸，好彻底击垮辽国的底气，没想到来的竟是这个小后生。

敢瞧不起我王显，那就叫你有来无回……他正要让投掷手准备狙杀，忽然发现自己被耍了——只见耶律高九在即将进入投掷手射程之内的时候，突然指挥刀一转，领着数万大军折向右方。

可恶，他想从右侧翼突入！

现在自己的步兵大阵正面强如铁壁，但侧翼却没有布下三重杀阵，正是软肋所在！

王显赶紧向右翼的偏将传令，命其做好白刃战的准备。

然而奇怪的一幕又发生了，耶律高九并没有突入侧翼，而是继续领军奔行，向宋军的尾部疾驰。

王显这下更急了，大阵尾部安排的是扫尾的人，战斗力最差，在辽军骑兵的强力冲击面前跟豆腐没什么两样！

坐以待毙不是王显的性格，他当机立断让大阵正中的人闪开一条道，然后亲自带领前队精兵赶往尾部。

当他气喘吁吁地赶到尾部时，却只看到了辽军的背影——原来耶律高九根本没打算与他对垒，而是玩了一把环宋军竞马赛后，带着数万骑兵直奔南边而去。

南边……王显的额头顿时冷汗直流，那不正是范廷召的轻骑兵所在的方向！现在范老将军正在行军的路上，完全没有接战的准备，这可如何是好？

他有心去追，但手下全是清一色的步兵，靠两条腿哪里追得上辽军战马的四条马腿！以前他只是听曹彬等前辈提过耶律斜轸的厉害，今日一交手，方知这位沙场宿将的手段如此深不可测！

不过现在不是叹息的时候，王显急忙叫来传信兵，让他抄小道快马加鞭赶去通知范廷召。

就在此时，辽军营盘中突然擂鼓大作，又一队骑兵冲杀出来，目标直指王显的步兵大阵。

难道这才是耶律斜轸的真身？

王显无措中就见对面的骑兵阵中高竖一面大大的"萧"字正黄色帅旗，旗下一名中年女子身披金甲，头戴金冠，正指挥大军像离弦之箭一般"射"来。此人器宇轩昂，英气逼人，眉宇间透着一股杀伐决断之气。

萧燕燕？！王显虽然从没见过此人，但从这般不输须眉的气势来看，定是她无疑了。

想不到自己会成为大宋之内第一个与萧太后对垒的将领！王显吃惊之余，更是倍感胜算渺茫，因为此刻前排的精兵才被他领到尾部，前部的阵型还未收拢，正是脆弱之时，哪还有招架的能力。

不过事已至此，哪怕就是战死在此，也不能给大宋丢脸！

抱定必死的决心，王显打马向前部疾驰而去。然而他还未赶到，就看到辽军铁骑洪水破堤一般将大阵前部冲得七零八落，比石炮轰过的城墙还破败……

双方从上午巳时一直杀到下午未时，先是王显的步兵遭到惨败，大阵被辽军的骑兵像犁地一般冲得支离破碎。然后是范廷召的骑兵在没有任何准备的情况下，仓皇与耶律高九的骑兵接战，被打得节节败退。

但耶律高九并没有吃掉范廷召的意思，在击退后者后，立即掉头向王显背后杀去，与萧太后形成铁壁合围之势，力图全歼这支宋军。

坐镇镇州城中的肖洪当然无法坐视这支劲旅覆灭，立即率领五千骑兵前去解围。

而王显经历了最初的被动后，也及时进行了补救。他不顾身中数箭，指挥残兵利用铠甲优势重新集结为五个小一号的步兵方阵与辽军周旋。在肖洪的援兵赶到后，王显指挥大军且战且退，总算是退到了镇州城下。

这时城中的守军以床弩大阵猛烈扫射辽军，萧太后见占不到任何便宜，这才悻悻撤去。

事后，王显进行了盘点：范廷召部损失稍小，只有五千人，但本部损失接近一半，多达两万人。

经此一役，宋军暂时无力再次发动大规模的反击战，只能固守镇州一线，与辽军形成对峙之势。

赵恒接到战报后，只得令王显就地休整，养精蓄锐，再寻战机。同时他心里更加强烈的企盼杨延昭再接再厉，早日打下成都，好让自己可以专心对付萧燕燕。

然而仅仅过了没几天，蜀中就传来战报：叛军在成都大败官军，杨延昭已放弃攻势，退回绵州！

* * *

在涪江上的浮桥搭建好的当日，不出杨延昭所料，林特就偕符昭寿急匆匆赶到了绵州。一同来的，还有符昭寿带来的五千大军，明面上是作为雄威军攻打成都的帮手，但即便心粗如高琼者，都看得出这是符衙内心虚，让这些人给自己当保镖来了。

不过符昭寿被断了一只手后，显然是长记性了，见了杨延昭可谓十分的客气，一口一个"节帅"（节度使的尊称）叫着。但"节帅"二字从他那浮夸气十足的衙内口中叫出来，怎么听怎么别扭。

杨延昭自然不会给他好脸色，将他打发到高琼高老爷子帐下，听候差遣。

说起来，符昭寿虽然被降为团练使，但好歹也是一州之地的军事首长，比起高琼的雄威军指挥使来要高出一大截，怎么着也轮不到后者来指手画脚。但符昭寿竟然毫无怨言，欣然接受，这让雄威军一众武官感到诧异。

杨延昭知道这肯定是林特的授意，为的是不落下违背上差的口实，以免被自己有机会除恶务尽。但既然给上官勇他们立了军令状，杨延昭自然不会食言，便暗中叮嘱高琼绝不能给符昭寿好脸色。

高琼不想被当枪使，就抱怨道："为啥这破差事要塞给老夫？"

"因为你的脾气没人能够消受，而且你是跟符彦卿同辈的人，教训晚辈是你的义务。"杨延昭如是回道。

高琼抱怨了几句，只得接受了。

好在一路上符昭寿脾气好得要命，任凭高琼怎么找茬儿，他都逆来顺受，比高琼的儿子还乖。

林特这边也是出奇得安静，对恢复蜀中财政一事矢口不提。杨延昭自然知道现在成都尚在王均手中，如果不能收复，谈什么科配、夏税都是白扯。所以估计在他收复成都之前，林特都会是一副"老实厚道之人"的形象。

不过杨延昭已通过寇准的复函，知道了张咏不久将重返蜀中。届时成都已然收复，正好有他这个钟馗来整治林小鬼。

想好了因应之策，杨延昭便率领大军直奔成都而去。原本他估计王均和赵延顺为了减轻成都之战的压力，会在沿路部下伏兵或是散兵游勇进行袭扰。孰料这两个家伙像是被林特、符昭寿传染了一样，亦是十分配合，敞开了大道放雄威军过来，连沿途的几座城池都是无人把守，任由杨延昭去接收。

林特一见如此顺利，连拍杨延昭的马屁，称赞是他的神勇震破了王均的贼胆。照此下去，不出一旬，即可光复川峡二路全境。

杨延昭却没这么乐观，按照他的估计经过剑门关和绵州两次惨败，王均手里至少还有三万大军。他敞开了大路让自己走，一是想制造萎靡的假象，麻痹自己；二是想集中力量巩固成都的城防，好在最后的决战中胜出。

看清了这两点，杨延昭索性加快行军速度，只用了三天就全军赶至成都城下。在这几天之中，蜀中各地捷报频传，夔州、梓州、遵义军等各地的原有官员和州县衙杂役纷纷自发组织民众夺回城池，策应平叛大军的行动。一时间，叛军掌握的地盘龟缩到成都周边一带狭小的地域内。王均现在别说建什么蜀国，就是当个知州都已是勉强。

但杨延昭此前已明令在先，必诛首恶王均、赵延顺，等于掐断了二人的退路，所以指望他们乖乖俯首就擒是不可能的。杨延昭估计他们一定会死守成都，顽抗到底。

然而当亲眼见到锦绣如画的"芙蓉城"真容时，杨延昭又不忍心了。

据随军的张适介绍，成都早在前唐时，就已是繁花如锦，成为仅次于扬州的大都会，素有"扬一益二"之美誉。那时城中水道相连，摩诃池、百花潭、江渎池装点其间，户户临水而居，街巷垂柳迎风，端的是一派苏杭水乡之风物。

到了五代十国时，蜀中先有王建的前蜀封关自保，后有孟知祥父子的励精图治，成都得以于乱世之中独善其身。尤其是蜀后主孟昶最好风月，不仅保留了前唐时的水乡之韵，还将城头遍种芙蓉花，始有今日"芙蓉城"之誉。

杨延昭虽是将门之后，但前后两次的楼店务供职经历让他深刻体验到建造一座城池是多么不易。而用数百年的积淀让这座城池独具风韵，位列名城之列，又需要何等的机缘与匠心。

毁掉一座城，只需一场大火，塑造一座城，却需百年火候……我杨延昭绝不做这等一将功成万骨枯之事！

定下此心后，杨延昭便召集张适、上官勇等川峡二路的老人，问他们有什么不动刀枪而拔城的妙计。

上官勇的主意简单粗暴："大人知道成都城外有清远江、锦江两河环抱，前朝又从锦江往城内引来解玉溪和金水河，才造就了今天的水城。只要我们把锦江上游的水流堵住，积蓄三五日，然后开闸放水，就可以水漫成都……"

"咳咳……"见他还要继续高谈阔论，张适赶紧干咳两声打断，"大人想要的是'不动刀枪'之策！"

"我的办法没动刀枪呀，动的是江水！"

真是不开窍，张适善诱道："江水来了，好人、坏人一起淹，这比动刀枪更甚！"

杨延昭知道上官勇出不了什么好主意了，就转问张适有什么办法。

张适捻须道："大人可听说过十二月市？"

杨延昭摇摇头。

张适解释说成都之所以与扬州齐名，还有一层原因就是这里是个花钱消遣的好所在。为了平添乐趣，成都不知何时起兴起了"十二月市"，每一月都找个由头在城中热闹一下。比如五月以扇子集中售卖为主，是为扇市；七月以各种奇巧珍玩售卖为主，所以叫宝市。

杨延昭已然明白了一二，就问："时下已出正月，这二月是什么市？"

"英察无过于大人，这二月以名花异草买卖为主，所以称作花市。"

张适说这花市设在二月二，往年正是成都百姓外出前往锦江，踏青游江的时候。因为这次游江规模比不上四月十九的那次，所以俗称"小游江"。

"小游江"虽然名中带小，但规模不小。近至蜀州，远至剑州的花贩都云集于此，至于买花的花客更是囊括了东京汴梁、西京洛阳各地的文人雅士和花商巨贾。短短几天的成交额就可以达到百万贯之巨。

"现在二月二已过，张大人提这不是太迟了吗？"上官勇不解道。

张适连连摇头道："这花市中的花贩多为本地的花农，花草娇贵，所以花农多为女子。我成都既然敢与扬州齐名，女子相貌自然不输那里。"

镇守成都的士卒俸禄为川峡二路之最，手头宽裕，又有近水楼台之便，所以不少人都娶了花农为妻。

讲了半天，张适收口道："如果大军对这些花农晓之以理，让她们劝降城中的丈夫、兄弟，虽不至于招来全部叛军，但至少可以让叛军人心浮动。"

上官勇这才回过味来，连说此计太好了。

杨延昭沉吟了片刻，眼睛忽然一亮，"人心浮动还不够，我要让王均、赵延顺和士卒之间离心离德！"

"大人想怎么办？"张适好奇道。

"马上四处通告，就说今年的花市推迟到二月十五，地点改在城外的锦江南岸举行。"

为了让花农和花商们放心大胆地来，杨延昭决定派出官军，由自己亲自统领保驾护航。为了吸引更多的花农、花商参会，他还决定一律免除值百抽二的商税，如果能劝降城中的丈夫、兄弟，再免税三年！

同时，为了避免这次花市流于形式，杨延昭还让熟悉本地人情的张适前去招揽那些逃出成都的大花商，以免除商税为条件，劝说他们提前于花市前，贴出将于花市上大宗采购的告示。

这还不算，杨延昭拿出张适、杨怀忠以及蜀中其他官员的联名举报材料，强迫符昭寿捐出三万贯，作为花农、花商的往来盘缠。

林特知道后，终于换下好好先生的嘴脸，跑来和杨延昭理论：是谁给你这么大的权力，免除这些人的商税？别忘了，我才是西川路转运使，这里的税赋我说了算！

杨延昭却异常的冷静，等他咆哮完了，才不紧不慢道："你是西川路转运使不假，但这里是益州，税赋是征是免，益州知州说了才算。"

"哼哼，益州知州还被关在王均的手里，难道你要去找他吗？"

"那是上月的老黄历了，据我所知，现在张咏大人才是新任的益州知州！我已经飞鸽传书于张大人，他会同意的。"

林特像是活吞了一只苍蝇，调整了半天才吐出一句："谁任命的？怎么没人告诉我？"

杨延昭冷冷道："任命一州之长官是中书省的职权范围，不管是你转运使大人，还是我这个节度使，恐怕都无权过问吧。"

林特顿时语塞。他虽然贵为一路之首，但按照本朝制度，他这个转运使对下面的知州、刺史们只有监察权和弹劾权，至于任免权，则牢牢掌握在朝廷手里。

见此事已不在自己掌控之列，林特一甩袖子道："哼！那本官奉劝你一句，锦江对岸就是叛军，你可别把花市玩砸了！"

"这话我就听不懂了，你我一同肩负平蜀重责，难道计相大人不希望我早日克复成都？"

林特一直以为杨延昭只是打仗厉害，没想到嘴仗功夫也如此了得。这要是回答个"是"，赵昌言还不带着御史台的人用口水把自己淹了！

他赶紧认输，假惺惺地恭祝杨延昭早日凯旋，然后无趣地走了。

经过三天的筹备，花市按时在锦江南岸开幕。而仅仅一江之隔，就是叛军占据的成都。事实上，锦江和清远江在人为的改道后，是作为成都的护城河存在的。杨延昭把花市摆在锦江岸边，无疑是在向川峡二路的百姓宣布：叛军已成强弩之末，毫无还手之力！

不过事情的发展还是有一些出乎杨延昭预料的，比如参加花市的花农和花商。原本他以为现在兵荒马乱的，能有个几百人的规模就了不得了，孰料第一天仅花农就来了上千人！

这倒不是花农们思想有多高尚，而是因为他们辛苦一年，就指着花市上能全部卖出去呢。前段时间当得知成都被叛军占据，今年的花市办不成时，他们心里别提多焦急了，眼看花货要烂在手里，很多人连想死的心都有了。

现在杨延昭不仅宣布花市重开，而且免掉全部商税，花农们打心眼儿里都把节帅大人当救星了。至于花市的举办地点，虽然有些危险，但这段时间杨延昭奇袭剑门、智破绵州的光辉战绩早已传遍了川峡各地。既然有节帅大人亲自保护他们，那还有啥怕的？

另外还有一个原因，许多花农的丈夫、父亲就在城中，谁舍得对自己的家人动手？于是乎，第一天的花市出奇的顺利，成交额一举突破了八万贯！

有了第一天的成功，第二天来的花农、花商人数立马翻了一倍，交易额也水涨船高,节节攀升。

面对城外的热闹景象,城中的叛军出奇的安静。这倒不是他们害怕了杨延昭,实际上就在花市对面的城墙上,一个相貌平庸、身材中等的中年男子正注视着下面发生的一切。他就是被赵延顺和叛军们拥立的蜀王王均。

此刻,他的内心很是纠结,是要冲出去杀光了那些胆敢藐视自己的花农呢,还是就这么坐视杨延昭的奸计得逞。

虽然经历了两场大败,但他的手上还握有三万大军,而且半数还是原先驻防成都的神卫军精锐,端了锦江对岸的花市绰绰有余。然而他却有些于心不忍,因为他在从军之前是一名地地道道的桑农,专门供应蚕丝给蜀锦作坊。

有道是"蜀锦抵金蚕丝贱",假如一匹蜀锦的市价能卖到十贯钱,那么他能得到的不过三十分之一,也就是区区三百文。这三百文还要支付各种科配、商税,最后能落到手里的不过二百文!

桑农在蜀中所有农民中算是收入最高的,尚且如此,那些花农的日子就更别提了。他邻家的刘嫂就是祖辈种花、养花为生的,辛辛苦苦忙碌一年,全指望在二月的花市上赚下全年的口粮。他清楚记得有一年碰上倒春寒,刘嫂的花苗被冻死大半。她不得不含泪卖掉女儿,才凑足了那一年的科配。

正是目睹了太多太多蜀中农户们的凄惨,他才决心投军,希望用军功改变命运……

突然,背后一阵甲胄的晃动声打断了他的思绪。他敏捷地转过头,看到了正大步而来的赵延顺。

离他还有几步远,赵延顺就扑通跪倒在地,毕恭毕敬地大呼:"陛下……"

王均立即予以制止,"说过多少次了,不要叫我陛下!我起事是为了兄弟们有条活路,可不是为了做什么皇帝!"

说完,不由分说将赵延顺扶了起来。

赵延顺不甘心地劝道:"起事就是造反,就是与朝廷对立,您不称帝建国,难道还有第二条路可走?"

王均叹了口气,脸上竟浮现出一丝痛苦。

其实当初他原指望赵延顺他们抢了符衙内的家,分到了钱财能适可而止。哪知道他们一时抢红了眼,竟将前来制止的都监王铎和团练副使董福杀死,导致事情的性质从公愤义举变成了谋反。

自己本想借着老长官的威望尽最后努力劝阻,让赵延顺几个领头的自首,其他人自己就是拼掉乌纱帽也要保全。孰料赵延顺带着一干兔崽子痛哭流涕,竟然把刀递到自己手上,让自己杀死他们,说什么也不向贪墨活命钱的符衙内低头。

自己也是一时心软,如果当时掉头就走,和符昭寿站在同一立场,那么现在还是朝廷的益州团练使。但当他见到赵延顺脖子后那处伤口——镇压李顺那年,为自己挡箭而受的伤口时,竟然答应与他们同生共死……

往事不可挽回,王均又叹口气道:"其实,我们只要守住剑门关,然后向赵恒称臣纳贡,未尝不是一条保全之法。"

这也是他自扯起反旗以来,只是称王,而不称帝的原因所在。

"没守住剑门关,是我对不起您。"赵延顺拍了拍胸脯,"只要您一声令下,我现在就冲到花市中,把姓杨的活捉回来!"

"不行!"

"为什么不行？"听王均这么坚决，赵延顺有些意外。

"因为……我怕有诈！"王均半真心半遮掩道，"实则虚之，虚则实之，对岸的花市看着毫无戒备，但你知道有多少杨延昭的人伪装成花农，就等着我们自投罗网！"

赵延顺倒是很清醒，力争道："姓杨的就是吃准了这一点，才敢堂而皇之摆下空城计，看我们的笑话。"

见王均不为所动，他撂下狠话："现在咱们已退无可退，不拼一把，难道就这么等死？您可是说过要为兄弟们谋一条活路的！"

王均一听，又有些犹豫起来。不过他斟酌了一下，还是予以拒绝——花农中有不少女子是我们自己人的家眷，这么做会误伤她们性命的。

"不过千把人而已，只要我们打下了川峡二路，每个当兵的三妻四妾也给得起。您可不能妇人之仁呀！"

王均沉吟半晌，始终下不了决心。其实让他内心纠结的还有一件事，那就是杨延昭一路攻来不是以杀人为乐，相反他还极力避免杀戮，战后还尽可能多地赦免俘虏和降军。这与以往他所见识的那些以战功最大化为唯一目的的朝廷大员们完全不同。

说起来，他当初举兵起事时完全没考虑自己，以至于打下成都了，才想起两个舅舅还在蜀州老家，结果被蜀州知州杨怀忠逮了个正着。这也是他一直没去攻取蜀州，让杨怀忠逍遥到现在的原因。

也许我将所有的罪责全揽过来，杨延昭会放过所有兄弟的……王均突然冒出一个大胆的念头，如果凭手下的三万大军死守，就算杨延昭最终赢了，但他付出的代价也是巨大的。如果与杨延昭做个交换，用自己的命换麾下将士们的命，未尝没有可能。

"还是让我再想想吧……"丢下这句话，王均蹒跚着走下了城墙。

身后的赵延顺等他走远了，才将心中的不满一吐为快："真是婆娘性子！看来不用些手段逼你一下是不行了。"

一抹狡黠的微笑随之在赵延顺的嘴角绽放开。

第七章

惊天逆转

高琼哈哈大笑道:"既然当了兵,这条命就是陛下的,不归我做主!你这小娃娃想要的话,拿十条命来换就是,讲什么劳什子的投降,老子最烦听到这俩字!"

是夜，王均巡视了一圈城防后，便折回他原先在城南的团练使府休息了。他的团练使府只是两进的院子，小得不能再小，作为蜀王的府邸简直太寒酸了。

上月举事成功后，赵延顺等人曾建议他搬进原后蜀皇帝孟昶的皇宫，做个名正言顺的蜀王。王均说什么也不肯，偏偏要坚守自己的小窝，害得每次召开军事会议，将领们都得跑老远到偏僻的城南来。

由于地方太小，卫队无法做到里三层外三层的高级别防御，所以只能围着团练使府画个长方形，把这位蜀王圈在中间。

不过就是这种最低限度的护卫，王均都觉得多余——城里全是枪林弹雨中一起摸爬过的弟兄，有什么好防的！

抱着这样的心态，王均便如往常一样上床了。不过现在杨延昭兵临城下，他是和着甲胄睡的，以便随时能从梦中步入战场。

也不知是枕头变形了，还是甲胄太硌得慌了，王均今晚怎么也睡不着，翻来覆去地比烙饼还翻得勤快。这样一直折腾到过了子时，还是无法入睡。

烦躁之下，他索性起身，准备下床到外头走走。就在他刚穿好一只靴子的时候，前院突然传来一些响动，很轻微，但凭借从军多年练就的耳力他立即分辨是细碎的脚步声。

深夜，密集的碎步……有人偷袭！他顾不上穿另一只靴子，赶紧从床边抓起佩刀。这时就听一声凄惨的叫声传来——哥，快跑，啊……

这叫声分明是吴安的！

吴安是王均二舅的儿子，举事以来，甘愿放弃了副队头的军职，跑来做自家哥哥的贴身卫兵。

王均一听他有事，一把抽出佩刀，不顾一切地冲了出去。结果刚打开门，

第七章　惊天逆转

就见几十个士卒冲了进来，他们个个除掉了头盔上原有的红缨，一眼就能分辨出是跟随自己起事的兵丁。

他正要叱问这些人，就见从前的贴身侍卫，现在的南门守将武大功冲到了近前，挥刀就朝自己的胸前劈来。王均赶紧举刀相迎，冷不防右侧猛地刺来一把长矛，正中手臂，顿时钻心的痛感传遍整条胳膊。

但武大功明晃晃的大刀可没停，王均咬牙借着矛头的劲力举刀向前抵去，咣当一声与前者的刀锋重重撞在一起。刚刚稍微忍不住点疼，此刻自己已被武大功劈开了胸膛！

"你就乖乖受死吧，"武大功使劲用刀刃抵着他的刀，"拿你的命换三万弟兄们的命，你的命也算物超所值了！"

王均倍感心寒，虽然这种念头也在他心中一闪而过，但前提是自己心甘情愿，而不是现在这般。

"休想！"王均艰难地吐出两个字，因为自己的刀背已被死死压在胸口前。

见他还想顽抗，旁边的士卒竟将入肉的矛头转动起来，顿时筋肉被绞断的剧烈疼痛侵袭了王均的整个身体。他的手臂像抽风似的颤抖起来，即便用上左手，也还是有些力不从心。

但心中一个念头苦苦支撑着，让他以难以置信的毅力暂时挺住了。

"你们把吴安怎么样了？"

"他呀……"武大功嘿嘿一笑，转头朝身后的同伙使了个眼色。

只见其中一个身形高大的家伙往前两步，手臂高高举起，亮出了手中一颗血淋淋的人头。王均顿时瞪大了眼睛，那正是吴安的人头！

他虽然有两个舅舅，但两家却只有这一个独苗，这帮天杀的家伙是断了

自家母族的血脉呀！

王均像一头发怒的野兽般吼叫着，用胸膛奋力顶住刀背，凭着不知从哪儿涌出来的一股蛮力纵身一跃，然后头猛地朝武大功的脸撞去。武大功被突如其来的一招绝地反击撞得眼冒星光，不由得噔噔往后退了两步。

王均不愧是沙场老手，又趁势左手换刀，对准手臂上的矛杆就是一劈，将矛头利索地切下。这时武大功刚刚稳住双脚，就见王均不顾一切地冲到旁边，手起刀落将抓着吴安人头的同伙砍掉了脑袋。

武大功面色微寒，不过旋即胆肥起来，自己这边上百号人，怕你个独狼不成？他一挥手，招呼同伙一起上去制服王均。

"要活的！皇帝还等着他当众问斩，以儆效尤呢！"

武大功说完，带头冲了上去，七八名同伙凶神恶煞一般紧跟了上去，眼看就要群殴王均。突然，众人背后传来一阵嘈杂声，紧接着武大功的同伙还来不及反抗，就纷纷倒下。

"诸葛弩……"武大功刚反应过来，身上已连中五只弩箭。

"赵延顺在此，看谁敢造次！"赵延顺一边喊着，一边带头冲进院来。

当他看清王均所在的位置时，不顾一切地带人左劈右砍，奋力冲到近前，将后者保护起来。

"都怪属下来迟了！"看到王均的手臂还在冒血，他赶紧撕下一块袖布，替王均包扎起来。

王均一把推开他，然后双手握刀四下寻去，"武大功呢？我要亲手宰了他！"

很快，他就瞅见了倒在地上大口喘气的武大功。赵延顺一使眼色，两个粗壮的手下立即上前将武大功揪起来，像要问斩的要犯一样架到王均脚下。

第七章 惊天逆转

王均双眼喷着火,死死瞪着这个一直以来拿命相交的弟兄,"我王均有什么对不住你的,非要这么着对我?"

死到临头,武大功倒也坦然:"没有,不过既然你当初带着大家起事就是为了给弟兄们谋条活路,那就该有始有终,贡献出你的人头让俺们能舒坦点活下去!"

"好,好,哈哈哈……"王均气急而笑,"你可真是我王均的好弟兄!"

说完,他握紧刀柄抡圆了狠狠一劈,顿时鲜血溅了一脸。随着武大功的人头落地,他心中的那丝犹豫也一同被砸灭,取而代之的是前所未有的决绝。

"赵延顺!"

听到被点名,赵延顺立即单膝下跪,声音无比响亮道:"属下在!"

"我命你立即肃清武大功的余党,还有城中那些家中有花农的,"王均顿了顿,"记住,一个不留,天亮之前务必完成!"

这武大功的老婆就是花农,三年前的喜宴上王均还喝过他婆娘敬的酒。事到如今,为了避免再有第二个武大功,那就只有宁可错杀了。

赵延顺微不可察地神秘一笑,中气十足领命道:"属下遵命!"

其实早在举办花市的告示四处张贴之时,他就暗中罗列了一份名单,上面的人都是家中亲属或多或少与花农有牵连的。所以这项任务相当于是照方抓药,不出两个时辰,赵延顺就干净利索地剪除了名单中的所有人。

天亮之时,成都城中的叛军已经切断了与城外花市的一切联系,再没有任何手软的理由。

* * *

第三天的花市在一片安详的喧嚣声中顺利落幕,三天的交易额虽然不及往年的一半,只有四十多万贯,但对于尚处于战乱之中的川峡二路来说已经是天大的喜事了。

但对于杨延昭来说,最大的收获不是钱财,而是人心。三天之中,城内的叛军未敢越锦江一步,也未放一箭一弩,这对饱受战事之苦的百姓来说是一个信号——官军已控制住了蜀中局势,叛军已是秋后的蚂蚱,蹦跶不了几天了。

加之杨延昭之前在剑门关、绵州的大获全胜,百姓们纷纷相信他正如契丹人所传言的那样,是六郎星下凡,必将战无不胜。所以有他这位星君全程充当花市的保护神,王均和赵延顺才不敢造次。

在此有利的气氛下,杨延昭判断收复成都的时机已经来临。遂从东、北、西三个方向部署好大军,摆好围三缺一的大阵。至于南面的一处缺口,表面上是杨延昭兵力不足,不想分散兵力,实际上是他有意为之,让王均在内外交困之下知难而退,好让成都在战火中的损失减至最小。

当然,祸水外引并不是杨延昭的作为,他并不会放任王均的叛军去祸害川峡二路其他地区。所以他暗中又让蜀州知州杨怀忠带人埋伏半路,一旦叛军出逃,立即借助有利地形予以围歼。

然而还没等到杨延昭下达总攻令,当夜成都城中就突然火光四起,四面城门大开,里面成百上千的百姓没命地往外跑。

紧接着,驻扎在城西的高琼派人来报,说是流经城中的金水河上飘出上百艘小船,正驶向往锦江的汇合处。

通过张适,杨延昭已得知城中有不少民船,供人游玩或是代步。想来这些小船只应是那些民船。

综合以上信息,身边的张适、马冲和上官勇等人都认为这是叛军发生了内讧。初步判断先是发生了兵乱,然后混战波及了无辜百姓,所以四面城门才会不断涌出平民。至于那些船只，极有可能是王均等人见势不妙，乘机逃跑。

也许是一出空城计呢？杨延昭心说，就算一些花农的丈夫、兄弟想拨乱反正，他们最稳妥的策略是与自己联络，先谈好条件、动手时间，再挑几处容易下手的城门动手。这样成功的可能才大！

退一步讲，就算是他们临时起意，或者事情败露，不得已仓促间动手，凭那么点人数也不至于把偌大的成都搅得烽火四起，城门四开的。

再者，即便王均人心失尽，大败而逃，他仓促之中如何一次找来那么多分散于城中的民船？又如何在纷乱的民众中顺利驶出城去？

"大人，再犹豫王均没准就跑了！"马冲有些沉不住气了。

杨延昭却不急不躁，道："先让高琼派人去追那些船只，探探情况再说！"

马冲正要传令，杨延昭又叫住了他。

"传令刘谦、高琼各部，没我的命令，任何人不得私自进城！"

马冲只得照他吩咐的办。

如果所有人照杨延昭的命令执行，就可以避免一场不必要的大麻烦，然而不是所有人都是如马冲这般令行禁止。

正当杨延昭坐等高琼的进一步战报时，高琼那边却有人来报：天杀的符衙内兵分两路，一路由他带领自大西门入城，一路由牛晷带领去锦江堵截船只了。

杨延昭罕见的怒形于色，一把揪住报信兵的领口质问："高琼是干什么吃的？连个符昭寿都看不住！"

传信兵结结巴巴地申辩说符昭寿原先瞅着十分老实，但刚才一见西边的大西门和小西门全部洞开，又闻听其他三面也是如此，就点齐兵马要进城去，说是要活捉王均、赵延顺。

高老将军拔刀相向，想予以制止，但这时林特突然赶来了，用钦差令牌勒令将高琼捆住拿下，接管了所部指挥权。传信兵是趁符昭寿、林特二人调兵的混乱之际，才得以脱身偷偷跑来的。

"好卑鄙，他想抢首功！"马冲忍不住啐道。

怪不得这家伙一路上装孙子，原来是等着城破之日去抢头功，好官复原职！

"恐怕不止是抢功这么简单，"张适有些愤愤道，"我听说他逃出成都前，着急逃命，就把带不走的几十口大箱子藏了起来……"

上官勇也点了点头，他们当时攻下成都后，把从几处符宅搜出的钱物盘点了一下，不过二十万贯。而这两年被克扣的官兵俸禄少说也有四十万贯，还不算符昭寿四处巧取豪夺的赃物。

杨延昭刚才还纳闷，符昭寿要抢功，为什么不亲自去堵王均，却急着跑进城里，原来是为了自己的小金库！

而且林特一路上也跟着装孙子，就是为了麻痹自己，让自己忽略了他也是个手握皇命的钦差。

一对奸诈之徒！

此刻，周围的几人都盯着杨延昭，等着他做决定。尤其是上官勇，眼神比城中的火光还要火辣。

杨延昭沉默了片刻，追问传信兵："高琼现在何处？"

"被符昭寿那厮挟持着一起进了城！"

上官勇一听就火了，"我呸！还敢拿高老将军当人质。大人，只要你下

第七章 惊天逆转

一道钦差令,我立马就去宰了符昭寿!"

被他这么一激,杨延昭反倒更冷静了。他猜想王均久在符昭寿手下供职,对这位上司贪婪的性子再清楚不过。现在自己这边无懈可击,唯一的软肋就是符昭寿这个猪一样的队友。他只要对症下药,让符昭寿觉得有机会夺回藏在城中的钱财,后者一定会不顾一切冲进城去,然后他要做的就是关门打狗。

如果真是如此,那么现在派上官勇进去,无疑是给王均送去更多的战利品!但如果不派人进城,符昭寿算是作茧自缚,死在叛军手里也就算了,但高琼和几千官军就太冤枉了……

"节帅大人,您倒是说句话呀!"上官勇顾不得上下级之分,催促道。

杨延昭望着有些摸不透底细的成都城,一字一句道:"你是我的卫队指挥,不是高琼的……"

此时此刻,符昭寿正无比畅快地纵马奔驰在成都城中。一个月前,他是狼狈地从太玄门吊绳逃脱的。如今,他终于领着大军,以胜利者的姿态重新回来了!

虽然没有一仗是他指挥打赢的,但谁让杨延昭那厮胆小呢,现在自己第一个进了城,等天一亮就可以坐在铃辖府里给官家上书,详陈自己是如何光复成都,痛击抱头鼠窜的叛军,又如何受到满城父老夹道欢迎的。

而实际上,此时成都的大街小巷除了惊慌的百姓,几乎见不到什么叛军。为了加快赶往自己在城北昌源钱庄的秘密埋宝地点,他勒令手下的人不用避让,遇到碍事挡道的一律冲踏过去。

于是很多侥幸躲过叛军屠刀的百姓,因为恰巧逃命路线与符昭寿的行进路线相交,就被踏成了肉饼。

对于这些蝼蚁,"聪明绝顶"的符昭寿早已想好了说辞,把所有罪责都

推到王均身上，反正在朝廷眼里，叛军就该是群杀人不眨眼的狂徒。

事情和符昭寿预料的一样，一路上出奇地顺利，几乎未遇到任何抵抗，用了不到两刻钟就赶到了城北的昌源钱庄。

他在进城前就断定南边的万里桥门无官军驻扎，叛军们肯定往城南跑，所以才挑选了一条直通城北的道路。现在看来，城中恐怕没剩多少叛军了。如此一来，倒是苦了前去锦江上堵截王均的林特。

符昭寿想了想，谁让他想抢擒获匪首的大功来着。反正事先商量好的，光复成都的功劳归我，王均、赵延顺归你林大人，肥水不留一点给姓杨的。

心里想着林特最好死掉，这样就不用分他五万贯的美事，符昭寿在士兵们的簇拥下，大步走进了钱庄。这处钱庄是他名下的一处秘密私产，两年来他四处搜刮的几十万贯不义之财都是通过这里洗白，借贷给民间的。

上月逃离之际，他来不及带走这笔钱财，就暗中留下七名信得过的府中老人，让他们留守在昌源钱庄。等他冲进钱庄一看，这几个人都还好端端地活着。欣喜之下，符昭寿立即派兵跟随他们前往后院，将埋在地下的几十口大箱子起出。

如此费了好大的劲儿等所有箱子挖出来后，符昭寿又不厌其烦地命人将一口口箱子打开，亲自验过才算放心。

"总算是完璧归赵了！"符昭寿用仅剩的一只手盖上最后一口箱盖，"弟兄们都辛苦了。传令下去，全军敞开了劫掠三日！"

听了他的话，那些跟他从剑州一路过来的士卒们无不眼冒绿光。

符昭寿好人做到底，当下大手一挥："现在就去抢吧，益州的妹子可不比扬州的逊色哩！"

他刚说完，手下的几名都虞候便跑出钱庄，将这个好消息告知属下们。

第七章 惊天逆转

几千人的大军立即一哄而散,堕落成劫匪寻找各自的猎物去了。

看着一散而空的属下,符昭寿不免有些伤感地抚了抚右臂——都怪杨延昭那厮,不然的话本座今晚非要亲手抢几个妞儿暖暖床。

身旁的牛冕看出了他的心思,赶紧凑上近前压低声音道:"要不要属下去寻几个姿色好的,让大人快活快活?"

"当然要,还不快去!"符昭寿忽然感到一只手有些力不从心,又叮嘱道:"要听话温柔的,不要犟蹄子!"

打发走了牛冕,符昭寿本想坐下来喝口茶,润润一路累干的喉咙,忽然被钱庄外一阵高亢的叫骂声搅了兴致——符昭寿你这个王八蛋、龟孙子、败家子,有种放开老子!老子要替符彦卿好好教训你,教你怎么做人……

符昭寿哪受得了高琼这般辱骂,当下就踹了身边的亲兵屁股一脚,"快去,把这匹夫的嘴给我堵上,让本座耳根清净清净!"

亲兵立即跑了出去,但很快就跑了回来,同时跟进来的还有高琼的骂声。

符昭寿立即火冒三丈,大吼:"干什么吃的?他不是被捆着吗,怎么连个人都收拾不了?"

亲兵苦着脸道:"那高琼是被捆着,但他像疯狗一样又是脚踢又是撞人,小的几个怎么也摁不住呀!"

没用的东西!符昭寿起身直冲门外,只见捆得像粽子一样的高琼正没命地用头顶向一个士卒,光是听着那声低沉厚重的"嘭"都能感到疼。士卒被撞得像死驴一样翻倒在地,但高琼却像没事儿人一样转头又向另一个士卒抬腿踢去,紧接又是一声惨叫……

"老匹夫!"符昭寿仗着人多喊道,"苦竹寨的账我还没和你算呢,如果再出言不逊,本座今天把你摆成十八般模样,你信不?"

高琼一看他出来了，立即放过了身边的七八个小喽啰，转而面向符昭寿大吼："你不听节帅将令在先，纵兵劫掠百姓在后，你这是作死你知道吗？小心激起民变，让叛军卷土重来！"

"吆喝，没想到你一个山匪出身的还知道忧国忧民！"符昭寿边说，边向前几步站定在钱庄大门前，"今儿个本座倒要看看，有哪个叛军还敢来送死。"

说罢，他铆足了劲儿，朝着四下吼道："喂，我符昭寿在此，有谁来敢来取本座的项上人头！喂……"

突然，就听北边太玄门方向一声震耳的冲天炮响起，耀眼的炮光旋即照亮了半空。符昭寿被震得一个趔趄，差点儿摔下大门前的台阶。

他刚想骂一句"哪个活腻味了的干的"，就听城西、城东、城南依次炮声四起，好像排着队跟他作对似的，震得耳朵嗡嗡作响。

这不年不节的……符昭寿慢了半拍的脑子终于回过味来——是号炮，不好，城中有诈！

果不其然，城南的炮声刚落，喊杀声立即响彻城中。凭战场里练就的一双好耳力，高琼听出这些喊杀声是从四面往城中心涌来，而且人数不是一般的多。细听之下，还能听出对方喊的是"活捉符衙内，为父老们报仇"，十分具有煽动性，就连高琼听了，都想赞句说得好。

符昭寿一下子慌了，现在他的人都撒出去抢蜀妹子了，身边仅剩个二百来人的贴身卫队，这不成了板上鱼肉吗？

惊慌中他忽然看到了眼前五花大绑的高琼，立时像看到浮木的落水狗一样扑上去，抱住老爷子大叫："高将军救我，你可以一定要救我啊……"然后就扯起了你跟我爹以前可是同袍，不能见死不救云云，让高琼都有些无所适

第七章 惊天逆转

从——刚才还是鼻孔朝天的衙内,这脸咋说变就变呢?

不过大敌当前,高琼就算不为符衙内的贱命考虑,也得为自己的老命着想,遂臭骂了两句解解气。符昭寿现在是残疾人士,无法替其松绑,赶紧让牛冕去解开绳子。

高琼顾不上活动发麻的手腕,一边牵马一边问此处距哪座城门最近。符昭寿告知此处位于城北,距离太玄门最近。高琼想了想,太玄门外过了清远江就是杨延昭的中军大部队所在,立刻决定把太玄门作为突破方向。

符昭寿一听不禁苦笑地想:上一次就是从太玄门吊绳逃走的,这次又是这里,真是缘分不浅⋯⋯

高琼没有马上开跑,而是命令符昭寿手下负责传信的把撤退用的号炮拿出来,召集城中的官军往这边集中好一起撤退。

符昭寿大叫:"你疯了吧?这不是明摆着告诉王均,本座就在这儿吗?"

"那也不能放着五千弟兄不管,"高琼说着瞅了瞅这位衙内,"而且你的脑袋这么值钱,恐怕你一进城,就被人家盯上了!"

然后不管他同意不同意,一把夺过号炮,就着火把点燃放上了半空。号炮如同一盏指路灯,立刻吸引了城中叛军的全部注意力,同时也吸引了四散官军们的注意力。旋即,喊杀声、呼救声、逃命声一齐涌向这里。

"走,每隔三百步放一只号炮!"高琼吼着命令道。

士卒们哪敢迟疑,纷纷上马。

这时,符昭寿突然大叫:"都别走,我的三十口箱子还在钱庄里头!"

高琼双腿一夹马肋,头也不回道:"都什么时候了还想着那些玩意儿,老子先走了⋯⋯"

高琼带头一跑,一大半人也一股脑儿地跟了上去。符昭寿咬了咬牙,只得追了上去，途中忍不住回头多看了几眼钱庄的大门——逃过此劫，本座一定加倍讨回！

* * *

高琼没跑出两道街，就遇到了一伙叛军，人数不下一个营，也就是五百人。为首的营指挥明白地告诉他：现在成都四面七座城门全部紧闭，想跑出去没门！

高琼才不理会这些，提刀冲上去就一招霹雳斩，将营指挥斩于马下。但叛军并没有作鸟兽散，相反，他们铆足了劲儿想把眼前的官军全部灭掉，所以战得异常坚决。饶是高琼砍人如切菜，也战得虎口发麻。

好在一队官军看到他的号炮，半路跑来加入战斗，才助他闯过这关。不过高琼没想到的是，符昭寿的兵战斗力差得离谱，前后七八百人参战，最后逃脱的不过二百来人！

难道你们这些杂碎只在抢女人上在行？

正想着，他就见前面一队叛军正围着一队官军准备包饺子。后者瞅着约有二三十人，不及叛军的一半，面对强敌竟全部跪倒在地大喊饶命，还厚颜无耻要把抢来的七八个女人献给叛军，以求活命。

"你娘的也！"高琼气得大骂，同时恼怒杨延昭在苦竹寨怎么没砍死符昭寿，好一了百了。

他打马上去先是赶走叛军，然后砍了那几十个官军的队头，才勉强解气。本来他还想把符昭寿丢给叛军一走了之，但一想到老上级符彦卿的其他几个儿子死的死，亡的亡，就剩下这个老幺还活着，便有些不忍了。

算了，还是日后交给朝廷发落吧。

高琼带着人马继续向太玄门冲杀，一路上如果不是有看到号炮的其他官

第七章 惊天逆转

军陆续赶来,估计走不出三条街,就得全军覆没。好容易杀到太玄门城楼前时,人数已不足四百,连高琼本人都负了两处伤。

眼看生路就要在眼前,高琼却绝望起来,因为镇守太玄门的正是赵延顺。他的手下聚集了不下十个营的兵力,把城楼看得死死的,摆明了不打算放跑一个人。

跟上这群少爷兵,老夫今天要栽在这里了!高琼心说要是自己的人在,不用多,五百人就够使了!

高琼正想着怎么多杀两个人够本,城楼上俯瞰这伙残兵的赵延顺突然开口了:"弟兄们,还记得往日威风八面的钤辖大人吗?都看清楚了,他就在那儿!"

在场的士卒们每一个人都被符衙内克扣过军饷,他们能从立志保家卫国的大宋官军变成人人唾弃的叛军,可全是拜他所赐。被赵延顺一点,这几千号人立马群情激奋,恨不能上去咬死这货。

"杀了他""大卸八块"……

符昭寿往日里高高在上,最瞧不上这些丘八,但今时不比往昔,现在他只求这些兵老爷们能放过他,饶他不死。

结果没等赵延顺下令,符昭寿就呲溜一下滑下了马背,像拜祖宗一样伏拜在地,一边磕头如捣蒜,一边大呼饶命。

这就是堂堂的前任川峡二路钤辖?!高琼身为军人的荣誉感驱使他跳下马来,上前对着符昭寿的脑门儿就是一脚。

"朝廷的脸,你爹的脸,还有你姐的脸都让你丢光了!"高琼大骂道。

符昭寿身为守牧一方的朝廷高官,又是历仕后唐、后晋、后汉、后周、大宋五朝的国之砥柱符彦卿之子,还身兼大宋开国皇后的弟弟,死到临头,却是这副贪生怕死的德行,简直是把国家的脸、皇家的脸和符家的脸全部丢光了!

符昭寿却不在乎丢不丢脸,他只在乎丢不丢命。他见高琼不客气,索性不要脸到底,竟然起身指着高琼向赵延顺献媚道:"这高琼是杨延昭手下第一大将,是我把他绑着押进城来的!现在我把他交给你,杀了他等于折去杨延昭的一只羽翼!"

此言一出,即使如他的党羽牛冕者,也羞得无地自容——我的祖宗,你怎么能说出这种话来?

高琼更是气得火冒三丈,把刀一转,抡着刀背就朝这个不争气的家伙砸去。符昭寿本想着自己的人能拦一拦,却发现没一个人动手。情急之下,他竟然不顾一切地朝叛军跑去。

"别伤我,我还有更大的礼送给各位爷爷!"

出人意料的一幕出现了,赵延顺竟然示意手下的人不许动手,放任符昭寿逃入阵中后,将高琼和剩下的几百人围起来。

符昭寿知道高琼可不是善茬儿,见叛军没怎么着他,就没命地往城楼上跑去,嘴里还大呼:"我在昌源钱庄还有三十万贯现钱没带走,全都献给你们,权当军资,只求买我一命……"

叛军们一听,无不是咬牙切齿状,那些原本就是被他贪墨的血汗钱,还敢拿来买他的狗命,真是无耻到家了!

就在这时,赵延顺说出了一句让所有人都意外的话:"成交,我今天就饶你一命!"

符昭寿这时刚跑到城楼的门洞前,一听获得大赦,当即喜不自胜,对着赵延顺的方向就是磕头不止。

第七章 惊天逆转

叛军们却是怒不可遏，一时喊杀声不断。

赵延顺抬手示意众人安静，解释道："一颗老鼠屎，踩扁了还脏咱们的脚，放回去坏了杨延昭的一锅汤才有价值。"

然后又像猫戏耗子一般对符昭寿说："我记得你上次是从城头吊绳逃走的。这次你老只能屈尊，继续这么着出城了！"

他一摆手，符昭寿身边的两个士卒不由分说，就把他架上了城楼，同时另外两个士卒在城垛上系好绳子。随后不管符昭寿多么不情愿，就刀逼着这位独臂残疾人爬上城垛，靠仅剩的一条胳膊逃下城去。

生死关头，平日里养尊处优的符衙内潜力大爆发，硬是咬着牙一点点顺下了城去，虽然样子十分狼狈。

处理完了符昭寿，便轮到高琼了。赵延顺直白地要求高琼投降，否则身后的四百来人全都得死！

高琼哈哈大笑道："既然当了兵，这条命就是陛下的，不归我做主！你这小娃娃想要的话，拿十条命来换就是，讲什么劳什子的投降，老子最烦听到这俩字！"

他回头面带歉意地看了看那四百名本不属于他统领的将卒，"诸位，你们的符大人把你们都抛弃了，愿意听老夫的，就一起战死在这儿。不愿意听的，自己随便怎么死都成，但有一条，不能投降，投降叛军必然要为祸百姓，老夫现在就送你一刀痛快的，日后说起来你也算是为国捐躯了！"

也许是觉得大限将至，怕以后没得说了，高琼突然间话多起来。

牛冕从符昭寿站上城垛的一刻起，就想明白自己被抛弃了。他虽然平日里有些怕死，但向叛军投降是万万不会考虑的，因为大宋立国四十年来，蜀中没有一次叛乱是成事的，且都蹦跶不过两年。即便李顺煽动了二十万人起事，也是如此。

既然逃生不得，那就拼死一回，就一回……他如是下定决心。

"高老将军，我牛冕愿一同赴死！"

有了他带头，其他人也纷纷誓死不降。生死关头，一群绵羊在一头老狼的带领下，竟焕发出了一丝虎虎生气。

赵延顺原本想借着符衙内的丑行打击高琼的士气，然后再以其俘虏身份打击杨延昭的全军士气，不想啃到一根硬骨头，顿时有些恼怒。

他抬手做了一个下劈的手势，"一个不留，弑高琼者赏钱一千贯！"

"呸！老子的脑袋值一万贯，出不起钱，就别想拿走！"

高琼啐完，晃着自己那颗金灿灿的脑袋就冲向了面前的一个叛军营指挥，一刀下去，脑袋、左手、刀刃齐断，来了个漂亮的一刀削三首。

"看好了，砍个人没那么难！"高琼不忘提着脑袋鼓舞士气。

牛冕见状，带着众人紧随其后，也是一通猛砍起来，惨叫声、怒骂声、助威声旋即响彻起来。叛军原本看不上符衙内手下的这些绣花枕头，所以开始只是想仗着人多一口口吞掉。没想到这些家伙越战越勇，竟一时杀得他们连连后退。

竟有把人变成亡命徒的本事，怪我小看了这老匹夫！

赵延顺可不想在毫无利用价值的人身上浪费时间，他决定来招狠的，早早结束战斗。

"传我将令，组起长矛阵，围杀他们！"

得了他的令，叛军中的一队长矛手立即排成宽松的一排，举着丈八长矛猛冲过去。高琼的人为了近战方便，都用的是环刀、短剑，长度不及长矛的三分之一，在长矛手的冲刺下毫无反抗力地被刺杀。

官军们还没回过神，另一排长矛手又间隔嵌入前一排的阵中，整齐地冲到前一排矛头的位置才停下，于是又有一批官军士卒命丧矛下。

两排长矛手交替冲杀，片刻间就杀掉了百来名官军。照这个速度，用不了一炷香的工夫，高琼的人就得全军覆没。

第八章
罪有应得

高琼放声大笑道:"我高琼的脑袋值万贯,胳膊怎么也值五百贯。能伤了老夫算你本事,如果我此战不死,会把钱送到你家的!"

"不想死那么早，就照我的做！"

高琼大吼一声，然后迎着长矛阵冲了上去。此时一排长矛手正向前猛冲，高琼瞅准正中那个长矛手，也没命地迎了上去，眼看矛头就要扎入胸膛，高琼忽然身形一闪，利用矛和矛之间一人宽的空隙躲了过去，但手握刀向前的姿势不变，脚也没停。长矛手惯性前冲，一时刹不住脚，竟迎着刀刃撞了上去，顿时血流如注。

高琼电光火石般抽出刀刃，又对着左右两边的长矛手劈去，又干掉了两个。然而就在他动手的同时，第二排的一个长矛手突然猛冲过来。高琼来不及挥刀相迎，眼看就要被刺中。情急之下，高琼索性豁出去用左臂挡了上去——扑哧一下，矛头洞穿了手臂，带着血肉透了出来。

就在叛军们认定高琼这次死定了时，后者却像不知道疼为何物似的，一刀斩断矛头，然后向前猛冲几步，结果了刺伤他的长矛手。

"你叫什么名字？原先哪个营的？"高琼没有立即拔刀，问长矛手。

长矛手吐着血艰难地问："问这作甚？"

高琼放声大笑道："我高琼的脑袋值万贯，胳膊怎么也值五百贯。能伤了老夫算你本事，如果我此战不死，会把钱送到你家的！"

"神卫营……牛二柱……"长矛手说完，便断了气。

高琼没有再废话，抽出刀，又向其他长矛手砍去。长矛手的优势在矛长，高琼深入阵中便将其优势压制得死死的，很快就打乱了对手的阵型。其他官军也如法炮制，将叛军的长矛阵打得七零八落。

赵延顺在城头上越来越看不下去了，终于祭出了杀招——弓弩。他调来二十名弓弩手，在城头上一字排开，然后对着下面的官军就是一通狙杀。

高琼和他的人离着城头老远，手中又全是短兵器，所以在弓弩手的攻击

第八章 罪有应得

面前,只有被动挨打的份儿,一时间不少人纷纷中箭身亡。

更可恶的是,他们四周的叛军配合着城头的弓弩手,将一群长矛手部署到周围,像狩猎时围赶猎物似的举着长矛围成一圈。这让高琼他们无法突围,也无法躲闪,只能暴露在敌人的弩机下,等着被一个个射杀。

战斗至此成了单方面的屠杀,每一瞬都有一个官军中箭,每个被射死的人都是头上、胸前、后心等要害部位插满了箭才凄惨地死去。有个大汉因为身体壮实了点,在胸口连中了五支箭后还没立刻倒下,结果脸上又被补射了六支箭,断气时容貌都难以辨认了。

看着下面那些官军的无力状,赵延顺很是满意,他就是要用这种场面让手下的人记住,敢违抗他意志的下场是多么的凄惨!

与他的得意相反,高琼此刻却是几欲抓狂。叛军开射时,他眼疾手快抓起一个长矛手的尸体当起了盾牌,结果尸体很快被设成了刺猬,连带着把他也染成了血人。后来尸体被锋利的箭头削成了残肢断臂,实在没法再用时,他愤然起身,本想迎着箭头倒下,不料手下一个士卒却突然挡在身前,替自己挡下了所有弩箭。

"将军……下辈子我一定投胎到雄威军……"

高琼还没来得及问名字,士卒就断了气。他刚把这名士卒的尸体以还算体面的姿势放好,立刻又有一名士卒扑上来挡箭……在他们看来,从军来的人部分时间都是浑浑噩噩,只有临死前跟随高琼这短暂的片刻才真正做了一次军人。为他而死,这辈子没白活!

在连续有三个人跑来挡箭后,高琼不干了,索性脱离幸存者的队列,左手持刀不顾一切向着遥不可及的生路——城门方向冲去,纵然前面是森森的长矛阵。

结果还没跑出几步远，头顶的飞箭就连中他的头盔、肩膀、大腿。眼看就要被当成靶子射成刺猬，后面又扑上来一名士卒站成个"大"字，挡在他的身前。

高琼的去向就是所有人的方向，没有他的吩咐，其余的人也像疯了似的涌向长矛手。有的被刺死，有的被射死，但没一个人停下。不知何时起，高琼已经像瘟神一样，传染了他们每一个人。

在众人的合力下，坚固的长矛阵上终于被血肉之躯冲开了一个豁口，但奇迹也到此为止，因为四百多人的队伍此时只剩下了高琼、牛冕和四五个身上插了不下十支箭、只是还没断气的士卒。

赵延顺制止了弓弩手，他抽出佩刀走下城楼，决定亲手宰了高琼。因为就在刚才，那么多人为高琼挡箭的举动刺痛了他，一群兵痞三言两语就被改造成了亡命徒，他打心眼儿里不服，他要砍下高琼的头，证明给自己的手下们看：所谓的众志成城在自己的屠刀面前无比的脆弱，到头来什么也不是！

此时的高琼已无力站起，但依然手拄着单刀坐在地上，身板直挺挺地像一棵百年老松，虽然前后插了四支箭。身后的牛冕已是一个不折不扣的血人，不过他咬牙硬挺着，像护卫一样守着这位并非上级的老将军。

赵延顺未吱声，叛军们便在他和高琼之间让开了一条道。他握着刀一步步逼近，每跨一步，都要经过一具尸体。这让他很是满足，如果大宋每一路都是这般血流成河状，我大辽何愁不入主中原……

想到这儿，他不忘挖苦下眼前的失败者："高琼，拼光了所有人，到头来还是一死，你觉得这样的顽抗有意义吗？"

高琼用手背擦了擦脸上的血污，硬声答道："活人殉葬这套大礼已废除一千来年了，老夫今日有这么多叛军陪葬，你说风光不？"

第八章 罪有应得

赵延顺冷笑一声:"嘴硬!等会儿把你的尸体扔到锦江里喂鱼去,看你怎么风光!"

说罢,他狭长的目光旋即变得森冷,举刀就要向高琼冲去。突然,一道橘黄色的靓丽火光直上九天,响彻成都的半空。

赵延顺的双眼被刺得几乎睁不开,心中一惊:这号炮怎么如此亮?不对,是离我太近!

他还没回过神来,就听头顶一阵阵破空声从城外呼啸而来,片刻之后周遭惨叫声四起。

是床弩!

他四下一看,果不其然,标枪大小的弩箭像钉子一样扎满了城楼前的空地。一同被钉在地上的,还有不少士兵的身体。

刚才的号炮明明是城内放的,难道城内还有没消灭完的官军?

这时,就听南边不远处喊杀声扑面而来,旋即又是一批自己的士卒惨叫着倒下,那种杀人速度分明是连射式的诸葛弩!

突如其来的城内城外联动式箭雨夹击让叛军有些难以招架,一时只能被动挨打。赵延顺虽然搞不清这伙官军的来路,但他知道高琼必须赶紧除掉,绝不能纵虎归山。

他双手握刀,朝着高琼就猛冲过去。牛冕忽然上前来阻拦,结果被他一脚踹倒。赵延顺死死锁定高琼的脖了,举刀就要砍去,不料这老家伙突然挂着刀一下蹦了起来,反朝他猛砍一刀。也不知对方哪来的劲儿,竟震得他连连后退,脚下一时没留神,被一具尸体绊得仰面栽去。

他正要爬起来,冷不防一只弩箭贴着面门就呼啸而过。接着就听一个熟悉的声音由远及近——杨延昭在此,今日不降者便是死!

赵延顺赶紧一骨碌爬起来，就见杨延昭带着剑舞正肆无忌惮地在自己眼皮底下冲杀。不过这次剑舞用的不是剑，而是诸葛弩。这些自诩高手的家伙耍起弩箭来也是不同凡响，竟然双手各持一弩，左右开弓。而且射出的弩箭十分奇怪，箭头即将入肉时，箭杆竟能自动脱落。这样一来，变轻的箭头就能更深入体内，加大杀伤力，同时也更难拔出！

一见援兵到了，牛冕顾不得一身伤，跳将起来朝着杨延昭大呼："节帅大人，快来救高老将军……"

杨延昭一听高琼还活着，立即顺着牛冕的声音寻去，只见一个被射成箭靶似的身影握刀横立于尸体堆中，无比凄惨，亦无比坚韧。

杨延昭二话不说就打马冲了过去，身后的剑舞拿着弩机朝前齐射，很快便开出了一条道路。

疾驰到高琼面前，杨延昭立即翻身下来扶住这位老爹，动容道："老将军……辛苦了！"

高琼倒是一脸无所谓："死不了，三年前官家罚我要杀够一万个辽兵，现在还差着数呢，哈哈……咳咳……"

杨延昭赶紧把他交给剑舞保护，高琼还不忘提醒别让赵延顺那小子跑了。

又是这个赵延顺！杨延昭正欲寻他，城头上突然升起一道号炮，紧接着就听对面有人高呼：都给我上，蜀王很快就带主力赶来，杀了姓杨的，蜀中就是我们的天下！

杨延昭瞧得真切，高呼那人不是别人，正是赵延顺。

马冲这时下马上前请命："大人，我这就去取了那厮的狗命！"

"慢，别忘了我们进城是干什么来了！"杨延昭提醒道。

马冲当然知道。一个多时辰前，当得知符昭寿贸然进城的消息后，还是

第八章 罪有应得

他紧随杨延昭追上赶到锦江要活捉王均的林特。结果发现,那百来艘冲出城来的民船上根本没什么王均,只有一些被叛军逼着划船向南的百姓。

杨延昭先是命人将林特强行押回中军,然后当机立断带上他和八百精兵乘坐民船逆流而上,乘乱由城南的水门潜入城中,准备救出被困城中的官军。

结果一路上收拢了各处逃散来的官军还不足千人,其余的不是被杀就是被俘,当务之急是把他们活着带出去,不然等王均的主力赶到,全都得玩儿完。

"你带人,务必速速拿下城门!"杨延昭命令道。

马冲得令后带着剑舞用诸葛弩开路,迅猛地向城门发起了冲锋。赵延顺发现他们的意图后,也立即加派一个营围堵上去,将城门用人墙拦了起来,与剑舞展开近身肉搏。好在剑舞最擅长的就是剑术,根本不惧近战,在马冲的带领下所有人换弩为剑,又是左右开弓。

就在两队人杀得正酣时,杨延昭大队人马的南、东、西三面接连涌来大批叛军,数量不下七八千,为首者正是王均。

一见银盔银甲的杨延昭身在阵中,王均杀性骤起,拿刀指着前者的脑袋道:"取此人首级者,兵者为将,将者为侯!"

叛军们看到杨延昭麾下不过千余人,就是五个打一个都够了,这封官晋爵的机会不是白送的吗!个个顿时来了精神,如同破堤的洪水一样涌向官军。

赵延顺这边也是毫不示弱,转守为攻。两股叛军就像一对铁钳,一起合力要把杨延昭夹扁。

看着陷入铁壁合围中的杨延昭,王均冷哼道:"本来我要灭的是符衙内,你偏要逞英雄。也罢,就让这里成为你英雄的末路吧!"

叛军们借着人数上的绝对优势,也不讲什么阵法了,完全靠着人海战术疯狂蚕食着官军。刚庆幸自己逃出生天的高琼不免苦笑一声,看来今天终究是在劫难逃喽。想到这里，他便推开架着他的两名剑舞，要来一把大刀，准备与杨延昭并肩作战。

杨延昭却制止了他："不用，我既然来了，就会把你活着带出去！"

高琼正想劝这娃娃别再糊弄老人家了，就听城门处突然传来巨大的撞击声。

刘谦总算是到了！

杨延昭立刻提剑冲到马冲所在之处，也就是官军的最前列，大呼一声"冲"，带头杀向了门洞。剑舞紧随其后，排成尖角阵型，以冲刺般的速度向前推进。从半空望去，这个尖角阵如同锋利的剑刃，刺破叛军的重重队形，直入太玄门的门洞，且队形始终不乱。而剑尖的顶点正是杨延昭！

眼看姓杨的要溜，王均和赵延顺哪里能答应，一个命人赶紧追，一个加派弓弩手上城头放箭，不能让城外的官军突破城门。一片乱哄哄之中，就听城门后合抱粗的门闩咔嚓一声，断成了两截，紧接着一辆头部矛状的撞车从门缝中探了进来。然后是刘谦带头冲进来，与杨延昭正好打个照面。

"门开了""得救了"……官军集体亢奋起来。

杨延昭没有寒暄，直接命令刘谦带着大队人马先撤，他本人和剑舞留下来断后。于是，在大队人马撤退之际，杨延昭又背对着他们与剑舞重组为"剑刃"，反刺向已经合流的两股叛军。

眼见到嘴的鸭子要飞，赵延顺疯了似的命令士卒们只许进，不许退，说什么也要把杨延昭留下。但叛军的刀子再锋利，也没剑舞的利剑锋利。胆敢冲上来挑战者，一招之内必然身首异处。

这时，刘谦部署在城外清远江对岸的弓弩手又火速支援，向城头的叛军弓弩手发起猛攻，掩护大部队借由被夺下的吊桥源源不断撤退。虽然战斗

第八章 罪有应得

没有停息,但整个撤退工作可谓井然有序。

杨延昭这边和剑舞死守门洞一线,加之门洞一带空间狭小,非常利于剑舞集中力量固守,所以始终未让叛军得进寸步。在掩护任务完成后,杨延昭才下令撤退。

赵延顺和王均刚要重新整顿人马,趁官军赶到城外的开阔地形之机,追上去大肆掩杀。这时,头顶忽然破空声大作,神臂弩、床弩等各种弩机一齐开动,把他们压制得死死的。杨延昭借机带着人马安然回到了中军大营。

经此一战,杨延昭的本部兵马损失不大,但符昭寿的五千人损失不下四千,基本可以撤销编制。此外,高琼身上受创多达十一处,虽然都是些皮肉伤,但继续履行军职是不行了,杨延昭便暂代雄威军都指挥使。

不过让人诧异的是,当夜搜遍了各处也没找到罪魁祸首符衙内的影子,这让高琼还有全军上下很是恼火。很多人都祈祷他干脆淹死在清远江里算了。

在士气受到打击的情况下,分兵合围已不合时宜,所以杨延昭连夜将三处兵马集中到北面的中军大营,计划休整后再图成都。然而第二天,王均做出了一个惊人之举,迫使杨延昭不得不下令撤退。

* * *

第二天的早晨,经过一夜的调动、救治和休息,中军大营总算是恢复了点元气。用过早饭,杨延昭便召集文武众人,前来营帐准备商议反击之策。

刘谦、上官勇、张适、牛冕等人先到,接着高琼让人抬着他也赶来了,反倒是一向不误事的马冲却迟迟未来。昨夜回营后,其他人都被安排去疗伤休整了,唯独他没有合眼,又被杨延昭安排负责警戒,并监督叛军动向。他迟迟未现,众人不免猜测是不是敌人又有什么新动向。

等了两炷香的工夫,马冲总算是满头大汗赶到了。

他进帐后没有入座，而是径直禀告道："大人，叛军连夜将逃出城外的百姓抓回，青壮之人全部脸上刺字，强征入伍！稍有不从者，不是全家关入大牢，就是被当众砍头！"

众将闻言都是面色十寒。

高琼忘了手臂上的伤，一拍椅子扶手，龇着牙问："怎么现在才来禀报？"

"抓人的事是后半夜进行的，我怕有诈，所以多观察了两个时辰，直到刚才叛军在北城墙上公开砍杀那些反抗的百姓，我才敢确定。"

杨延昭知道马冲在大事上一向谨慎，加之昨夜符昭寿中计的先例，他才会如此小心。

这时，张适捻须道："成都是川峡二路的第一大城，城中百姓不下三十万。就算叛军只抓回一半，他们此时的兵力起码也增加五万！"

叛军现在有八万人吗？杨延昭不免蹙蹙眉。

王均、赵延顺动作还真是快，用计击败我军后，立即扩军征兵，下一步就该全力出击了……不好，杨怀忠那边有危险！

杨延昭正要派人飞鸽传书给这位蜀州知州，就见一名"剑舞"快马奔至帐前，说有紧急军情。杨延昭立即起身走出帐外，问是不是蜀州的军情。

"大人英明！蜀州城一个时辰前遭到叛军突袭，杨怀忠大人不敌，已经弃城撤走！"

听到杨怀忠脱险，杨延昭勉强松了口气，并断言："下一步，王均就该进攻这里了。"

"敢来这，跟他拼！"

刘谦一带头，急于雪耻的高琼、上官勇也是纷纷放言一战。

"战什么战，赶紧撤吧！"林特不知从哪冒了出来，连官帽都没戴，

第八章 罪有应得

光着发髻就奔来了。

鉴于他是昨夜大败的主要责任人之一，这次会议杨延昭故意忽略掉他。但这家伙毕竟是与自己同级的钦差，又身兼西川路民政，所以在朝廷的新命令下来之前，杨延昭也只能是有限的隔离，没想到这家伙竟然有脸不请自来！

作为林特昏招的直接受害者，高琼不顾腿疼，一瘸一拐蹦出营帐，上前一把揪住这厮道："你这鸟人昨天不是还想活捉王均，抢立头功吗？人家主动送上门来等你抓，你倒要跑了？"

林特可是堂堂代理计相，哪有被人揪住衣领吼的道理。他连忙两只手一起上，想要掰开高琼的左手，结果掰了半天，愣是没掰动一根指头。更可气的是，杨延昭和他的一干手下都在看笑话，连个劝的都没有。

"你先放开，我可是代天巡牧的钦差！"林特气急败坏道。

马冲给高琼帮腔："既然是代天巡牧，就该奋勇杀敌，弘扬天子威严，怎么能这般急着抱头鼠窜呢？"

"这叫防御性撤退，不是鼠窜！"林特大声辩解。

眼看他如此狡辩，不爱强出头的张适也忍不住了，准备加入围攻钦差的舌战团，这时杨延昭制止了争论。

"都别吵了，传令三军，马上向绵州撤退！"

不仅高琼等人一愣，林特也是备感意外。

"王均如果派兵来攻，必然让那些无辜的百姓冲锋在前，我们杀是不杀？"杨延昭无比严肃地看着众人。

众人这才想起这些百姓的家人还在叛军手里攥着。

"叛军势头正盛，短期内根本无力消灭，而我军粮草不多，消耗不起，所以不如暂时撤退，避其锋芒。"

高琼等人也没更好的办法，只得依了他。林特一听要撤了，如遇大赦一般立即掉头跑回营帐，收拾起东西来。他来时原本想着要在这里待个大半年，所以把一应生活用具，准确地说是几乎把整个家都搬来了，甚至于摆放花瓶的楠木花几都备了三对！

杨延昭可没那么多时间留给他收拾家当，只给所有人半个时辰的时间。时间一到，准时开拔。

林特不干了，拦在杨延昭马前命令他再等自己三个时辰。

杨延昭一马鞭将林小鬼抽翻在地，正声道："想收拾你那堆破烂，你就一个人留下，敢再阻拦本官，乱棍伺候！"

林特也是钦差，岂能咽下这口鸟气，立即喊来自己的卫队，举起钦差对牌和全套仪仗，乌泱一片挡在杨延昭的马头前。

"我，是，钦，差！有种你就从我身上踏过去！"林特以泼妇骂大街的姿态掐腰耍横道。

杨延昭就跟打发叫花子似的对这个钦差冷冷道："钦差很了不起吗？我的马是大宋之内唯一的纯血，驮过先皇，踏了你又如何？"

林特这才想起眼前这匹一根杂毛都没有的白马是太宗皇帝的最爱，然后赐给了小柴郡主。郡主过世后，又到了杨延昭手上。

他正在脑子里翻箱倒柜，就见杨延昭真的一夹马肋，那头纯血前腿一抬腾空而起。林特吓得赶紧抱住脑袋，心说今天栽这里了……脑袋却迟迟没被踩扁，他怯怯地放下袍袖，就见纯血宝马已越过他的头顶和身后的仪仗，驮着杨延昭绝尘而去。

大军也跟着全体开拔，整齐有序地追随而去，没有一个人回头看他。

第八章 罪有应得

"等等我,杨大人你可不能抛下本官不管呀……"林特一边大喊着,一边徒步追了上去。

半个时辰后,王均获悉了官军撤退的消息。此时他刚刚在原转运使府前集结完三万大军,正准备亲自出马一举歼灭杨延昭。

赵延顺建议立即出城追击,绝不能让杨延昭有喘息的机会。

王均反倒不急:"让他多活个几天吧,我还有更重要的事情做。"

赵延顺蒙了,现在有什么比消灭劲敌更重要的事?

"今天,我打算称帝,从此与赵恒誓不两立!"王均炙热地望着石阶下的三万大军,仿佛那是三万能征服一切的天兵。

赵延顺心说你可算想通了,但现在机不可失,灭了杨延昭,想哪天称帝就哪天称帝,便继续劝王均追击。

王均却异常地固执:"所谓'胜者为王',昨夜大胜,今日正好为帝,此乃吉兆!"

然后他又定了国号,就叫"大蜀",比蜀汉、前蜀、后蜀都要大要强。随后是年号,当皇帝就要收伏天下,让所有人乖乖做顺民,不敢反抗,所以就改元"顺化"。

赵延顺知道王均就这性子,没做决定前使劲儿磨叽,一旦定下来,就是遇上龙卷风都不回头。

他只好顺着王均的话说:"有了国号、年号,最好再加个'帝号',听着威风点的。"

王均一想有道理,他肚里墨水不多,就使劲儿在威风俩字上动脑筋,最后憋出个"威武元皇帝"来——威武加身,且是大蜀王朝的第一个皇帝!

这套东西确定了,王均立即带着众将赶往后蜀的旧宫举行登基大典。

后蜀的皇宫虽然有些年头没修缮过了，但毕竟是末代皇帝孟昶花心血修建的，规模比起汴梁的皇宫只大不小。王均让人简单打扫了下最大最敞亮的太极殿，也不管什么要先祭祀天、地、宗社的登基礼仪，直接找来件黄色的蜀锦作为黄袍，往御座上一座，然后手下的一干大将跪下磕个头，就算是登基为帝了。

不过有一点王均没忘，便是大行封赏。王均叫人从监牢中抓来一个懂中央设置的文吏，咨询了一下，就开始大肆封官。先是封赵延顺为中书省中书令，位列宰相之尊。然后又封了一干枢密使、三司使、尚书，封到最后发现还有大理寺卿、国子监祭酒等一大批高级官位没有分下去。

这难不倒王均，他又找来一群营指挥、军头等小得不能再小的军官，挨个儿分下去。但即便如此，也只是勉强凑齐了三品以上的官，尚有四品到九品六个品级的官员空缺着。

"真是麻烦！"王均有些头大。

赵延顺这时建议："不如先空着，等陛下将来打出川峡二路，还要招贤纳士。到时再封赏给他们，岂不更好？"

"你说得对，就这么……朕准了！"王均突然觉得当皇帝真是受累，连人话都不能说了。

不过，王均还是喜欢这个新身份的，因为建立了前朝之后，就轮到建立后宫了！他立即安排赵延顺从昨夜抓回来的人中挑选一百个姿色好的，先填补下后宫。

赵延顺被王均今天这一连串大动作弄得有些喘不过气来——以前那个老实巴交的王大人哪去了？这转变也太大了吧！

他刚想劝两句，那些新上任的枢密使、尚书们纷纷冒出一堆幺蛾子。

第八章 罪有应得

有的说一百个怎么够，自古帝王都是佳丽三千，有的说新添这么多娘娘，得再添些上好的蜀锦做衣服……争相表现如何感激威武元皇帝陛下的知遇之恩。

看他们这么积极，赵延顺索性把选妃的美差让了出来，然后极其扫兴地请求王均给他三万大军，追击杨延昭去。

王均微微不悦地沉吟了会儿，才道："准奏！"

赵延顺得令后立即着手去点齐人马，调集粮草。由于那些火速提拔的"开国功臣"们都在忙着为威武元皇帝跑腿，出征的大小事宜全都得他一个人跑前跑后。不过，他竟然半天之内全部弄完，然后不顾王均的好意慰留，连夜北上全力追击杨延昭。

* * *

杨延昭这边倒是撤得神速，仅用两天时间就渡过涪江，赶到了绵州。然而，眼瞅着绵州城就在眼前，却进不去，守门的士卒说什么也不给开门。

原来从成都逃出的符衙内提前一天赶到绵州，利用城中的旧部控制了全城，然后紧闭四门，严防死守，连一只苍蝇都不放进去。

杨延昭还没急，林特先急了，这两天骑马屁股都磨破了，就指着到了绵州能睡个软床，不再住帐篷，现在你闭着城门不是要老子命吗？他带着全套钦差仪仗赶到南门下，扯着嗓子就开始叫门，命令符昭寿一炷香之内必须来见他。

符昭寿倒是没驳他面子，很快赶到了，却说什么也不开门。

好歹之前那么帮他，现在却翻脸不认人，林特火了："你想造反谋逆不成？"

林特长期在朝廷里摸爬滚打，知道这顶大帽子最具杀伤力，任谁都不敢认领这项足以灭九族的大帽。

没想到符昭寿却岿然不动，哂笑道："别拿这个吓唬本座，现在叛军得势，本座有守土之责，不开城门是为了拒敌！"

林特见这家伙不吃硬的，强忍着说软话道："符大人，我等一路劳顿，人困马乏，请你念在同僚之谊，放我等进去可否？"

"没问题，只要你和杨延昭二位钦差联名上书，将前日冒进成都的责任承担下来，然后将救人突围的功劳归于我。本座二话不说，立即放你们进来！"

"我呸，你这是颠倒黑白！"

符昭寿厚着脸皮道："士奇（林特字）兄，你们二位身负平叛重任，冒入成都也是平叛心切，陛下不会怪罪的。可我现在是戴罪立功之身，不能罪上加罪，只能将功折罪，你们做点好事，这才是保全同僚之谊。"

林特总算遇上比自己脸皮厚的了，只得讲起道理来："杨延昭与我同为钦差，就算我乐意，也未必能说动他。"

"你最好说动他！我听城里的士卒说，他立下军令状要杀我，我很怕呀。所以这件事必须按我说的办，我成了功臣，他敢动我就是谋害有功之人！"

说着，符昭寿晃了晃断臂，眼中满是狠厉之色。

林特知道这位衙内的条件不会打折了，只得硬着头皮回去找杨延昭对质。

杨延昭大方地承认了军令状的事，还声称："这事我一定说到做到，绝不会放任这个蛀虫继续为祸大宋。"

自从被杨延昭从头上跨过去一次，林特在他面前老实了许多，当然只限眼下在蜀中。他见杨延昭如此决绝，只得跳过这个话题，将符昭寿的条件原原本本道了出来。

第八章 罪有应得

杨延昭面色古井不波地听完，冷冷地回一句："你转告他，限期下午申时打开城门，否则我就攻城！"

林特心说我是跑腿的吗？但面上还是应下，然后又不辞辛苦跑去原话转告给符昭寿。符昭寿领教过杨延昭的手段，自然知道他不会是随便说说，但事关身家性命，他还是坚持条件不变，否则没得谈。

就在两人僵持不下的几个时辰中，赵延顺率领的三万大军突然出现在涪江南岸。负责后营的刘谦命人赶紧去斩断浮桥，但赵延顺动作也不慢，前锋部队几乎同时赶到，双方在浮桥上立即杀得人仰马翻。

形势骤然紧张起来，如果不能马上进城，杨延昭的大军就要面临三倍于己的敌人，且是面水背城而战，处于前无进路、后无退路的绝境之中。

高琼顾不得伤势，向杨延昭请命前去攻城，保准提着符昭寿的人头回来。牛冕、上官勇等人也是群情激奋，争当攻城先锋。

杨延昭却让他们都待在大营，密切注意叛军动向。然后亲自点齐两千人马，叫上林特一同赶往绵州城下，再次命令符昭寿打开城门。

符昭寿也得到了叛军追来的消息，知道现在是逼二人屈服的最佳时机，便欣然来到城头。

"二位上差，把我想要的奏疏带来了吗？"

林特没有吭声，侧头看向杨延昭。

杨延昭道："带来了，劳烦林大人念给他听。"

林特苦笑着，从袍袖里掏出联名奏疏，朗声念了起来。符昭寿起初洋洋得意，但越听脸色越难看，直到变成凶神恶煞。

"够了！你们把责任全都推到本座身上，是想害死本座吗？"符昭寿气得原地蹦起。

杨延昭冷冷望着他道："没人要害你，只是事实如此，终归是你咎由自取！"

"好，好呀！"符昭寿大声吼道，"那你们今天，不，永远也别想进城，等着受死吧！"符昭寿气急败坏道。

"这么说，你不开城门不是为了拒敌，而是为了公报私仇！"杨延昭故意问道。

"是又怎么样？"

杨延昭侧头瞥向林特，"林大人听见了，此人违抗钦差命令在前，公报私仇在后，你说他该当何罪？"

林特不知问这话何意，但为了能唬住符昭寿，便随口道："形同王均同谋，该当死罪。"

杨延昭二话不说，突然从身边的马冲手中接过弓，搭弓上箭，对准城头的符昭寿就是一箭。

符昭寿大吃一惊，不过一向惜命的他身边从不缺护卫，一个士卒见状立即操起盾牌挡在他的面前。

孰料杨延昭一箭刚出，又电光火石般地补上一箭。这支箭准确无误地击中前一支箭的箭尾，两箭合二为一，速度更加迅猛。

但即便如此，箭也只是钉在了精铁打造的盾牌上，并未穿透。

符昭寿正要长出一口气，庆幸躲过一劫，突然就见那支箭落的位置像是被大锤连续猛敲似的，嘣嘣嘣连响几下。他还没来得及躲闪，就见箭头破盾而出，旋即一股冰冷的感觉直入脑髓……

与此同时，城下的人都像见到天神下凡似的看着杨延昭——就在刚才，这位爷以肉眼难以捕捉的速度连射九支箭，箭箭首尾相衔，笔直如矛一般。

第八章 罪有应得

此刻,那九尾连箭正微颤着钉在符昭寿卫兵的盾牌上。

俄顷,盾牌咣当一声连同符昭寿的身体倒地,然后就听卫兵疯喊"大人被射杀了"。

"马上打开城门,否则你们就是下一个符昭寿!"杨延昭横弓在手,以不容置疑的口气对着城头下令道。

城头上的一众人看着符昭寿脑壳被射穿的惨状,当下就怂了,立即乖乖将城门大开,然后伏拜在地,恭迎箭神杨节帅进城。

杨延昭抚了抚手中的弓,轻叹一声递给了一旁的马冲——要是师父康保裔在,二十尾连箭也不在话下……然后轻夹一下马肋,向城门走去。

他身后的林特这时终于从神迹般的箭术和射杀国舅爷的双重惊骇中回过神来,急忙紧追两步上去,本来想挡在杨延昭的马头前,但旋即想起两天前的事,赶紧侧在一边。

"杨延昭,你,你,你知道你刚才干了什么?"

杨延昭勒马瞟了他一眼,淡淡道:"射杀了反贼符昭寿。"

"反贼?你胡说什么,符大人可是堂堂国舅,朝廷钦命的益州团练使!"

杨延昭哂笑一声,"反贼不是我说的,是你说的!大家给林大人重复下他刚才说的话。"

马冲等人便齐声道:"形同王均同谋,该当死罪!"

林特疯了,自己刚才不过是配合杨延昭,想吓唬一下,这怎么能作数?

杨延昭却提醒他:"钦差对牌上明明写着'似朕亲临',所谓君无戏言,林大人是想败坏官家的名声吗?"

林特脸色苦得像活吞了一窝苍蝇似的欲哭无泪。

"林大人敢于主持公道,我杨延昭钦佩至极,今日便联名麾下诸将与川峡二路诸官共同揭发符昭寿过往不法之举。"

林特像抓住救命稻草似的，上前一把抓住杨延昭的手，"大人你们可一定要写狠点、多点，一定要多多署名，对了，罪名一定要多，包括纵兵打劫成都百姓！"

杨延昭爽快地应下了。

接下来在刘谦的掩护下，大军顺利入城，与赵延顺形成对峙之势。

杨延昭原本估计王均不久会加派大军前来攻城，一举全歼自己，这样就可以彻底控制川峡二路。不料却得到了王均称帝建国、大封文武百官的消息，遂稍微安下心来——看来这王均的确不是块成大事的料，先前被众兵一拥便扯起了反旗，如今刚刚小胜就急着当皇帝，如此鲁莽率性之人成不了气候。

倒是这赵延顺败时临危不乱，几次东山再起，胜时穷追猛打，不留后患，颇有点乱世枭雄之风。

更让杨延昭另眼相看的是，在王均和那些鸡犬升天的枢密使、尚书们作威作福的时候，赵延顺却能以宰相之尊亲赴一线。此人之志，当不在区区川峡二路。

所以欲平蜀中之乱，必先除掉此人！

但赵延顺并不好对付。他的三万人中，有一万是新抓来的壮丁，原先全是无辜的百姓。他就拿这些人当炮灰，派来攻打绵州城，以图消耗杨延昭的有生力量。而真正的两万主力却按兵不动，企图坐等城中官军被耗得精疲力竭之时，再以逸待劳出击。

杨延昭并不想杀无辜的百姓，但也不能坐等挨打。冥思苦想了一夜后，他把符昭寿的尸体挂在了城门上，并在城头贴上大字——代天行道，诛此巨恶，叛军必败，太平可期。

第八章 罪有应得

然后安排上官勇等一干将领，对着来攻的叛军大肆宣传钦差是如何说到做到，先斩符昭寿一手，再斩其首的。同时将杨延昭"只诛首恶，不杀胁从"的政策宣传一通，鼓励这些被抓来的壮丁不要做无谓的牺牲，不管是逃跑，还是加入官军，只要不与官军为敌，皆可赦免无罪。

经过一番有理有据的劝导，赵延顺的第一轮攻势就此瓦解，当晚就有一些壮丁逃离。

赵延顺哪肯就此罢休，立即见招拆招，一是抓回一些壮丁，就地处决，并从成都抓来一批壮丁们的家眷，要挟他们再有逃跑者，全家灭门；二是派人挖掘涪江的堤坝，企图水淹绵州城。

杨延昭当然不能坐以待毙，便派出刘谦前去偷袭挖坝的敌军。孰料刘谦刚打跑一股，赵延顺的人又在上游的大坝冒了出来。如此来回游击，搞得刘谦疲于应付。

涪江那么长，且自身的兵力又处于劣势，杨延昭总不能全面出击吧。于是形势对他越来越不利。

但就在此困境之中，赵恒突然亲下圣旨，要求杨延昭务必一月之内全歼叛军，平定蜀乱。这倒不是赵恒借符昭寿的事故意找茬儿，而是他被逼到了墙角——黄河发生了特大汛情，下游多地决口，连汴梁城中的十万禁军都被拉去修坝了。川峡二路在短期内再不平定，不仅大宋的财政会垮，民政会垮，恐怕连国家都要垮了！

第九章
黄河别跑

昨天有人听说黄河发生了罕见的春汛，且是紧挨着朝中老臣接连病逝、上元节大火和川峡二路叛乱等人祸，便断言这是大宋天子不仁，始有人祸。现在上天也终于看不过去了，所以降下天灾，用滔滔黄河之水来行克火之事了！

在宋朝人的印象中，黄河似乎跟本朝有仇，因为这条以善淤、善决、善跑著称的大河在之前的东汉、三国、南北朝、隋、唐，甚至是乱得没人管的五代十国时期，都没发生过太大的水灾。不仅沿岸的百姓得以安居，连历朝历代的修河款都得以省去大半，以至于黄河这老实巴交的八百年间被戏称为"安流期"。

然而自从太祖爷赵匡胤陈桥兵变，建立大宋之日起，黄河就突然不再安生，变得无比任性蛮横。尤其是太宗赵光义第二次北伐辽国失败之后，随着国势的下滑，黄河越发的凶猛，平均每过两年，就会发生一次大的洪灾。

原先沿岸的百姓在洪水退去后，还有心在朝廷的救助下进行灾后重建。但黄河三天两头地来搞"拆迁"，时间一长百姓变得无比心灰，让官府也不胜其烦，导致很多州县干脆学习黄河的善跑精神，迁徙到别地安置。比如淄州的临河县等地就是因河废置，整体搬迁到别处的。

到了今年，原本因为希夷先生留下的"慎火停水"诫语，赵恒已安排李沆着手准备沿岸大坝的检查修缮之事。但原先的工期安排在四月份，那时春暖花开，且是赶在以往夏秋才到的汛期之前。孰料黄河像是故意捣乱似的，偏偏在二月春还未暖之时发难，谓之"春汛"。

李沆接到报灾的急报后，立即召集有司官员一起到中书省政事堂开会。由于黄河关系京城的漕运大事，所以开封府尹寇准也被准予参会。

会议伊始，李沆先让掌管全国水利的都水监主管——判都水监阎承翰汇报水灾情况。

阎承翰年届五旬，作为真定人的他传承了当地人的高大身形，却异常枯瘦，仿佛身上的担子比宰相们还重。

这位老兄怀着沉重的口吻说道："此次黄河于郓州东阿县决口……"

第九章　黄河别跑

众人一听无不摇头，怎么又是东阿县？这东阿县地处下游河道，不知哪辈子招惹了河神，几乎每次黄河泛滥都去找此地的麻烦。以至于为了避水，东阿县城先是于太祖爷开宝二年迁到了南谷镇，然后又于太宗爷太平兴国二年再次迁移到利仁镇，难不成这次又得举城搬家？

"此次水势极大，千顷良田被淹。洪水借势直入郓州州城外的清水河，导致清水河暴涨，现已殃及州城！"

得，这次连州城都得搬！

"现在不仅是郓州，就连河道沿路的濮州、博州、齐州、棣州的河堤都岌岌可危！稍有疏忽，恐怕整个河北东路都将深受其害！"

众人一听无不后脊发凉，河北东路的首府正是现在皇帝驻跸的大名府，且大名府紧挨黄河，这要是全淹了，不用萧太后那个女人动手，大宋自己就得先崩溃了。

然而，阎承翰还没抛出最大的炸弹。

他顿了顿，口气无比沉重道："更为严重的是，因河道淤积，此次黄河决口后有南流入泗水之势。泗水为淮河支流，黄河一旦入主泗水，必然夺淮南流入海！"

众人终于坐不住了，枢密使王继英首先急吼吼站起来问："你这话准吗？"

副枢密使冯拯也紧随而起，"是啊，这可是关系抵御辽国的大事，你可要吃准了再讲！"

李沆摆了摆手，示意二人坐下，然后捻须道："应该不会有假。黄河善淤，且自我朝立国起连年泛滥，堵决口、搬城池、疏运河周而复始，导致河道全程一直未能彻底疏浚。先是汴河、漳水等支流淤积加重，进而淤积向黄河干流蔓延,始有今日之忧。"

王继英一听事情确凿无疑,更无心落座了,直接围着椅子转起圈来。

"绝不能让黄河跑了!一旦南流,咱们北边的塘泺就成了无源之水,以后辽国铁骑不用等到秋冬,一年四季都可以南下入侵我国土了!"

李沆也是深感忧虑:"这我岂能不知?塘泺自太宗爷起挖掘贯通,共分八水、二泊,沿宋辽边界绵延六百余里,实乃我朝的一道水长城。其水全赖黄河及其支流漳水、易水、涞水灌入。如果黄河南迁的话……"

一屋子的大臣顿时沉默下来。

本朝自太宗爷雍熙北伐失败之后,实际上已整体转入了防御,无力发起对辽国的主动进攻。但防御要靠山川险阻,原本上天赐给了中原一块燕云十六州,其境内的燕山山脉和太行山脉如同两堵城墙,一横一竖正好横在了边关之上。

但后晋皇帝石敬瑭这个狗贼为了篡夺江山,厚颜无耻地把这块宝地拱手让给了辽国。虽然前朝的周世宗柴荣夺回了瀛莫二州,然而中原依旧无险可守,只能凭借这道水长城阻一阻辽国的铁骑。

一片愁容之中,寇准忽然拔地而起,数落道:"我说诸位大人,黄河还没跑到泗水呢,你们怎么比跑到长江还要丧气?"

李沆点点头,"平仲说得是,陛下以天子之尊去守国门,咱们一定要把家里的事料理好了,不能让他和边关的将士们分心。平仲,你说说看,这事该怎么办?"

寇准也不推脱,直言道:"现在治河的钱已经挤出来了,关键是要有正确的治河之法。所谓术业有专攻,治河如同诸位宰执们治国,没有个几十年的历练是不成的,所以关键是要有治河的人!"

第九章　黄河别跑

李沆和众人便一齐看向了阎承翰。

阎承翰苦笑一声，"我这判都水监是半道出家的，要论治河，本朝非大山先生莫属！"

李沆捻须称是。这大山先生名叫国大山，年逾八旬，据说世代定居汴梁。在五代的乱世中为求一家平安，隐居深山，靠研习天文、奇巧、水利打发日子，竟然成了一位通才。进入本朝之后，他的一身才华终于得到了施展，先后进入工部、都水监供职，多次在河患上献计献策。就连当初修建水长城，都是太宗爷采纳了他的建议，引黄河之水灌注了八水、二泊，并在沿岸开荒扩田，始有今日六百里塘泺之盛况。

只是这位老爷子年事已高，十几年前年满七十时就已准予致仕，闲居京城养老。现在他垂垂老矣，还能担当大任吗？

阎承翰打包票道："相爷放心，我年前还代表都水监登门给这位老前辈拜过年，他虽然须发皆白，但声如洪钟，且耳聪目明，结实着呢！"

李沆听他这么说，便动了请国大山出山的念头。当下决定由寇准、阎承翰担任正副治河大臣，国大山作为技术顾问，共同组成治河的班子。

与林特同为五鬼之一的工部尚书丁谓表示反对："相爷，开封府尹责任在京畿，让寇大人去管河工于理不通呀。"

李沆摇摇头，反驳道："此言差矣，开封府下设有街道司衙门，街道司去岁已划入都水监管辖，所以开封府尹和判都水监在权责上多有交义。再说此次治河一方面是为了堵塞决口，另一方面也是为了疏通漕运，解决江南物资进京的问题。由二位联合治河，最为妥帖。"

李沆是个极会讲理的人，且深谙大宋各大省、部、司、监的事务，每次做出的决定看似随口一说，但往里一深究，就是玄机处处，让人毫无理由反对。

统一意见后，寇准便和阎承翰一起赶往内城东南角的大相国寺，亲自拜访国大山。

此时已近正午，按说正是汴梁城中热闹的时候。但寇准从月凤门到大相国寺的一路上却几乎听不见商贩的叫卖声，掀开轿帘一瞅，街上连个走道的人都见不到几个。

要知道汴梁除了城东北的马行街、赵十万街，就属大相国寺周围热闹。这座寺庙虽然是佛门圣地，但因每年规模宏大的万性交易会在此举办，久而久之成了一个集书画、古玩、奇巧、吃喝、日用为一体的商业区。

尤其是在上元节大火之后，马行街几乎成为一片废墟，很多商贩巨贾纷纷搬迁到此继续经营，导致周边的租金一连涨了五成。

今天这般萧条，实在是蹊跷……

寇准当即喝停轿子，和阎承翰一起就地探访起民情来。两人巡了一圈，才从一个正搬运店中家当的酒肆老板口中得知，原来都是洪水惹的祸！

这两天黄河春汛的消息传到京城后，坊间便有人传言这次大宋真的没救了。因为大宋之前是后周，后周在五行中属木德，大宋取而代之，是以木生火之因由，所以赵匡胤起就以本朝占据火德自居。为此，赵匡胤还钦定本朝天子的龙袍为大红色，以应火德。

然而问题也随之而来，五行讲究相生相克，火可以克木，自然有水来克火。所以一直以来就有传言说本朝黄河之所以这么爱闹腾，就是因为被水相克的缘故。

这次的春汛紧挨着朝中老臣接连病逝、上元节大火和川峡二路叛乱等人祸，大家便纷纷传言这是大宋天子不仁，始有人祸。现在上天也终于看不过

第九章 黄河别跑

去了,所以降下天灾,用滔滔黄河之水来行克火之事了!

不少人又想起了上元节大火的灰烬中发现的那句谶语——"赵氏受命,终于德昌。岁在庚子,女主代之。"他们心中更加不安。

到后来越传越邪乎,说这次的洪水不比以往,不仅水势超大,而且恰好赶上赵恒进驻大名府背水一战的时候捣乱,这是上天的明示,要绝了他的退路!

老百姓们进一步联想起谶语后半句的"女主代之",那不就是正在北边打得赵恒无还手之力的萧燕燕吗?这要是改朝换代起来,肯定是京城的百姓先遭殃,于是纷纷关门闭市,能典当的典当,能变卖的变卖,趁萧燕燕没杀过来,赶紧先跑。

道完缘由后,酒肆老板拉着三大车家当,头也不回地走了。

阎承翰望着老板坚定离去的背影,对着寇准叹气:"兹事体大,不亚于黄河水患!"

寇准也是眉头紧锁,不过他愁的不是闹腾中的黄河,而是眼前滔滔不绝的流言。吕端等国之砥柱过世时,就有大宋亡国的传言暗潮涌动,但那时不过是言之无物的胡说八道。上元节大火、川峡二路叛乱发生后,传言在那条来路不明的谶语放大下,突然变成了言之有物的流言。如今黄河春汛,流言终于言之凿凿,变成了"前有人祸,后有天灾"的完整证言。

这一套传言到证言的升级三部曲,如果真是人为的操纵,那此人的能量简直可以通神,竟能将朝廷的太医院、京城的卫戍、蜀中的将兵和桀骜不驯的黄河信手拈来,随手操控,变幻出这天灾人祸……

"为今之计,先把黄河制服再说!"

寇准说完,马上打发随从去中书省向李沆汇报城中的情况,然后撇下轿子，快步和阎承翰赶到国大山的家。

* * *

国大山的府邸就在大相国寺的南边，背靠汴河大街，虽然只是个三进的院落，但前可以礼佛，后可以观河，当真十分惬意。

寇准心说此人一定是风雅之士，便认真地整了整衣冠，掸了掸一路上积攒的灰，然后才和阎承翰一起递上名帖，请门童代为通禀。

片刻后，府门大开，一位白胡及腹的老者迎了出来。此人相貌颇有特点：鼻梁能长出常人三分之一去，以至于脸看起来都被撑长了不少。寇准再一看他精神矍铄，不用拐杖，不靠人扶，却步伐稳健，不禁揣测以往只闻人中长能长寿，难道鼻子长也能长寿？

国大山一见二人，便声如洪钟地迎道："二位大人光临寒舍，老朽失迎失迎，还请见谅。"

寇准赶紧拱手还礼，连说自己冒昧而来，还请大山先生莫怪。

"没猜错的话，二位是代表朝廷来的吧？"国大山笑道。

寇准和阎承翰对视了一下，忙问："大山先生怎么知道的？"

国大山抚着长长的胡须道："现下黄河不太平，二位一个执掌治河大事，一个执掌漕运枢纽之地，同时登门必定与治河公务有关。"

果然老而成精！不过寇准看着此人直来直去，倒也是好打交道之人，便坦然承认。

"治河乃国之大事，二位请随老朽进屋，咱们一边喝茶，一边细细聊。"国大山说着头前带路，将二人迎进了正堂。

寇准一进屋里，便被桌上、墙角赏瓶中插满的桃花所吸引，不禁驻足道："大山先生这家里真是满屋春色呀！"

第九章 黄河别跑

国大山笑道:"昨夜下了点小雨,老朽让家仆们摘了一些回来,也算不负这'桃红复含宿雨'的一年首季了。"

然后他招呼二人按宾主之位落座,吩咐家仆沏一壶去年雪水泡的雅安露芽茶。

寇准可无心品茶,礼貌地呷了一口便道:"黄河前日在郓州决口,大有南逼泗水,夺淮入海之势,不知大山先生可有应对良策?"

国大山深深品了口茶水,缓缓道:"老朽长居汴梁,平生还是第二次遇到桃花水不守信,变为客水泛滥成灾……"

寇准顿时头大起来,什么桃花水、客水,被屋子里的桃花熏傻了吧?

旁边的阎承翰见他一脸发蒙,这才替国大山解释这还是大山先生早年的提议,将黄河一年四季的时涨时落比照一年中草木、候鸟、作物的物候变化进行命名。比如二三月桃花应季而开,此时黄河冰泮雨积,川流湍急,是为"桃花水";五月份时正赶上瓜实延蔓,就称之为"瓜蔓水"。

至于客水,是与信水相对。因为如果没有水灾之年,水位、水势都是相对平稳,易于掌握,像人一样言而有信。所以如果黄河没有反常,就称之为"信水"。

得,这人风雅风到工作中了,还弄出一堆专业术语!寇准不免苦笑道。

"那上一次的桃花水,不,客水……"

"是桃汛!"阎承翰小声纠正道。

寇准立即明白了,哪个月不正常的都可以叫客水,但桃花水时候的客水就该叫"桃汛"……这老头子可真会寻乐子。

心里别扭着,嘴上寇准还得入乡随俗:"请问大山先生,上一次的桃汛是怎么治的呢?"

"人要治病，先找病因，河要治患，也得先找到病根！"

接着，国大山就分析起黄河几十年来的病因，总结起来就是九个字：依赖古人，治标不治本。

这位古人就是东汉时的水利大师王景。在王景治河之前，黄河一决口就是六十多年，加之西汉末年天下大乱，一直没人组织过有效的治理，导致黄河频频改道，殃及沿岸百姓。

东汉明帝当政后，委派王景前去治河，什么条件都可以答应，只有一个要求：把此次河工当百年大业来做。王景一口答应，然后就一口气修筑了从濮阳直通大海的一条千里长堤。由于工程设计合理，建筑质量过关，黄河此后八百年间不曾改道，他承诺的百年大业差一点就成了千年大业。

但是自唐末开始，各地军阀混战，国都长安几次陷落，朝廷自顾不暇，更无暇顾及这条千里长堤的例行修缮。唐亡之后，五代更替如走马换灯一般，王景大堤的修缮维护更是无从提起。

这个问题积累到大宋开国，已经跨越了百年时间，王景大堤的寿命终于到了极限。加上黄河淤积，未有疏通，导致这条被冷落的大河频频决口，且一决口就肆意横流，岁岁改道，出现了所谓的黄河善跑。

但本朝初年，内有北汉、后蜀、南唐等割据势力尚存，外有辽国手握燕云十四州，虎视中原。面对黄河水患，太祖、太宗无暇分心，只能在王景大堤的基础上进行修修补补。

黄河是条活水，如人一样也有性情。如今原有的水道淤积百年，积重难返，水性已然大变，仅靠小修小补如何能驯服这条奔腾的大河？

再者，黄河又是大运河的一部分，承担着江南粮钱输入汴梁的漕运重任。朝廷每每遇到修河总是在治河和暂停漕运之间难以取舍，导致黄河治理流于

第九章 黄河别跑

表面,从未触及病根。

寇准听得醍醐灌顶,原来这黄河是乖孩子变成了暴躁男,本朝却还在用管教乖孩子的办法去治理,焉有一劳永逸可言?

"那依大山先生,该当如何治河?"

国大山没有急着倒出心中所想,而是问:"敢问二位大人是否已获朝廷差遣,执掌治河大权?"

寇准和阎承翰点点头,并告知已获中书省正副治河大臣委任,只待陛下正式批复。

"再请问二位是否有便宜行事之权?"

寇准拍着胸脯道:"此次治河与北境战事、国家存亡唇齿相依,李相和吕相当会为我请下这尚方宝剑!"

国大山笑笑道:"寇大人莫嫌老朽多嘴,这治河每每功败垂成,与我朝在治河上无一得专、政令多出有关。"

他掰着指头给寇准数道,以往治河这修河款由灾区所在的转运使来出,修河的用具和工匠由提刑司来负责,修河的木料和士卒、民夫则归都水监来调,至于百姓的救济就属于提举司的职权范围了。

后三个有司衙门基本上平级,互不隶属。转运使乃一方封疆大吏,每次河患又涉及多个转运使,都想少出钱,多获益。所以每次就算有再好的治河方案,也落实不到十之二三。

国大山不说,寇准也知道本朝的这个陋习——权力分散,官职不符。

所谓权力分散,就拿三司使来看,隋唐等前朝的财权一个户部尚书就管了,本朝却要设立度支、盐铁、户部三个部门,而且最初三司还互相独立,谁也管不着谁。直到后来影响了财政运转效率,才在三司之上设了个三司使。

所谓官职不符，就是官员的名称和职权不统一。比如兵部尚书，在历朝历代都是署理军务的，但本朝的兵部尚书管不着一兵一卒，除非打仗时在兵部尚书之后加个权、判、知某某节度使、团练使，才能统兵。

但这对寇准来说都不是问题，因为李沆单设正副治河大臣，就是为了让他和阎承翰能统一调度有司衙门。

国大山见朝廷真的下了决心，这才道出想法："黄河中下游河道淤积已重，改道南流已是大势所趋。"

寇准一听就急了，头摇得像拨浪鼓道："黄河不能南流，一旦南流，塘泺就成了无源之水！"

国大山微微一笑，抚着长长的胡须道："老朽有一法，既可以顺应黄河水性，让其南流，又可以保证塘泺水源充足。"

还有这种办法，难不成让黄河分身？寇准心里犯起了嘀咕。

"办法就是让黄河分流，一支东流，沿目前河道入渤海，一支南流，新开河道入黄海。"

这下阎承翰都听得坐不住了，"大山前辈呀，黄河如何能分流入海，闻所未闻！"

这次轮到国大山的脑袋摇成拨浪鼓了，如数家珍道："周朝之前，黄河率性自然，没有人为的堤坝束缚，有多股河道入海，史称'北播为九河'。如今老朽之法，不过是顺应河性，兼顾国防而已。"

"好一个顺应河性，兼顾国防，"寇准拍手称赞道，"还请大山先生速速拟出详细的治河方略，我好立即上报中书省。"

国大山哈哈大笑，说自朝中传出希夷先生"慎火停水"的诫语，他一早就想到了黄河水患，已经拟好多日了。

第九章 黄河别跑

"请老先生快快拿出来,我立即照方略核算工程费用,然后上报给中书省。"寇准摩拳擦掌,已经等不及了。

国大山却悠然抚着胡须道:"不过老夫有一个要求,如果此事不答应,这方略您不看也罢!"

要求?寇准定睛看了看国大山那爬满皱纹的老脸,却发现这老先生老而成精,面色不带一丝烟火气,任他怎么看也猜不透此人的心中所想。

"什么要求,但讲无妨。"

国大山这才缓缓道:"每次封堵决口死人是一定的。一般民夫出身乡野,最懂趋利避害,一旦遇上险情,必然四散逃命,影响工程进度。所以此次治河一定要派兵,而且必须是禁军!"

之所以要派禁军,是因为大宋的军队体系中,禁军素养最高,数量最多,且就在京城,便于调动。如果抽调分散于各地的厢军,一来耗费时间,二来互不隶属,不利于统一指挥。

"您觉得调多少禁军合适?"寇准心里打好了五万的准备。

国大山伸出一只巴掌,又翻了一下,"十万!"

"要这么多吗?"寇准惊呼。

官家之前亲征,已经调走了二十万禁军,现在再抽调十万,偌大的一个汴梁城只剩下区区三五万老弱残兵,如何保障安全?

国大山不容商量道:"黄河的危害不下百万辽军,以区区十万禁军就能镇抚,大人你觉得多吗?"

寇准终于被说服了——这口才,只怕是张仪、苏秦碰上也得甘拜下风。

看对方乖乖就范,国大山才让管家取来治河方略,交给了寇准。

寇准不敢迟疑,立刻拿着方略前往中书省,递呈李沆。李沆与吕蒙正、毕士安看过后也无异议，便交给寇准照方抓药。

寇准和阎承翰叫来都水监的一干监丞，连夜核算出工程开销、所需各项物耗和人员。结果不当家不知柴米油盐贵，光是工程所用的木料就高达五百万贯，工匠、民夫林林总总加一块，少说也得二十万人。所有开支加一起，原先估计的五百万贯远远不够，至少还要再加三百万贯！

寇准气得指着阎承翰的鼻子质问："你这个判都水监怎么当的？看了国大山的方略，要花多少钱心里没个大概数吗？"

阎承翰苦笑说，他以前是西京作坊使，管管宫中用度一类的，到任都水监不过三年光景，属于半道出家。

寇准只得顶着两只熊猫眼，再次去趟中书省。刚见李沆，一下子不困了，因为前者和吕蒙正、毕士安三位宰执，连同在场的王继英、冯拯也是熊猫眼。原来五位大佬为了京城流言的事，开了一个晚上的会。

听完寇准的汇报，李沆决定先堵郓州的决口，疏通规划中的东流河道。等新的税收上来，再考虑南流的事。至于治河的劳力，他完全同意禁军为主，民间召集为辅，因为马上就到春耕了，能少折腾百姓一点是一点。

冯拯表示反对，如果再抽调十万禁军，那京城剩下的兵力只有区区五万了，还是些老弱残兵！

厚道人长相的毕士安操着一口老西儿的口音反驳："陛下千金之躯在边关亲征，为这天下太平而战，我等有什么可顾虑安危的？"

"是啊，"李沆淡淡道，"再说如果真的辽军兵临大宋的皇都，那就是我等的失职！"

冯拯只得认输，辩驳称自己作为枢密院的佐贰，定当与王继英大人全力筹谋，将辽军拒于京师之外。

第九章　黄河别跑

　　这件事上统一了意见，李沆并没有放寇准离开，而是就五人讨论了一夜的问题咨询下他的意见。

　　原来昨晚经过一番商议，冯拯将问题的症结归到本朝所自认的火德上。他认为只要本朝否认不属火德，谣言就不攻自破了。

　　李沆就问了，本朝不属火德，当五行何属？

　　冯拯胆子也真是不小，一竿子把唐朝之后的梁、唐、晋、汉、周五代全部否认，认为这几个政权空有朝代之名，却只是占据了中原一隅，蜀中、江淮、岭南还被南唐等政权所割据，算不得正统朝代。

　　他的看法是本朝是承继大唐，唐朝五行属土，土生金，所以本朝应该属金。还力主让赵恒立即颁诏重新确认本朝五行所属，昭告天下，同时将龙袍改为金色。

　　"平仲你倒是说说看，此事当如何定夺？"李沆殷切地看着老同年。

　　寇准忽然哈哈大笑起来，连说冯拯的想法荒唐。

　　冯拯又矮又胖，一听像个皮球似的蹦了起来，质问他荒唐在哪儿？

　　"我来问你，五行之中，什么克金？"

　　"火呀！"冯拯挺着脖子道。

　　寇准反问："那如果有居心叵测之人拿上元节大火说事，该当如何？"

　　冯拯马上哑巴了，上元节大火连皇宫都烧了，还弄出个预言大宋将亡的预言，还不如不改呢！

　　王继英这时问了："改也不是，不改也不是，你倒是出个主意。"

　　"百姓之所以生疑，是因为水患不除！所以在治河没有完成之前，要先把朝廷治河的决心和信心亮出来……"

　　听完寇准的主意，众人都表示同意，然后立即行动。

当天，李沆等一干东西两府大佬带着中央各署高官来到皇城正南面的朱雀大街，集体迎候从大相国寺赶来的国大山。

百姓们听说文武百官集体出动，就为迎接个退休多年的糟老头子，顿时议论起来，都在猜测这人是何方神圣。最后终于耐不住好奇心的催促，纷纷涌向朱雀大街，好一窥究竟。好在朱雀大街有三百多步宽，像一个巨大的广场，容个大几万人绰绰有余。

在万众期待中，国大山拄着一根歪头桃木拐棍，从朱雀大街的南端走入众人视线。虽然已是须发全白，但他没有一丝老态，每一步都走得相当稳。在微微的杨柳春风中，那一把及腹的胡须银然飘摆，更是把他衬得仙风道骨。

百姓们不禁猜测，难道是终南山的某位大隐士来了？

这时李沆打头，带着众官员紧走几步来到国大山近前相迎。国大山仅仅一拱手，算是还礼，这番受之坦然的做派更是让人们对他的身份充满了好奇。

李沆倒也不藏着掖着，向同样有些迷糊的众高官们介绍，这位就是早年在老君山隐居，上通星宿、下通山川的都水监元老大山先生。然后将这位大山先生治水三十年的丰功伟绩简要介绍了一番，听得众人无不肃然起敬——敢情身边还有这么一位世外高人！

李沆捧完了，再次放低身段，向国大山请教这次河患的方略。国大山抚着长长的胡须，就像河伯大神轻手抚着千里黄河一般。

"黄河之患，如人之病，既然是病，就有药方！老朽虽不比扁鹊华佗，但住在这条大河岸边已有八十余载，把一把脉，开一开方子还是可以的。"

接着，国大山将黄河远古时是如何率性自然，北播九河，战国起如何在人为干预下"逆反"，从而改道，直至王景治河等数千年间的变迁娓娓道来，听得众人无不醍醐灌顶，原来黄河今天的一身毛病，有很大一部分是我们给鼓捣出来的！

不过在寇准的提前交代下，国大山避重就轻，尽量将黄河顽疾说成了伤风感冒一类的小病，不足为虑。百姓们也没见过郓州的决口到底啥样，以前听到的都是些二手、三手消息，现在被这位前知三千年的老寿星一通释疑，顿时对治河信心大增。

李沆见时机成熟，便当众颁下中书省谕令，任命国大山为外都水监使者，协助寇准、阎承翰二人督办此次河工。

寇准三人当场立誓治理不好黄河绝不还京。然后拉着准备好的数百万贯修河款，带着十万禁军浩浩荡荡向河北东路灾区出发。

如此一来，京城的百姓们总算是放心了一些，气氛也不似那么紧张了。

看到此计收效甚好，李沆对吕蒙正、毕士安道："平仲有胆有谋，实乃宰辅之才。我朝正值多事之秋，等我哪天干不动了，还望二位到时大力推荐，助他上位辅佐陛下！"

二人当即应下。

黄河迟早会重归河道，只是时间长短罢了，李沆倒是不甚担心，反而是蜀中平叛一波三折，且叛军还有反败为胜之势，这让他多少有些担忧。回想起杨延昭在瀛州之战和货币之战的过往，他便心生一计，向赵恒建议由其亲自下旨给杨延昭，限定一月平叛，用压力迫使这小子再出奇计，力挽狂澜。

寇准这边快马加鞭赶往河北东路，以郓州为中心，沿濮州、博州、齐州散开，有决口的堵决口，有溃堤危险的进行加固，几十万人很快就全撒了出去。

国大山别看平日里一派文人雅士风度，干起事来却是雷厉风行，如大将一般。比如根据估算，此次治河需要五百万束梢木，而经过连年治河和各处宫殿的修建消耗，河北东路的树林已经被砍伐殆尽，仓促间很难凑齐。

国大山可不管这些困难，河北东路没树林，就去汴梁所在的京畿路、洛阳所在的京西北路伐木，总之一定要在一月内凑齐。免得桃汛还没躲过去，又赶上瓜蔓汛。河工事大，寇准不敢耽误，马上照办。

接着，国大山见到郓州千顷良田被淹，州城四门进水，便认定这是巡河堤使李继原渎职，要求就地处斩。另外知州马襄负有领导责任，不仅要免职，还要流放千里。寇准知道处罚虽然重了点，但杀一儆百还是必要的，便行使便宜行事之权，把郓州通判也一并处理了。

虽说国大山的行事风格暴了点，但治河技术十分过硬。他到郓州的第二天，根据决口的地形就提出了用王八埽来合龙门，封堵决口的方案。

合龙门是封堵决口最为关键的一步，在历朝历代都是一个技术难题。经过几十年的治河经验积累，宋朝逐渐形成了一个独创性的合龙门技术——埽。这埽是个灵活的系统性工程，可以依据不同的水患地形千变万化，于是衍生出了鱼鳞埽、萝卜埽等形式。

郓州的这个决口面宽，周边地势相对平缓，所以国大山便绘制了一个形似王八的埽工程图。寇准、阎承翰和临时委任的知州姚铉都表示无异议，遂开始依图动工。

然而工程刚开了个头，就遇到了麻烦，急得国大山想破了脑袋也没辙。这倒不是他老不中用，而是因为这次来找麻烦的不是黄河，而是辽国人。

* * *

辽军在镇州之战中重挫了王显之后，后者便避战不出，坚守镇州、高阳关、定州一线。这里驻扎的大宋精兵多达二十多万，城池又十分坚固，各

第九章 黄河别跑

处城池粮草充足，让萧太后一时无可奈何。

但黄河决口后，辽军突然活跃了起来，开始四处出击，在河北东路、河北西路四处劫掠，搞得河北大地狼烟四起。

王显身为北线战区总指挥，自然不能坐视敌军如此胡作非为，顾不得伤口未愈，便带兵前去迎击。不过鉴于上次的教训，这次只以机动性强的骑兵出击。几战下来，双方互有胜负，打了个平手。

就在宋军逐渐找回点信心的时候，辽军十万人突然集中起来，于一个夜晚绕过定州一线，直扑黄河一线。然后辽军再次分散，对正在河北东路沿岸修河的各处禁军、役工袭扰。禁军倒还好说，来了对砍就是，但役工都是些平民，手里有的只是干活的铁锹、锄头，根本干不过辽军的大刀长矛。

几天下来，役工被抓走、砍杀的不下五千人，且分布于沿岸数百里的多个州县。等禁军赶来时，辽军的骑兵早已跑得无影无踪。治河的工程进度也因此大受影响。

寇准判断，萧太后和耶律斜轸明显是想吓跑役工，让黄河充当他们的助手，好让大宋顾此失彼。当下最好的办法就是与辽军大战一场，让他们知道疼才行。寇准便联合阎承翰一起向同在河北东路的赵恒上书，请求派遣一员猛将和一支精兵，从背后下手痛击辽军。

同时为了配合突袭，寇准会放出风去，不日将召集三万役工，在郓州决口段进行合龙门，将辽军吸引过来。

赵恒觉得此计可行，就派出身边最可信的王继忠率五万大军出大名府，配合寇准的围歼行动。寇准这边便临时充起了大将，集中两万禁军化装成役工，混于合龙门工程的队伍之中。

为了把戏份演足，寇准索性假戏真做，征调大量的梢木，命工匠赶制马头、木岸等王八埽配套的辅助工具。在他的安排下，整个郓州一带每夜都是灯火通明，锤子、斧子声不息，大有不提前完工不罢休的架势。

果然，寇准的举动引起了辽军的注意，连续几天周边有探马悄悄出没。寇准这边继续做着保密工作，连中间混入了禁军役工们都毫无察觉。

在逼真的演技诱惑下，终于有一天辽军四处分散的骑兵突然向郓州集中，兵峰之盛竟绵延数里。寇准立即向王继忠飞鸽传书，请求支援。

王继忠根据辽军的动向，决定采取尾随痛击，将辽军往东阿县的决口赶，那里寇准已经把大量的马头、木岸布成一个直通决口的夹道，只要辽军的骑兵一进入夹道，就只能进不能退，陷入被河水冲击成的烂泥地里。到时候战马拔不出腿来，等待他们的将是漫天箭雨。

事前为了避免辽军的注意，王继忠的大军隐藏在距离郓州百里之外的一处山谷。定下破敌之策后，他迅速点齐兵马，向辽军集结的地方出击。然而等他追上辽军时，对方似乎早有准备，竟然从三面围来，突然向他发起进攻。

王继忠临危不乱，指挥骑兵收缩为二十人一组的圆形军阵，外侧士兵持盾，阵中士兵手握弩机进行反击。这种攻防一体的战术很快遏制了辽军的攻势。王继忠再接再厉，将一个个圆形军阵像狼牙棒一样丢进辽军阵中，将他们打得节节后退。

辽军的指挥官耶律高九这时冲到了阵前，抽调大批弓箭手对空起射，以抛物线弧度攻击宋军的圆形阵。王继忠见招拆招，亲率一支骑兵向对方的弓弩手发起冲击。耶律高九亦不甘示弱，也亲自带队正面迎击王继忠。

两人如同诸葛亮、司马懿附体一般，你出一计，我还一招，斗得难解难分。打着打着，王继忠忽然发现一个问题，辽军似乎没有预计中的多，因为在他的接连出招下，耶律高九反倒是处处设防，并没有通过持续投入新兵

第九章 黄河别跑

力进行有效反制。

难道耶律高九所部并非主力，只是想拖住我部，好让真正的主力对付寇准？

王继忠想到此，立即调整战术，改为全线猛攻。然而就在这时，耶律高九突然对着他哈哈大笑起来。

"王将军，恕在下还有要事不能奉陪，就此别过了。"

"想跑！你以为这儿是你们的上京，想来就来，想走就走？给我上，狠狠地打！"王继忠大喝。

耶律高九笑得更加得意："哈哈哈，这里不是上京，但不到三天的路程，就是你们的北京！"

大名府？！王继忠大惊。

"实话告诉你，我不过是充当诱饵而已。此刻太后已率主力围攻大名府，准备活捉你们的皇帝陛下！"

王继忠不禁额头直冒冷汗，官家带来的二十万禁军中，有十多万先后派到了定州一线，自己又带走五万，现在城中只剩下区区三万来人了……

"还不快去救你们的皇帝陛下，小心误了事被诛九族！"耶律高九"好心"提醒道。

耶律高九的话未经证实，但真真假假间已让一众宋将不知所措。他们有的建议立即回撤大名府，有的主张别信对方的一派胡言。但无论如何，最后的决定还得王继忠来做。

现在最需要的就是冷静……王继忠提醒自己，这耶律高九开战至今应对如此从容，应该是知道了我军的计划，所以大名府被围很可能是真的。但如果马上回去救援，放跑了耶律高九不说，还有可能被辽军围城打援！

"众将听令！"王继忠突然间有了决定，"灭了这股辽军，一个都不许放跑！"

"那大名府……"偏将急忙提醒。

王继忠此刻的眼中只有耶律高九，"就算我们现在回去，大名府已然被围。而且，大名府也不是她萧燕燕想啃就能啃下来的。"

说完，王继忠挥剑直奔耶律高九而去。耶律高九手下只有一万人，哪是宋军五万人的对手，很快便被赶进了寇准设计好的夹道中。夹道又窄且难以逾越，耶律高九只能且战且退，最后退到了淤泥中。

辽军全是骑兵，此处的地面经过河水浸泡全是又稠又黏的泥浆，马腿陷入其中就别想拔出来。耶律高九和辽兵们用鞭子把马屁股抽烂了，都无济于事。这时寇准让隐藏于役工中的禁军拿出弓弩齐射，如打靶一般将他们射得人仰马翻。

耶律高九相信不久这片土地的主人将是萧太后，他还要留待有用之身替逝去的父亲看到那期待已久的一天。所以他勒令全军放下武器，向王继忠投降。

王继忠将安置这些降军的事宜交给寇准，他则顾不上休整，立即带领大军向大名府疾奔而去。走到半路，果然接到城中的飞鸽传书——大名府已被辽军团团包围！

第十章

鏖战大名

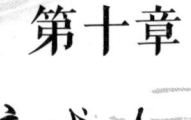

"据我所知,同样是万金之躯的萧太后就在城外,且披甲执锐于阵前。难道皇兄会怕她一个女人?"柴映雪不顾臣子之仪,目光直视着赵恒。

就在王继忠聚歼耶律高九的当天，辽军的铁骑卷着漫天尘埃，突然出现在大名府城下，并向外城的八座城门同时展开猛攻。

当时赵恒正在大殿中一手翻阅寇准递呈的治河方略，一手往嘴里送着香喷喷的细白羹，忽然就听头顶号炮声隆隆，惊得他一口羹没喝，全都洒到了龙袍上。巧合的是，羹汤还正好落在一条龙纹的龙嘴里！

他顾不上体面，急忙从椅子上冲起来问："怎么回事？哪来的炮声？"

周遭的一众内侍也都是惊慌失措状，哪里知道怎么回话。还是大内总管机灵，赶紧招呼殿前侍卫进来护驾，同时遣人前去打探消息。

结果打探消息的人还没回来，大殿就像被雹子猛砸似的噼里啪啦响个不停，同时一个劲儿地掉灰。紧接着，屋檐之外的一个侍卫一声惨叫，胸口喷血倒地。

"是箭！"大内总管尖叫一声。

叫声未落，又有侍卫中箭。殿前顿时乱作一团，有的往殿檐下跑去，有的去拖拽受伤的战友，全然不像皇宫大殿前应有的肃然。

大内总管没见过战事，以为是城内有人造反，连忙劝赵恒关闭宫门，到后宫去躲一躲。

赵恒心中虽然也有些忐忑，但他强迫自己面子上绝不能露怯，否则天子威仪何在？

他凭借三年前在前线所见，纠正大内总管："不是叛乱，是辽军！你看外面的箭支，全是黑色的。"

然后他强作镇定，传令留在城中的殿前司副都指挥使指挥迎敌。就在这时，前去打探消息的内侍顶着一面盾牌跑了回来，见到赵恒就扑通一下瘫跪在地上，半天也没凑成一句完整的话。好容易把意思表达明白了，整座

第十章 鏖战大名

大殿里的人心都凉了——殿前司副都指挥使刚刚中箭身亡了！

赵恒咽了咽口水，问道："敌军统帅是谁？"

内侍这次舌头没打结，一口叫出了那个无比骇人的名字——耶律斜轸！

赵恒内心的恐惧再也遮掩不住，瞬间从眼睛、脸颊、嘴角上喷涌出来，连带手指都不住地发抖。

当年高梁河一战时，他爹赵光义就是被耶律休哥和这个耶律斜轸联手击败，坐着驴车仓皇逃脱的。如今他就在城门之外，一出手就干掉了殿前司二把手，这让赵恒有种大难临头的恐惧感！

就在这时，殿外一声怒吼顿时掩盖了漫天的箭声——陛下，洒家前来救驾了！

然后，就见一个黑头黑脸的彪形大汉带着一队士兵向大殿猛冲过来。他每踏一步，就像是石头落地一般的动静。

平日里，赵恒身边都是些走路连蚂蚁都怕踩伤的文臣雅士，哪里见过这般自带雷霆的主儿，不免心中有些犯怵。好在此人身着宋军的铠甲，说话口音也是地道的京畿人，这才稍稍定下心来。

冲进大殿，黑脸大汉叩首一拜："陛下莫慌，洒家尹继伦在此，今天有我在，一个契丹人也别想进来！"

然后朝外一摆手，身后的士兵立即手持盾牌，如铜墙铁壁一般将大殿保护起来。

赵恒印象中好像听过这个名字，却一时想不起来，正欲问对方现居何职，猛然发现他除了手上的一把大刀，腰间还挎着其他四把长短不一的刀！

按照御前之仪，官员面圣时是不能带兵器的。虽然现在情况特殊，但一下子带五把刀也太不可理喻了！赵恒心中有些不悦。

作为赵恒身边的老人，大内总管最善于察其言观其色。见主子脸色不对，便挺身质问："你在殿前司任何职呀？"

尹继伦心说你是哪根葱，但嘴上还是回道："洒家不在殿前司供职，掌管大名府的楼店务。"

啥?! 赵恒和身边一众内侍、宫女都疯了，一个收房租的也敢带兵进宫？这还了得!

大内总管翘着兰花指指着尹继伦鼻子问："你有几颗脑袋，不知道御前不许带刀呀？说，谁派你来的，谁给你的胆子带五把刀？"

"我派他来的!"殿门口忽然传来一个女子的声音。

赵恒侧头一看，竟然是大柴郡主柴映雪！她换掉往日的罗裙，改着一身素色的修身绢布甲，腰挎一柄嵌宝短剑，端的是一派巾帼之风。

大内总管正想质问郡主你算老几，也敢随便派人进宫，只见柴映雪有打腰间掏出一块鱼形金牌，顿时抿紧了嘴巴。这是赵恒钦赐予她出入宫禁的腰牌，任何人不得阻拦。

柴映雪举着腰牌来到赵恒近前，快语道："现在情势十万火急，杨嗣将军正带人组织迎敌，无暇顾及大内。我自作主张，请砍伤过耶律休哥的尹大人入宫护卫，皇兄不会生气吧？"

砍伤耶律休哥？赵恒终于想起来了，这个尹继伦就是在两年前的货币之战中，被急于行军的耶律休哥无视，然后被追上去砍伤胳膊的"黑男人"。

原来是杨延昭那小子的手下!

赵恒像遇到救星似的，一把上前拉住尹继伦的黑手，激动道："将军神勇，朕的身家性命就交给你了!"

尹继伦还是头一次见赵恒，没想到这位天子这般亲切，全然不像高琼说

第十章 鏖战大名

的那样高高在上，当下便应允"包在洒家身上"。柴映雪在旁边掩嘴轻咳了一声，尹继伦这才自知失态，跪下领旨。

既然是护驾，自然不能再顶着楼店务的头衔了，赵恒任命他为殿前都虞候，驻守宫中。然后赵恒又问大柴郡主杨嗣现在何处？都做了哪些防御措施。

柴映雪了解赵恒，讲具体战术性的东西他未必听得懂，兴许还会因为战术的风险性让他心生慌乱，倒不如给他讲讲杨嗣的神勇，提振下信心更来得实际。

所以柴映雪便忆起了往昔："我无论是在辽国的那些年，还是在大名府的两年，都听到过杨嗣的同一个绰号'小秦琼'。据说他镇守西北、北境多年，与党项、契丹人多有交手，却从未失守过一座城池，皇兄是这样吧？"

赵恒点点头，杨嗣善守，无论是面对党项的偷袭，还是契丹的皮室军，从未被攻破一座城门，所以得了"小秦琼"的美名，众人都当他是门神秦琼再世。

"所以皇兄不必多虑，有杨嗣在，大名府必不会失。"

"但他这次的对手是耶律斜轸！"

柴映雪嫣然一笑，一双明眸将众人的恐惧映在其中，"耶律斜轸又如何？他也并非战无不胜！我在辽境时，就听闻他在征讨乌古部落叛乱中惨遭败绩，还被对方射杀了坐骑。"

柴映雪曾被俘辽国十余年，赵恒自然对她的话深信不疑。又见他一个弱女子临危不乱，脸上颇有些惭愧，便吩咐内侍、宫女各归其位，安心等待杨嗣的战报。

不料，柴映雪却建议他现在就赶赴外城，前去鼓舞士气。大内总管怕得要死，急忙说官家万金之躯，岂能轻易犯险？

"据我所知，同样是万金之躯的萧太后就在城外，且披甲执锐于阵前。难道皇兄会怕她一个女人？"柴映雪不顾臣子之仪，目光直视着赵恒。

"朕，朕……"

"皇兄难道忘了，高梁河之败不是败于辽军的凶猛，而是败于先皇的临阵怯敌！"

闻言，众人皆是惊骇不已，当着官家面说他爹是胆小鬼的，这还是头一出！

大内总管就跟自己爹被骂似的，气得一边喘气一边训斥："大胆，太放肆了，先皇英明神武，是你一介女流能品头论足的吗？"

训斥完，他还不忘请赵恒治柴映雪大不敬之罪。

赵恒却摇了摇头，没有怪罪。因为他知道正是当年父皇临阵脱逃，导致三十万大军群龙无首才败于敌手。也正是父皇的这次"渎职"，让柴映雪小小年纪就被辽军俘虏，流落异乡十数年。还是因为这次惨败，才让其妹小柴郡主为了营救他，而命丧边关……父皇欠她们家的太多，怎么数落也不为过。

但赵恒还是有些犹豫，毕竟外面像下刀子似的正被辽军"人工降雨"中。

这时尹继伦挺身而出，拿自己的黑脑袋担保："陛下有一丁点儿闪失，洒家的脑袋你们随便谁来砍！"

然后不等赵恒下令，他就走到殿门前大喝一声"组阵"，只见他带来的士卒立即手持盾牌，紧紧聚成一个大阵，左右前后加头顶全是盾牌，形如龟甲。任凭头顶的箭弩怎么砸，也未能伤及他们分毫。

赵恒这才稍放下了点心，然后多少还有点不情愿地套上一件牛皮甲胄背心，在尹继伦和柴映雪的护卫下，钻进了龟甲阵，有打皇宫向外城北边的静安门进发。

一路上为了照顾赵恒的天子威严,尹继伦特意让负责头顶防御的士卒们把盾牌举得高高的,好让这位万岁爷可以昂首前行。

一行人越往前走,箭头砸落在盾牌上的声音越密集,仿佛鸡蛋大的冰雹就在头顶。赵恒起先有些怀疑这龟甲阵是否靠得住,微微抬头一看,才发现头顶的盾牌如工匠砌过的砖块一般整整齐齐,严丝合缝!

不愧是延昭调教出来的大将,做事这般滴水不漏!赵恒因此放心大胆地加快了步子,赶到了静安门的城楼下。此地仅仅一墙之隔,外面就是辽军的虎狼之师,震天动地的喊杀声、砍杀声扑面而来。在这些交错的嘈杂声中,一股杀气腾腾的喊声十分的刺耳——活捉赵恒,就在今日!

这帮契丹人对朕是志在必得呀,赵恒的腿顿时僵住了。

就在这时,柴映雪凛然走出龟甲阵,振臂高呼一声:"众将士听着,天子亲临静安门,今日誓与尔等同守大名府!"

尹继伦手下的众将士忽然撤掉盾阵,仅余几面赵恒周遭的盾牌,齐声重复柴映雪刚才的话。正在拼杀的士兵们被这高亢的声音一把揪住耳朵,全部转头看向声音的原点,只见那里一袭大红色龙袍、胸配战甲的赵恒正矗立当场。

果然是陛下!他真的亲上火线了!士兵们无不胸口发热——原来拼上性命保护的大宋天子不是个懦夫,他也有和咱们一样的血性和胆子!

赵恒原本正为柴映雪和尹继伦擅作主张,撤去龟甲阵而又惊又气,突然间被一张张混着伤痕、汗渍、热血的面孔所包围和注视,不禁怨气全消。

头上同样顶着漫天箭雨,朕好歹还有尹继伦举着盾牌守护在侧,但将士们的血肉之躯就这样暴露在危险之中。这让他不禁想起了三年前,那年他在瀛州城下第一次面对眼中满是黑狠厉之色的辽军，是延昭紧紧拽住他的缰绳不放，力谏他留下来，勇敢地面对这些他作为未来的天子无法回避的敌人。要是此刻延昭不在蜀中平叛，而是就在身边，他一定还会替朕遮风挡雨吧……

赵恒整了整衣冠，平复了下情绪，然后极力拼凑出平日金銮殿上指点江山的五分气势，面向众将士高声道："今日，这里就是朕的行宫，不，金銮殿，朕将和诸位死守这里！"

将士们一听无不血脉偾张，用发干的喉咙齐声山呼万岁。这一刻，城外"活捉赵恒，就在今日"的喊声如风撞山壁，竟透不进一丝一毫。

"这是朕听过的最为雄壮的山呼声！"赵恒胸部微微起伏着。

"我想也是最为真切的。"柴映雪淡淡道。

赵恒心中不免苦笑一声，这辈子怕是难从这妮子嘴里听到一个"臣"字！这股子从不臣服于朕的心劲不知是受萧燕燕的影响，还是因我赵家亏欠柴家太多……

在尹继伦及一众卫士人墙般的护卫下，赵恒登上了前线中的前线——静安门城楼。正指挥迎敌的杨嗣也是备受鼓舞，带着众将士振臂高呼"真龙在此，辽寇必亡"。

辽军在箭弩大阵的掩护下，正向静安门发起冲锋，突然见到南朝的天子现身，竟有些迟疑起来。在辽国以往的宣传中，赵恒这小子应该是个上不得马、拿不得刀的软柿子才对，今日竟有胆量冲到一线，到底该信谁的才对？

这时，中军的军鼓突然敲响，辽军们暂时停下了脚步。接着一身戎装的萧太后在侄女婿耶律斜轸的陪护下，骑马来到阵前。

赵恒还是第一次见到这位曾两次大败父皇的女人。几十年来，她剑锋指处，所向披靡，目光所及，莫敢不从，萧燕燕的威名成了辽国国势最好的注脚。虽然此刻他居高临下，但面对这个女人却有种反被俯视的错觉。

就在赵恒心中泛起波澜的时候，这个当今天下最有权势的女人开口了。

"喂，你小子就是赵光义那老东西选中的接班人？"

这哪是两国当家人之间的对话，分明是前辈瞧晚辈不顺眼！赵恒如果应一句"是"，那就被这女人白白占一个便宜，但回一句粗话，又不是他的行事风格。

赵恒正在思忖之际，柴映雪代答道："真龙只传真龙，如太后所见，我皇兄正是先皇生前册立，如今百官万民拥戴的大宋天子！"

龙凤有别，萧燕燕身为女子之身，自然听得出话中斥她牝鸡司晨之意，正欲寻那挑衅之人，却见到了同样一身戎装的柴映雪。

"原来是映雪呀，归宋之后别来无恙否？从前吃了我大辽十几年的米，这南朝的米可还吃得顺口？"

柴映雪微微一笑，"太后忘了，辽国常年到中原打草谷，贵国之草谷皆为大宋所产，映雪无论身处贵国还是家乡，吃的都是同一种米。"

"打草谷"是辽国从不给士兵发工资，而命其侵宋时随便劫掠，所得之物即为工资的遮羞说法。但柴映雪硬要把其中的"谷"等同于米，萧燕燕也无法辩驳，否则就得自揭伤疤。

不过，这难不倒纵横天下三十余载的萧太后。

她面向赵恒道："你们赵家自立国起，与我大辽对战寸土未得，倒是映雪的爷爷周世宗柴荣夺得我瀛、莫二州。如今比起这嘴上功夫来，你们赵家还是不如柴家一个小女子。"

赵恒知道这次必须出场了，便向前一步，与萧燕燕对视道："我朝人才辈出，且皆忠心于朕，为朕所用，这就是朕今日敢立于阵前与尔一决雌雄之底气所在！劝你趁早撤兵，朕可网开一条大道，早日还两国百姓以太平。"

萧燕燕哂笑道："只要朕打下这大名府城，以后哪有什么两国，只有我大辽一国。到时天下百姓同沐朕之仁德，岂不太平永久？"

赵恒亦不示弱："尽可以把你的手段都使出来，不过朕可以向你保证，大名府的一砖一瓦皆为我大宋所有，你休想取走一丝一毫！"

"好小子，有气魄！你爹当年围攻我南京幽州时，曾在一个时辰内连射三百万支弩箭，今日朕就以牙还牙，让你尝尝这箭雨淋城的滋味！"

萧燕燕转头朝一旁的耶律斜轸下令：一个时辰内，把大名府的每个角落都插满我大辽的箭镞。

耶律斜轸点点头，手臂高高抬起，然后飞快地落下。转眼间，赵恒头顶传来漫天咻咻的破空之声，弩箭群像一片巨大的乌云飞速移动着，遮住了大名府的天空。

尹继伦眼疾手快，电光火石之间就在赵恒、柴映雪周遭筑起了一道盾墙。然而辽军的弩箭也不差，盾墙刚刚"完工"，冰雹般密集的撞击声就在盾墙上响了起来……

* * *

辽军的箭雨疯狂地倾泻了三个时辰，正如萧燕燕所命令的那样，大名府城的外城、内城、宫城里外三层全被插满了黑压压的箭镞，把这座雄伟的北都变成了"刺猬"！

在这样瓢泼的箭雨下，即便是大宋最为精锐的禁军也无法幸免，每一瞬都有人中箭而亡，每一个中箭之人都身插数箭……整个府城像是被地狱吞并了一般，只有早死晚死之分，几无幸免可言。

第十章 鏖战大名

就在绝望的气氛达到顶点之时，箭雨终于停了，但紧接着辽军就从东西南北四个方向同时发起了凶悍的进攻。萧燕燕将十万大军分成三个梯队，一波接一波地不间断发起冲锋，一点喘气的机会都不给守军。

此时杨嗣的人马只剩下两万，而大名府却有八座城门要守，这让他倍感压力。而萧燕燕显然是有备而来，攻门的撞车、等城门高的云梯等攻城器械一应俱全，让八座城门面临同样猛烈的打击。

已退到静安门城楼下瓮城内的赵恒即便再不通军务，也能闻到行将城破的气息了。他命令尹继伦：一旦城破，便给朕一个了断，免得受辱。

柴映雪劝他不要灰心，杨嗣以前凭区区两千人都能抵抗住李继迁的万人猛攻，这次他也一定会上演奇迹。

赵恒却叹气道："现在朕有点相信那'赵氏受命，终于德昌'的谶语了，吕相爷、曹老将军接连离朕而去，食朕俸禄的官军竟然也敢叛朕，还有那黄河的口子，这都是上天的明示……"

"别那么丧气！如果真是天意，那就与天一搏！"柴映雪厉声道，"别忘了你是赵家的子孙，你们赵家当年陈桥兵变，夺我柴家江山，可是逆过天的！"

赵恒愣住了，他没想到一个娇弱的女子竟然能说出这种惊天之言。

"再者，延昭在蜀中苦苦力战，寇大人在郓州日夜赶工，为的是什么？皇兄难道宁肯信那什么预言，也不愿意信那些为您尽忠的臣子吗？"

赵恒默然了，当时自己未给杨延昭一兵一卒，连粮饷都欠着，他就敢只身前往叛军肆虐的川峡二路。他与朕非亲非故，仅靠君臣之名就能如此披肝沥胆，朕又何必迷信，而不自信一把呢？

"你真的认为朕可以跨过眼前这道坎儿？"

柴映雪一指正在指挥迎敌的杨嗣："反正我宁肯相信他、延昭、寇准，也不会相信什么素未谋面的上天！"

赵恒看向杨嗣，后者在辽军的漫天箭雨下也未能幸免，肩膀被一支弩箭洞穿。但他刚才亲手折断裸露在外的箭杆后，连伤口都未处理，就继续若无其事地部署各处城防，以至于现在左肩和半条左臂都是猩红一片。

朕这条命今天就交给你了……

杨嗣自知重任在肩，面对势在必得的辽军，他一边故作镇定从容指挥，一边绞尽脑汁想着防守之策。

就在这时，他忽然发现瓮城中的尹继伦正指挥人搬着大块青砖，准备围着赵恒堆砌一面墙，给皇帝陛下建个临时掩体。他急忙跑到城墙边上，冲着尹继伦问从哪儿弄来的青砖。

尹继伦告诉他，楼店务正准备兴建几处官租房，因为是照顾大名府下辖的各州县商贩，所以地点都选在外城各处城门附近。前几日砖瓦木料刚刚运到，现在正好派上用场。

延昭这小子，当初莫不是故意把官租房的选址弄在城门附近的吧？杨嗣心中大喜，命人迅速传令各处城门，将这些砖料堆砌在城门后，让八座城门变成一堵墙！

各处守将立即照办，大块的青砖迅速都被士卒们一块一块地堆砌在了城门后。一层不够，再加一层，愣是把城门变成了厚实的砖墙。

辽军的撞车撞在这些背后有"靠山"的城门上，当即失去了效力。城门无忧，守军们便可专心反击那些由云梯上来的辽军，战场形势得以扭转。

双方激战一个白昼，大名府八座城门无一失守。

萧燕燕知道王继忠再有两天就会率主力返回，到那时想攻克大名府城就

第十章 鏖战大名

会更加困难,所以她一不做,二不休,下令大军连夜加班继续攻城,熬也要把杨嗣熬倒!

杨嗣坚信能守住一个白天,就能再守一个黑夜,于是他不顾有伤在身,骑马轮番巡视各座城门,不容一处有失。

赵恒见他如此坚韧,也不甘示弱,就以天子之尊依次到八座城门劳军,给将士们打气。

城外的萧燕燕虽然年近五旬,但同样坚持一夜不眠不休,誓要在意志上击败宋军。两军对战了一夜后,她又亲自动手烙制酥乳饼,分发给四面的攻城指挥,勉励他们继续战斗。

于是第二天双方都没顾上洗漱,直接继续开打。

赵恒心疼将士们,把宫中的御厨调来前线,敞开了供应宫中美食。原本他计划多做几个花样的,但柴映雪直言现在谁有心情吃汤汤水水的,不如来点宫中甜点——环饼(后世称为麻花),直接可以上手,也解饿。

赵恒照准。战场上有趣的一幕出现了,宋军人人捏着环饼,辽军个个拿着酥乳饼,一边嚼着一边挥舞刀剑对砍,香味混着血腥味弥漫了整个战场。

此时,经过一个昼夜的消耗,双方的体力都严重透支。但辽军毕竟兵力众多,可以轮番休整,而宋军兵力捉襟见肘,几乎人人精疲力竭。萧太后抓住这一点,勉励全军只要再坚持半天,宋军必定倒下。

最后她不忘许下重诺:"朕宣布,擒获赵恒者,不论现居何职,立封南院大王!"

她计划中的新南院大王管辖范围囊括了大宋全境,比起原先的燕云十四州大了不是一星半点。

在她的煽动下,士兵们怀着立下"擒获宋帝"不世之功的雄心又投入了冲锋中。战斗至此,双方已从斗智斗勇转入了纯粹的意志之拼。

杨嗣撑着疲惫的身躯,除了提醒众人城破之后家人都要做亡国奴的后果,就是用不知啥时候才能赶回的王继忠做鼓励。凭着这么一点微弱的希冀,他和将士们硬是苦撑了又一个昼夜!

到了第三天的早晨,杨嗣在为战士们的表现欣慰时,却对自己恼火起来——喉咙竟然哑得声如蚊鸣!不仅是他,连嗓门奇大的尹继伦也因为不时充当替补,变成了公鸭嗓。

但士兵们不能听不到统帅的声音,因为他们现在疲惫至极,连眼皮都不听使唤,唯一能唤醒他们去战斗的只有统帅那如号角一般高亢的挥斥。

这时柴映雪挺身而出,用自己纤弱的嗓音一遍又一遍鼓舞将士们站起来,为逝去的战友报仇,为远方的亲人守住大门。在她的鼓舞下,宋军又强打精神硬挺了大半天。

城外萧燕燕的耐心终于消磨光了,下令集中兵力攻打静安门,戌时还攻不下来,详稳(将军)以下军官全部处斩!

辽军发疯似的猛攻了一通,眼看宋军渐渐体力不支,防线出现了松动,就在此时另一支宋军突然从背后袭来。一接战就势如破竹一般深入辽军阵中,杀得人仰马翻。这支大军一直冲到静安门下,将围攻的辽军全部赶走方才罢休。

萧燕燕知道来者是王继忠的先头部队后大吃一惊,按脚程他们应该明天早晨才能到的!但王继忠的人马一股接一股地投入战斗,使她意识到这次千载难逢的机会终是错过了。现在辽军亦是疲劳至极,王继忠部士气正盛,萧燕燕也不缠斗,立即指挥各部人马撤出战斗,沿黄河南岸安营扎寨。

王继忠是一路快马加鞭赶回来的,他对战场的形势不甚了解,见辽军一

第十章 鏖战大名

接战就撤退，以为有诈，并未追击。当然还有最重要的一点，他想赶紧进城确认赵恒的安全。当城内的友军费了好大的劲儿，才把门后的青砖撤去时，就听哐当一声巨响，两层楼高的硕大门板倒地。原来在辽军的连日猛攻下，门上的螺栓已然绷断！

王继忠进城后，第一眼看到的是嘴唇干裂渗血、肩部伤口已严重化脓的杨嗣。不过才几天不见，这位羽扇纶巾的儒将已是双眼凹陷，颧骨暴突，跟遭受了一场大饥荒似的。

再看赵恒，眼袋大的都能当褡裢使了。不过好在他浑身上下都完好不缺，总算让王继忠松了口气。

倒是柴映雪陪着将士们三日不眠不休，虽有些憔悴，却如病中的西施一般更让人心生怜爱。

唯一生龙活虎的是尹继伦，他许久没打仗，这次可算是过了一把瘾。虽然嗓子比破锣声还难听，但两只牛眼炯炯冒光，恨不能冲出去找耶律斜轸再大战三百回合。

赵恒见王继忠回来，就吩咐杨嗣将军务交给他，好好回营养伤。赵恒本想乘辇回宫睡个好觉，但身边的人不是困得东倒西歪，就是身上挂彩，只得由王继忠的亲兵临时充当轿夫，用不娴熟的手法将他抬回了皇宫。虽然一路上轿子摇得像元宵一样，但赵恒睡得很香，众人也是这时才知道原来官家的呼噜声比雷声还响！

王继忠这边安排守城的部队先休整一夜，等第二天所有大军全部赶回后，决定趁辽军未休整完毕，主动出击。

孰料，第一天辽军仅以五千人出战，就打得他伤亡超过七千人。第二天辽军还是派出同样的人数，却又一次打得王继忠大败而归。两天下来，他的兵马损失都赶上了杨嗣三天防御战的损失!

已缓过劲儿来的赵恒急忙召王继忠来见,询问原因。

王继忠苦着脸回禀:这次辽军派出的是一支名副其实的"铁骑",不仅骑兵浑身上下裹满了铠甲,连他们的马都"穿"着明晃晃的铠甲!这些铠甲不知用什么手法锻造,连威力巨大的诸葛弩、神臂弩都难以穿透,几乎到了刀枪不入的地步!

赵恒正想象着这伙骑兵出战时铁甲城林、势不可挡的情景,王继忠忽然告诉他这支骑兵的名字就叫"铁林军"。

"这么说来,与铁林作战无异于自杀?"赵恒汗颜道。

他一直以为在大名府防御战中见识到的就是萧燕燕的全部实力,没想到这女人还藏了这么一手!

王继忠从专业的角度分析,铁林军是骑兵,最适合于野战,用于攻城战就大材小用了。他进一步指出本朝既无汉唐时掌控的西域,也无北方草原的控制权,而这两块区域正是骏马良驹的产地,所以骑兵正是本朝弱项所在。

赵恒也是深有同感,每次与契丹人、党项人开战,只能依靠城池之坚打阵地战,一旦遭遇骑兵野战总是败多胜少。但眼前敌人深入国境,就这么避战不出也不是办法。

王继忠建议不妨调定州前线的王显大军到黄河北岸,摆出截断辽军退路的姿态,迫使萧燕燕知难而退。

赵恒想了想,这也是目前最好的办法了。孰料命令刚送到王显手中,北方边境就有一支辽军直扑瓦桥关,大有入境策应萧燕燕之势。王显一打听,领军者正是辽国赫赫有名的兰陵郡王萧达凛!此人号称耶律休哥、耶律斜轸之后的辽国第三名将,王显自然不敢等闲视之,只得全力应战。

第十章 鏖战大名

眼看战事久拖不决,上次李沆送来的钱粮又消耗殆尽,赵恒急得团团转。就在他愁眉不展的时候,川峡二路终于传来了一份捷报——成都光复,叛军首逆王均自缢,赵延顺被杨延昭手刃!

* * *

十多天前,赵延顺在蓄积了足够的江水后,于一个深夜将涪江北岸的堤坝掘开,放任滚滚的江水奔流北去,直扑绵州城。

次日清晨,赵延顺登上大营外的一处土坡,只见绵州南门已被江水冲垮,城中一片泽国。他遂命大军布好弓弩大阵,对着城中一通倾泻,好早一点送官军们投胎。估计是城中的士兵躲无可躲,不时有尸体从城中漂出。

又过了一天,他觉得时机差不多了,命人堵上决口,然后集结全部大军从地势稍高的西门攻入城中。里面的大街小巷全是未褪去的江水和尸体,连支像样的抵抗力量都没有。

赵延顺的目标只有一个,那就是杨延昭,所以他把全军分散成四队,分头寻找杨延昭。

不料等他的人都撒出去后,四面城门突然紧闭,城墙上呼啦一下涌出来大批的弓弩手!

他正欲鸣金收兵,就听城头上一个戏谑的声音冲他喊道:"这叫以鸟人之道还治鸟人之身!"

赵延顺抬头顺着声源一瞅,竟是个头上插着花的小白脸!虽说本朝不论男女,都有在头上插花的嗜好,但那在风月之所倒合时宜,哪有在剑拔弩张的两军阵前这么招摇的?更何况这人头上还插了一粉一黄两朵花!

"你是谁?杨延昭呢?"

"晶爷是谁你都不知道?"小白脸一步跨上城墙的墙沿,"看清楚了,我就是本朝最标准、最帅气的兵样田敏！"

兵样就是当兵的模子，俗称"等子"，以相貌不凡、身高五尺八寸者为最优，所给俸禄也最高——一千文！

赵延顺早就听说杨延昭手下的畾男人田敏身高五尺八寸，以"军中第一帅"自居，没想到竟是这么一个骚包，顿时心放了下来。

"杨延昭也真是手下无人了，派你这么个绣花枕头来跟我过招，他怎么自己不出来！"

田敏嘿嘿笑道："他已经率军抄小道，直奔成都去了！"

"什么?！"

"至于你这种小货色，就由畾爷来收拾了。"

说完，田敏一挥手，城头上突然出现数百个旗手，每人手持一面黄旗，对着城下的人挥舞了几下。突然，赵延顺的人呼啦卧倒一大片，同时绝大部分人站着没动，诧异地望着城头那些挥动的黄旗。

就在这时，田敏大喝一声"射"，城头上顿时箭如雨下，将趴着的那部分叛军射得七荤八素。

"我们只诛首逆赵延顺和拒不投降的叛军，其他人被裹挟的百姓一概不咎，杀敌、擒敌者免除全家一年税役！"田敏和那些挥旗的士卒一齐喊道。

那些站着的士兵一听，有的立刻举手投降，有的举刀砍向趴着的叛军，立刻乱作一团。赵延顺起先也有些蒙，这时才反应过来，原来田敏这厮抓住新抓的壮丁不懂军中旗语这一点，用旗语"有箭，卧倒"将他们区分出来，然后再实施定点射杀，可谓又准又狠！

他正想将原先的铁杆们召集起来，天杀的田敏突然调来一支骑兵向他围攻过来。这支骑兵骑着一色的高头白马，疾如闪电，一看就不是善茬儿。赵

第十章 鏖战大名

延顺可不想出师未捷身先死，赶紧让偏将替自己抵挡一阵。结果偏将刚一接战，坐骑就被对方的战马踢翻在地，接着本人就身首异处了。

赵延顺就是再无知，也猜出这是田敏的本部静塞军了。这些大白马还是货币之战中从耶律休哥手中抢过来的，凶猛得很，赵延顺不敢硬扛，一边让其他人当炮灰，一边召集亲信没命的向来路回撤。

不料那些造反的壮丁都想拿他换赏钱，使劲地进行阻拦，策应田敏的攻势。赵延顺逃跑不是第一次了，他钻入自己人群中，脱下帅袍，扔掉惹眼的银盔，然后从一具尸体上扒下一身士兵的行头，就此浑水摸鱼总算是摆脱了纠缠。

被田敏这招擒贼擒王一搅和，叛军顿时群龙无首，原先想顽抗的也失去了斗志，举手投降。

这下问题来了，田敏一下子要收编几万归顺的壮丁和投降的叛军！而事实上，他的手下只有区区五千人，此时叛军成建制的归降，一下子让他吃不消了。无奈之下，田敏只得亲自上阵进行安顿。

这时，一个髯须飘飘、双目矍铄的五旬老者突然骑马赶来，冲着他高声道："你怎么还在这儿弄小鱼小虾？快去抓赵延顺呀，他才是大鱼！"

田敏别看在杨延昭面前一副混不吝的德行，但面对这位爷却十分老实，连连叫苦道："我的张咏老大人，您都看见了，我原本想砍死个一万人再收编，谁成想这些叛军银样镴枪头，呼啦一下全怂了，总得先把这几万人安置了吧。"

"真是没用！"

张咏打马来到阵前，大喝一声："都听好了，原先为民的脱下军服，向这边的文书报上姓名、原籍，领取川资归乡。原先为兵的，按神勇、神卫、神猛、神战四军向那边的文书报上姓名、军籍、军职，等候田将军重新编制安顿。"

然后张咏亲自指挥随行的两队文书干活,将这几万人有条不紊地接收下来。

田敏一瞅,果然是久居蜀中的老耗子,连叛军来自哪几支队伍都一清二楚。既然有人替他操这份心,那再好不过,他也不敢耽误,调转马头就直奔西门而去。

结果到了西门一看,城门好端端地关着,并无赵延顺的影子。

奇了怪了,这家伙往哪儿去了?田敏开动脑筋想了想,现在赵延顺兵败如山倒,人少得可怜,肯定得找一个自己最想不到,防御力量又最弱的城门突围。现在四面城门中自己最容易忽略的就是南门了,因为涪江决口,首先淹的就是那里,而且此刻那里还是一片泽国,防守力量最弱。

就是南门了!

田敏立即带人赶到南门,果然见到城楼正战作一团。他上前带人很快平定了来袭的叛军,一询问才知道赵延顺已借着绳子,从城墙上吊了下去,然后顺着江水游走了。

田敏望着滚滚的江水道:"果然是个逃跑高手!不过就算你能活着回到成都,恐怕只有替王均收尸的份了!"

第十一章

攻克成都

  杨延昭让随从取出一份圣旨,空白的,但已盖上了玉玺。然后他要来笔墨,抛弃了华而不实的骈文体,用再直白不过的语言写下了一道给张咏的简短任命书。

绵州大战的同时,杨延昭已带主力大迂回,从涪江上游狭窄处渡江,急行军悄悄赶到成都。

此时的成都与其叫芙蓉城,不如叫百花城。王均正按照大宋的后宫规制,将抢来的数百个民女按皇后、贵妃、惠妃、丽妃、华妃、九嫔等几个等级进行大肆分封。但是在具体人数上,王均却有自己的想法。比如按照惯例,贵妃一级只能有两名,王均觉得自己得比赵恒强,必须有四名。至于其他等级的嫔妃,也要一应翻倍。

后妃人数按照他的要求凑齐后,还要为之配齐数量不等的宫女,这样一来就把后宫给挤爆了。

王均一拍脑门,皇宫除了后宫区,不是还有前朝区嘛,这里也全给她们了。于是孟昶留下的整座皇宫都成了后宫。

老婆们安排完了,王均忽然发觉自己没地方住了。他找了一圈,只有与百官议政的太极殿闲着,便叫人把龙床搬了进去,在龙椅旁边用屏风隔了间卧室。

所谓上有所好,下必甚焉,自古如此。有了王均做榜样,他的那些枢密使、三司使、尚书们也都跟着照做,抓壮丁一般扩充起各自的妻室来。在这些政治暴发户的折腾下,成都城里鸡飞狗跳,一片狼藉。

不过这却给了杨延昭一个意外之喜,那就是叛军们放松了对周围的警惕,以至于大批官军悄悄进入成都地界,城中竟毫无察觉。

高琼、刘谦、上官勇都建议不如趁此良机杀进城去,灭了这狗屁不是的大蜀国。杨延昭却不同意,城中尚有三万新抓的壮丁和被扣为人质的家眷,这些人全是无辜的百姓,得先把他们救出来才行。

高琼表示反对:"咱们费尽心机突进到成都,不就是为了出其不意,打王均这厮个措手不及吗？要是先救人，我军必然暴露行踪，那还咋偷袭王均？"

上官勇也表示赞同："成都城中水网交错，且道路歪斜，我军进去时不易，退出时同样不易，怕是救人不成，反受其累。"

"你们说的都有道理，但是请问二位，我军平叛所为何物？"杨延昭反问道。

高琼说是为陛下分忧，上官勇说是为了天下安定。

"如果百姓家破人亡，谈何为陛下分忧？如果成都十室九空，谈何天下太平？"杨延昭目光逼视向二人。

二人皆是无以应对。

"你们记住，我等平叛也好，卫国也好，须时时以百姓为本！"

高琼还是不想白白错过战机，便问："就算是要救人，也不能搭上成百上千个兄弟的命吧？百姓的命是命，咱们的命也是命！"

"谁说救人就必须流血了？"

"难不成让老百姓自己跑出来？"高琼不解道。

杨延昭神秘地笑笑，"正是如此……"

每当看到杨延昭这种"笑里藏刀"的表情时，高琼就知道，接下来不是该自己人吃苦了，就是该敌人遭殃了。

当夜戌时时分，王均正在偌大的太极殿里做着新郎，突然有人不解风情地在大殿外大叫起来，说是有紧急军情。

王均骂骂咧咧地套上一件衣服，出门先把来人一脚踹倒在地，质问他有什么事非得赶这时候说。

来者是守卫宫门的军官，他委屈地指着身后说："有人偷袭万里桥门，守将请求支援！"

王均疾驰几步，果然见到南边有些许火光闪烁。他寻思了片刻，现在杨延昭正被赵爱卿困在绵州，难不成是杨怀忠那老小子活腻味了，又来送死？

这次决不能再放跑他了！

王均立即传令，调集城中一万精锐赶往城南，这次一定要活捉杨怀忠！

叛军们都没想到今夜会有战事，拖拖拉拉用了一个半时辰才陆续赶到城南。此时万里桥门已是一片火海。原来城外的官军采用火箭攻城，城楼和箭楼两处要塞堆满了王均赏赐的喜酒，结果酒助火势，把这两个地方烧成了木炭，并殃及了附近的兵营。

叛军一见这情势顿时精神起来，一边找水救火，一边上城头迎敌，忙得不亦乐乎。不料城外的官军见叛军援军赶来，反而攻得越发凶猛，神臂弩、诸葛弩一起上，射得叛军晕头转向。

正在睡回笼觉的王均得知后，索性令枢密使亲自上阵，再率两万精兵出西门，绕到城外官军背后，来个前后夹击。

就在枢密使一万个不情愿地领着人出西门、过锦江，浩浩荡荡杀奔城南的时候，城中的百姓已被这些动静弄得纷纷起身，聚集到街上，慌张地看着城南的冲天大火。

这时，突然大批的兵丁赶来，找到自己的父母姐妹，要他们跟着自己往北门跑。百姓们正以为做梦呢，一名自称马冲的官军将领出现，声称受平叛钦差、川峡二路节度使杨延昭之命，前来带领大家逃脱王均的魔掌。

经过这段时间的大战，马冲和剑舞的大名在百姓中已是如雷贯耳，加上自家子弟在侧，一家团聚，纷纷深信不疑，跟随马冲火速撤离。

事实上，百姓们谁都不认识马冲，只是从来者白袍玄甲的装束和身高五尺八寸的魁梧身形断定这是马冲。杨延昭正是利用这点，让十名剑舞冒充马

第十一章　攻克成都

冲分散到了城中各处，然后分成十路同时向太玄门进发，以提高撤离效率。

只用了半个时辰，十几万人全部赶到了太玄门。而太玄门在此之前，已被杨延昭白天派入城中的真正马冲率剑舞悄无声息地拿下。

此时杨延昭也现身太玄门，亲自指挥百姓们撤离。与此同时，散落在城中的一些铁杆叛军也终于把消息送到了皇宫。

王均第三次从被窝里爬了起来，一问不是报捷的，而是报告坏消息的，顿时火冒三丈。等他发完火了，却发现自己现在无兵可调，因为城中的精锐不是调去支援万里桥门，就是被枢密使带出了城去。

但他不能让姓杨的在眼皮底下占这么大个便宜，所以一面派人出城去叫回枢密使，一面叫来守卫皇宫的千人卫队，亲自带领前去追赶。

然而他还没迈出宫门，突然有人来报说解玉溪突然暴涨，大水已经冲上河岸，正向皇宫淹来！

这没雨没涝的，解玉溪怎么会涨……王均一拍脑门，不好！这解玉溪的水源来自城外的清远江，一定是杨延昭堵住了清远江干河，从而使解玉溪这条支河水量短时间内暴增。

解玉溪贯穿成都城东西，如此一来就会截断自己往北追击的道路！

王均气得直跺脚，又无可奈何，只得让侍卫们把宫中的一干贵妃、惠妃们都叫起来，先出宫去避避水再说。

孰料由于后妃和宫女加一起多达四五千人，他费了近半个时辰才把所有人都弄出去，解玉溪几乎是追着他的屁股冲进皇宫的。

同一时刻，杨延昭也在抓紧时间往城外疏散百姓。这十几万人想从太玄门顺利脱身，最大的难题是跨过被当作成都护城河的清远江。

原本清远江上只有一座吊桥，从这里疏散十几万人至少也要三四个时辰。

而叛军的枢密使正领着两万人在城外行动，一旦他得知这里的情况后掉头攻过来，那百姓们可就遭殃了。

好在杨延昭为了让解玉溪暴涨，提前截断了清远江，所以此时的河道里已经空空如也。牛冕指挥大军将白天收集来的干草一层一层铺在河道里，很快就让淤泥淤积的河道变成了通途。十几万百姓因此在半个时辰内就全部渡过了清远江，然后在张适的带领下，被安排到附近州县。

另一方面，叛军的枢密使领着两万人绕了一条远道，好不容易赶到了万里桥门的对面，却发现城外的官军早已消失得无影无踪。他大呼上当之际，王均的信使也赶到了，令他立即带人赶往北边的太玄门，务必消灭杨延昭和那些胆敢投敌的叛民！

枢密使领着两万人气喘吁吁地奔到太玄门外，最后一批百姓刚疏散走，还没撤离太远。他正欲指挥人马追上去大肆掩杀，负责殿后的刘谦和牛冕立即指挥雄威军与之对战。

虽然雄威军只有区区三千人，却全是刘谦的手下，砍胳膊技术十分过硬。交战不过一炷香的工夫，就把上百个叛军变成了残废。

枢密使一看这么下去太吃亏，旋即改变策略，留下五千人与刘谦对砍，其余人由他带领追击叛民。他带着人猛追了一里地，眼看就要追上，杨延昭突然出现，带着另一队雄威军予以猛击。

这伙雄威军虽然没有刘谦所部的"截肢"技术，但砍起人来丝毫不逊色。加上还有剑舞助阵，竟然杀得他节节后退。

就在这时，刘谦突然分兵一千人给牛冕，由后者带领从背后猛攻叛军，一万五千叛军顿时陷入了前后被夹的境地。虽然夹击他们的不过五千雄威军，但却被打得狼狈不堪。

叛军枢密使感觉雄威军似乎个个属虎的，明明属于一对三的劣势，攻击起来却只管向前，绝不后退。除了胆量过硬，他们的近战技术，准确地说是单挑技术也十分扎实，往往一个人对打两个人都毫不吃亏。

遇上这伙疯子，还是趁早脚底抹油的好。枢密使不敢恋战，指挥大军且战且退，与前面的五千人迅速汇合，然后向太玄门撤去。

杨延昭立即命马冲发射号炮，一道耀眼的烟火旋即直冲云霄。叛军枢密使不明所以，但猜想一定是另有所图，下令以最快的速度撤进城去。

结果他的人马步子还是慢了点，尾部的两千人还没跨过清远江，河道里突然涌来滔天的江水，将退路淹掉！

原来杨延昭念及高琼伤势未愈，就安排了他一个轻省但干系重大的任务，那就是截断清远江。刚才叛军要撤，他便用白色的号炮传信给高琼，让他撤去沙袋，放开清远江。但堵截江水的沙袋数量巨大，高琼骂破了嗓子，才算是拦住了最后的两千叛军。

这些叛军一面拼了命地向唯一的退路——吊桥涌去，一面大声向对岸求救。但枢密使好容易才逃出生天，哪儿还有心情来救他们。他命人以最快的速度收起吊桥，连带着把已经站上桥的士卒也晃进了江中。

这两千人顿时成了没人要的弃子，面对片刻便至的官军、见死不救的友军，他们之中有些人悲从心起，竟要投江自尽。

"都别跳！"杨延昭大声喝止道。

叛军们面面相觑，我们都跳河了你不更省心？

在举着火把的上官勇陪同下，杨延昭大步前行，直到叛军近前才止步。在他身后，官军队列中火把齐亮，军容威严；在他面前，叛军中火把寥寥，灰暗无比。以他为界，形如光明与黑暗的一条边界线。

"众位将士！"杨延昭第一句就消除了敌我之分，"可记得你们当初跟随赵延顺扯起反旗，所为何事？"

众人齐声高呼："为了讨还军饷，为了诛杀符衙内！"

"如今尔等占据成都，滥杀无辜，强抢民女，难道也是为了讨还军饷，替天行道？"杨延昭厉声反问。

众人皆是一脸羞愧，低头不语。

杨延昭继续训斥道："成都的百姓和你们的家人一样，日出而作，日落而息，拼死拼活凑足钱粮供养大宋的百万大军。他们都是你们的衣食父母，难道你们就是这样报答父母的吗？"

叛军中有人悲鸣道："大人别说了，我们追随王均作恶，虽非本意，但罪孽深重，已无法回头了！"

这时，上官勇怒道："都别说丧气话！我上官勇官职比你们大，还拿刀指过杨大人，如今不照样恢复军籍，带兵打仗吗？"

叛军中有一些人认识上官勇，他们往前挤了挤，确认了的确是本人没错，这才下跪，请求杨延昭指条明路。有了人带头，其他人也纷纷屈膝在地。

杨延昭等的就是这句话，他告诉这些人："不管杀多少叛军，终归死的是我大宋子民，所以不能再让咱们自己人流血了！即日起，我要你们都上阵前劝降，谁的办法好，有效果，我重重有赏！"

然后，杨延昭让熟悉叛军的上官勇将这两千人按原军籍登记造册，再重新编入新组建的定蜀营。

恢复了军籍只是第一步，随后杨延昭又拨出一部分度牒，补发众人所欠俸禄。不过由于他们投降的时间比较晚，又是被动归顺，所以欠饷只补了一半。

第十一章 攻克成都

但这对他们而言,已是莫大的惊喜了。第二天,天色刚亮,他们便纷纷来到成都城下,铆足了劲儿向城里喊话,劝同袍们赶紧归顺。他们甚至想出了许多花样,比如有人写劝降信投入金水河、解玉溪的源头,让信顺着水流流入城中。还有人放出风筝,上面写着大大的"速速归降,有钱有粮"。

如此几天下来,城中的叛军被搅得人心惶惶,不时有人顺着解玉溪水道游出城去,向官军投降。这些人中甚至包括王均任命的吏部尚书!

王均对此也是一筹莫展,每天只是躲在一群后妃当中宣泄,连下属的面都懒得见,好将坏消息拒之门外。

就在王均等死的时候,赵延顺于一个夜里从解玉溪的水道逆流而上,游进了城中。

他进城后第一件事就是找到王均,告诉他:"陛下,臣有一计,定叫杨延昭自行崩溃!"

* * *

王均自然不信,他现在皇宫成了积水潭,有家难回;领导班子各怀鬼胎,有人正盯着他的脑袋想送给杨延昭当见面礼;士兵们更是等着天黑,好偷偷出城摇身一变,做回官军。要说还有什么办法反败为胜,恐怕只有天上降下一道闪电,正好劈在杨延昭头上。

赵延顺听他发了半个时辰的牢骚,才出声道:"陛下似乎忘了一点,咱们手中还有整个川峡二路最大的粮仓!"

王均点点头,成都乃川峡二路的中心,建有最大的粮仓是很自然的事。但这和打败杨延昭有什么关系?

赵延顺眯着一双狭长的眼睛道:"陛下想呀,杨延昭是把那十几万泥腿子救走了,但眼下战乱已有数月,附近州县解决自身温饱尚且困难,哪有那么多粮食养活这么多张嘴呢？"

所以他的办法就是坚守城池，避战不出，跟杨延昭耗下去。用不了五天，那些饿肚子的泥腿子就会四处生事，没准还会发生民乱，让杨延昭腹背受敌。

王均苦笑一声，"恐怕用不了三天，我……朕的士兵自己就先乱了！"

"这有何难？重赏之下必有勇夫，陛下手里有的是美女、金银，分给他们便是。"

王均急了，女人也要分？好歹自己是一国之君，哪有与人共妻的道理？

赵延顺暗骂一句：都一城之主了，还把自己当皇帝？但嘴上却勉励他只要打败了杨延昭，川峡二路的所有蜀妹子还不都是您的！

"这……就照你说的办。"王均肉疼道。

当天，赵延顺就把剩余的两万多叛军召集起来，宣布威武元皇帝的"浩荡皇恩"：宫中之女，看上的尽可领走；宫中之财，想要的随便去取。

他还特别强调，这些只是"定金"，等打败了杨延昭，陛下将以今日十倍酬之！

士卒们一听，起初还只是怀疑和犹豫。但当赵延顺把一个貌美如花的华妃硬塞到一名前排士卒的怀中时，很多人终于心动了，纷纷扑向那些原本属于威武元皇帝的女人和珍宝。

当一辈子兵，为的不就是这些吗？好多人如此劝说自己重新死心塌地跟着王均顽抗到底。

另一方面，杨延昭判断经过连日的心理攻势，叛军一定军心大乱，正是破城的最佳时机。所以他命令城外的所有部队集结，准备夜里从北、东、西三个方向攻打成都。

当然，他也可以多等几天，没准叛军中谁急于立功，就会杀掉王均以图封赏。但正如赵延顺预料的那样,他等不起了。张适用尽了办法,也仅仅为救出来的百姓筹到三天的口粮,这其中还包括了一部分军粮。三天后如果还打不下成都,不仅这十几万百姓,就连自己都得饿肚子了。

还有更重要的一点,辽军已深入黄河沿岸,战事、河工消耗银钱无数,自己必须尽快解决蜀中战事。否则,辽军还没动手,大宋就会自己先垮掉。

晚上的战事事关重大,所以杨延昭亲自坐镇,指挥大军进攻。起初,三路大军顺利渡过清远江和锦江,攻抵城下。然后分别在刘谦、上官勇、牛冕指挥下,对三面城门发起冲锋。

然而,事先预计的兵败如山倒局面并未出现,叛军一改近几日的萎靡不振,发疯似的进行抗击。城头上滚木、礌石雪片般落下,给雄威军的攻势造成了不小的麻烦。双方激战了两个时辰,三路雄威军均毫无进展。

杨延昭一瞧情形不对,立即向三路大军下令撤退。

跟他一起坐镇中军的高琼急了,是这三个家伙太差劲儿了,让他们滚回来,老夫去!

杨延昭摇了摇头,"田敏飞鸽传书说赵延顺又一次逃脱了,我猜想定是这家伙潜回了城中,用计提振了叛军的士气。"

"他一个逃跑惯犯能有这么大能耐?"高琼不以为然道。

"高老将军难道忘了,你现在的一身伤正是拜他所赐!"

杨延昭将一直以来的猜测尽数吐露了出来:没有赵延顺,这次叛乱顶多是起官兵抢薪事件;没有赵延顺,上次围攻成都就不会以惨败收场;没有赵延顺,叛军就不会把咱们追到绵州。可以说叛乱成了现在这番局面,完全是他一手造成的,王均只不过是他的提线木偶而已!

高琼从来没深入考虑过这么复杂的问题,被杨延昭一点拨,不禁脊背发

凉——上次能从他的手里捡回一条命,还真是走运了。

"那我们下一步怎么办?"

杨延昭眉头微皱,"只能智取了……"

高琼一听"智取"二字,就知道这事跟他没关系了,因为动脑筋从来都是"食人羊"的专长。

当夜,杨延昭将兵马部署到成都城四面,分别由高琼、刘谦、上官勇、牛冕坐镇,然后如此这般交代一番。

子时时分,经过一番激战的城内叛军已是疲惫至极,除了一部分负责警卫外,其他人都聚集在各处城门附近的军营和衣睡下。本来他们以为官军碰了钉子,能老实一晚上,孰料梦中刚和周公打个照面,耳边就像惊雷似的一声炸响,惊得一个个不是噙着呼噜睁开眼,就是诈尸似的蹦起,乱成一团。

四面城门的叛军纷纷冲出城头一看,城下连一个官军的影子都没有,刚才明明听到一声号炮来着!

他们强忍着坚持了一刻钟,确实没见到官军来袭,便各自返回营房,继续睡觉。

过了半个时辰,等所有人都是鼾声大作时,耳边又是一声惊天的号炮声,生生把鼾声摁回到他们的口鼻中,将其一个个吵醒。这次的炮声比上一次更响,震得叛军个个耳鸣不已。

炮声这么大,应该是官军来袭无疑了!他们揉着耳朵冲上城头,却还是没见官军的影子。

逗我们玩儿是吧?叛军一个个骂起娘来。

连续两次的炮声惊动了赵延顺和王均,两人都是沙场老手,自然知道这是杨延昭的疲敌战术，便令三分之一的士卒坚守，另外三分之二的人都安心睡觉，没有自家的战鼓声绝不起床。

半个时辰后，果然又是一声震天动地的号炮过后，却没听过官军的一丁点动静。叛军们心说官军是玩不出新花样了，纷纷放心大胆地安睡起来。很快，城中各处皆是鼾声如雷，尽管官军的号炮还是会每隔半个时辰响起。

叛军们不知睡了多久，朦朦胧胧中只觉得全身出奇的冷。一些人以为是被子掉了，闭着眼睛就伸手去扯被子，却一巴掌拍进了水里，惊得他们一个激灵翻身起来，恍然发现已身处一片泽国之中！

一时间，各处兵营大呼小叫声与鼾声交杂在一起，十分热闹。不仅如此，就连前日刚刚把积水排到摩柯池的宫中也被大水漫过，害得王均把龙床当船漂流了好一阵，才算脱险。

此时不过寅时，天色尚黑，王均也搞不清楚大水的来源，只得赶到城中的制高点——城西北的武担山。他前脚刚到，赵延顺紧跟着也赶到了，两人一合计，当务之急是先弄清楚大水的来源，便派人四下打探，这才搞明白是贯穿城东西以及皇宫东西的金水河泛滥了。

这金水河和解玉溪一样，都是人工开凿，由城外的水源引入城内。换句话说，就是源头掌握在杨延昭的手中！

赵延顺不禁恨恨道："这姓杨的着实狡诈，用号炮迷惑我军，让咱们的人都疏于防范！"

他建议立即调动人马前去抢修被大水冲垮的五座桥梁，不然整个成都城就被金水河分割为南北两段了。

王均明白他的意思，这金水河偏城南。如果就此将成都一分为二，南边部分不过占城区面积的两三成，且把守士兵不多，很容易被攻破。到时杨延昭再截断城外的水源，便可长驱直入，拿下整个成都！

这是关乎生死的大事，他不敢含糊片刻，立即派三千人向金水河进发，赶去修桥堵水。

这些人又困又累，打着哈欠干了起来。孰料刚忙了半个时辰，解玉溪突然又水量大增，一下子冲断了河面上的一座木桥和两座石桥！

让王均和赵延顺恼火的是，解玉溪和金水河同为贯穿成都东西的人工河。如此一来，等于又把成都一分南北。此刻，整座成都已被分成北、中、南三部分，只要杨延昭愿意，他可以一块接一块地吃掉他们。

恼火归恼火，桥还是要修，王均只得再调三千人赶去解玉溪修桥。

由于水量大增，河面上升，这些修桥的叛军费了半天劲，连座简易的浮桥都搭不起来。赵延顺绞尽脑汁，让人把城里的游船找来一些，拖到水流平缓处，用绳索相连，这才勉强在两条河上各搭起一座临时桥。

桥刚刚建好，四面又是号炮声起。不过这次杨延昭玩真的，派高琼向万里桥门发起一轮猛攻。王均赶紧调人从仅有的一座桥上赶过去，结果因为桥面狭窄，几千人急着赶路，竟有不少人被挤入河中。

等这批援军湿漉漉地赶到时，官军已经停止了进攻，转而攻打城北的太玄门。领军之人正是杨延昭。

王均心说杨延昭亲自攻来，这次应是动真格的了。他赶紧把修桥的三千人调回，然后派赵延顺出马，与杨延昭对战。

杨延昭这次调来了上百架床弩，将大号的箭弩轮番射上城头，一开战就给赵延顺造成了不小的伤亡。赵延顺也不示弱，提刀冲上一线亲自督战，有敢怯敌者当场就是一刀。

就在赵延顺拼尽全力的时候，刘谦突然向大西门发起猛攻。进入大西门

第十一章 攻克成都

之后,就是被解玉溪和金水河夹在中间的那部分,一旦掌握在杨延昭手里,那叛军就将被彻底一分为二,首尾不得相顾!

但要命的是,叛军一部分被派去增援南边的万里桥门,一部分被王均带去了太玄门,正好中间这一部分力量空虚。

刘谦的攻势十分凶猛,他调集了数百架床弩竟然将大西门的门楼射塌,然后用装备有铁皮顶棚防护的撞车攻破城门,一举杀入城中。叛军此时又累又饿,哪里经得住酒足饭饱的官军打击,他们不是投降,就是被追得跳进大水中淹死。

仅仅用了一个时辰,刘谦就拿下了成都的"中区",将叛军一切两段!更重要的是,成都的几处粮仓都位于此处,这等于让叛军断了全部的后勤补给!

南边的叛军由王均任命的御史中丞统辖,他明白大势已去,遂率领全军向城门外的高琼投降。为了争取豁免,他还把一名王均的所谓"贵妃"交了出来。其他叛军也纷纷仿效,一下子竟然凑出半个后宫来。

高琼不顾有伤在身,抡起手中的拐杖就把御史中丞打翻在地,怒斥道:"这些女子都是被王均抢来的无辜百姓,拿她们的命来换你的命,不害臊!"

叛军吓得一个个磕头如捣蒜,差点儿没把地皮砸出坑来。

高琼也不糊涂,现在这些家伙刚投降,人心不稳,没必要逼他们太紧,所以便重申了杨延昭的政策——只诛首恶,不杀胁从。

这些人这才放下心来,随后纷纷献计献策,想要助朝廷早日活捉首恶王均和赵延顺。

马后炮……高琼都懒得听这些废话,傻子都明白,今天就是二人的末日!

刘谦拿下"中区"后,立即发射号炮通知杨延昭。由于在他攻进城的一刻，就已通知城外的部队配合，所以此时的解玉溪水量已经小了不少。他指挥人马迅速在断桥上搭好木板，然后从背后杀向最后一支叛军。

与此同时，杨延昭也顺利攻克了太玄门，与刘谦一北一南包抄叛军。叛军的大九卿、小九卿等一众高官纷纷扔掉兵器，向钦差大人投降。这一出百官出降的场面无意在向世人宣告——大蜀国行将灭亡。

杨延昭几乎不费吹灰之力，就与刘谦顺利会师，然后兵合一处，追击王均、赵延顺直至武担山。

此时，留在二人身边的已不足千人，全是追随王均多年的老部下。王均自知死到临头，不想拖累他们，遂躲进山上的芙蓉塔里，让赵延顺代为向杨延昭传话，希望宽容两刻钟，让他在塔中自裁，用自己一命换手下人的千条命。

赵延顺心有不甘地劝道："陛下您糊涂呀，这些士兵都是可靠之辈，保我们冲到太玄门绰绰有余！"

王均此时已卸下甲胄，正欲换上一身干净的龙袍，他怅然抚着袍上的龙头道："武担山从前是刘备称帝的地方，我在此升天，可谓一龙升，一龙陨，再合适不过了！"

"那你就甘心被杨延昭砍下脑袋，受传首京城之辱？"

王均注意到他没有口称"陛下"，口气更显悲凉："用我的人头换取将士们周全，死得其所，管他什么身后之辱。"

说完，他将龙袍套在身上，然后催促赵延顺快去找杨延昭谈判。赵延顺转身向他身后的塔门走去，就在擦肩而过时，突然伸出手臂环住他的脖子，陡然用力要置其于死地。

王均双手拼命掰住赵延顺的臂膀，想要挣脱，"你，你要干什么？"

第十一章 攻克成都

"送陛下你升天呀！"赵延顺另一只手捂住他的嘴，"你死了也好，我正好借你的脑袋一用！"

王均一边极力做着无谓的挣扎，一边眼珠子拼力转向眼角，想要寻到赵延顺此时的眼神，好在临死一刻记住这双背叛者的眼睛。

"你没资格怨恨我，不是我，你能当上这大蜀国的皇帝？"赵延顺此刻的眼神中写满了阴谋得逞的快感，"只可惜，你和你的这帮蠢材把我费尽心机策划的叛乱固守在了剑门关内。现在就拿你们的命补偿一下我，好断去赵恒的一条手臂！"

说完，他加大了臂力让王均"驾崩"。然后将一条腰带套上塔梁，把王均挂了上去，布置出后者自缢的假象。

检查了一下没有纰漏后，他将几个军官叫了进来，将威武元皇帝陛下甘愿自缢以保全众人的义举告知他们。这些人都是和王均一路摸爬滚打过来的生死弟兄，听完赵延顺的一番话，无不捶胸顿首。

赵延顺见时机成熟，便煽动道："陛下当初本可置身事外，却宁愿背叛朝廷，与我等一起起事。如今他甘愿为我等赴死，你们说此等恩情不报，我们还算个人吗？"

众人个个眼睛赤红，纷纷振臂高呼为王均报仇。

"好，等的就是你们这句话！我想了一个计策，可取杨延昭的性命……"

很快，组织围攻武担山的刘谦就接到了叛军的请降——首逆王均已经自杀，赵延顺也被众人捆了，只等向钦差大人献上。当然了，条件也是有的，希望官军能赦免众人性命。

刘谦闻听大喜，立即向杨延昭禀报。

杨延昭抚着下巴道："赵延顺还活着？"

以往的交手中无论遇上多么大的险境，赵延顺总是竭尽所能脱身，难道偏偏这次黔驴技穷，甘受众人绑缚？

他问身边的上官勇，这部分请降的部队原先哪部分的？上官勇想都没想，便告知是王均起家的老部队，用文官的话说就是"刎颈之交"的那种。

"有些蹊跷……"

杨延昭正思忖中，林特不知从哪儿冒了出来，一脸堆笑地向杨延昭道贺拿下成都，然后厚着脸皮要和他一起受降。

"我大宋原先的官军请降，又不是敌国的人受降，没兴趣，要去你去吧！"杨延昭意味阑珊道。

林特正求之不得，假装谦让了几句，就奔武担山山脚去了。这段时间一直被杨延昭压制着，现在总算可以扬眉吐气一次了，所以他带齐了全套的钦差仪仗，一路上敲敲打打，十分热闹。

此时武担山脚下叛军千把人伏拜在地，黑压压地跪了一大片。在他们队列的最前头，是一副担架，上面躺着王均裹着黄袍的尸体。旁边是五花大绑的赵延顺。

林特远远地透过轿帘望见这些叛匪，心里顿时有种手握生杀大权的快感，便叫仪仗队放开了嗓子喊"钦差到此，似朕亲临"。

然而在这威风凛凛的山呼声中，那一大片跪着的叛军突然暴起，撇开环于四周的刘谦所部，抽出藏在怀中的短剑、匕首径直向林特的仪仗冲来。林特正竖起耳朵享受着轿外的欢呼声，忽然就听外面杀声四起，不禁怒火中烧——谁这么大胆子，敢在本钦差面前喊打喊杀。

他气哼哼地叫停轿子，冲出来一看，顿时吓得转头就跑，因为几百号叛军正把钦差卫队砍得七荤八素。

第十一章 攻克成都

这伙叛军正在兴头上，忽然瞅见轿子里冲出来的是一身文官装束的人，个个丈二和尚起来——姓杨的呢？

为首的赵延顺认得林特，气得大呼上当。但他转念一想，杀了林特这个钦差，也够杨延昭吃不了兜着走的，遂将错就错指挥众人追击林特。林特穿着一身肥大的官袍，跑起来十分不便，没跑出二十步就被赵延顺追到近前。

赵延顺一把短剑在手，对准林特的后心就要扎去，突然一只利箭飞来，正中他的手腕！

"好你个赵延顺，死到临头，还敢使诈！"

不远处的杨延昭说完又是两箭，正中赵延顺的两条腿，痛得他一个趔趄栽倒在地。

林特可算是碰到救星了，飞速冲到杨延昭的马头前，大呼救命。杨延昭懒得理他，跳下马大步走向赵延顺。身后的马冲指挥剑舞将周围的叛军一阵横扫，配合紧追而至的刘谦所部围剿这伙叛军。

杨延昭来到赵延顺跟前，后者此时输招不输阵，倔强地跪直了身子，恨恨地瞪着杨延昭，手中还握着短剑不松手。

"姓杨的，你找林特来当替死鬼，算什么英雄？"

杨延昭一脚踢飞他最后的武器，拔剑指向他的咽喉，"用你家主子的尸体打掩护，行刺于我，又算什么英雄？不过一叛宋于先，叛王在后的反复小人！"

"我呸！王均这蠢货算什么东西，也配做我的主子！"

杨延昭剑眉一挑，问道："那谁才配做你的主子？"

"当然是英明无双的……"赵延顺突然将到嘴边的话生生咽了回去。

"英明无双的谁？"

"哼哼，反正不是赵恒！"赵延顺嘴硬道，"用不了多久，就会有人用你的项上人头祭奠我，哈哈……"

"是不是姓萧？"杨延昭手腕微微用力，长剑离赵延顺的脖子又近了一分。

赵延顺脖子不缩反进，杨延昭想要抽剑已来不及，一股鲜血猛地喷洒了出来，染红了半个剑身。

赵延顺的身体无力地摔倒在地上，一边往外吐着最后的生气，一边用尽力气挤出一丝戏谑的表情——你猜……

我迟早会知道的！杨延昭最后瞥了一眼这个连月来的真正对手，嘱咐马冲将他的尸体仔细搜一下。

很快，仅剩的一点叛军不是被杀，就是被俘，肆虐川峡二路的叛乱终于得以平息。对此最高兴的人不是杨延昭等一干将领，反而是林特。

林特当天便命手下将西川路转运使府衙收拾干净，并四处下发请帖，晚上准备以钦差的名义宴请平叛有功将领和各州县长官，以恣庆功。这其中也包括同为钦差的杨延昭。

请帖送来的时候，杨延昭正和众将商议安置俘虏的事。高琼等人一见请帖，气得嗷嗷直叫，林特这办的哪里是庆功宴，分明是欢送宴，欢送完成平叛任务的杨大人离开蜀中，由他接下来主持大局。

众人纷纷表示没空，马冲还质问来人城内尚有解玉溪和金水河的积水未疏，城外尚有十几万百姓未返，请问你家大人如何打算？

杨延昭却一反常态，训斥众人实在无理，钦差的面子怎么可以驳？晚宴他一定会去，在场的人也必须去。

高琼等人没辙，只好憋着一肚子牢骚按时赶转运使府。林特一见杨延昭

第十一章 攻克成都

的手下还挺知趣，更觉脸上有光，为他们安排了上好的位置。

按说部下们都准时到了，杨延昭也应该准时的，但林特定好的开席时间都过了半个时辰，杨延昭还是迟迟未到，让他好没面子。林特只能拿下人们出气，训斥他们一趟又一趟地去看看节帅大人到哪儿了。

如此又过了半个时辰，一袭戎装的杨延昭才终于露面。

林特只好强作笑颜和众人到府门前相迎，然后假惺惺地询问他是不是遇上什么紧急军务了。杨延昭微笑着说是等候一位刚刚赶到成都的朝廷要员，所以才来迟了。

林特纳闷了，有朝廷要员来成都，自己堂堂钦差怎么一点风声都没听到？赶忙问是哪位大人。

杨延昭朝身后一指："就是您的老相识乖崖公！"

张咏？！林特有些意外，他不是刚到绵州吗？

只见杨延昭身后还有一顶轿子，这时轿夫掀开轿帘，髯须飘飘的张咏打里面出来。与身着便装赴宴的众人不同，他一身绯红的官服格外显眼。

"众位大人都到了，请恕在下刚从绵州赶来，有失远迎。"张咏朝众人拱手赔礼道。

来赴宴的人都蒙了，今天下请帖的不是林特吗？怎么张咏更像是主人。

林特也是一脸尴尬，好在他宦海沉浮多年，旋即满脸堆笑，准备上前客套几句。

孰料张咏一瞅见他，便道："林小鬼你也来了，大家都别站着了，赶紧进去吧！"

说完，张咏很有主人翁意识地与杨延昭并排，一边与张适、杨怀忠等老部下寒暄，一边径直走进了府门。他年前还在这里任职，对府中自然再熟悉不过，领着众人便回到宴会大厅，然后在林特刚刚坐过的主位上落座。

杨延昭也不客气，紧挨着张咏右手位坐下，仿佛彩排好的一样，十分自然。

林特正气得一脸通红，想要发作，张咏忽然朝他摆手，示意他坐到自己的左手位。

"张咏！"林特终于憋不住了，"你这是作甚？"

张咏笑笑道："当然是备下一点薄酒，为你和杨节帅饯行！"

众人一听都成了丈二和尚，杨延昭要走我们知道，林计相怎么也要走？

"你这是从何说起！"林特强压怒火道，"本官可是权西川路转运使，尚要在此主持蜀中大局！"

杨延昭冷冷道："那是老黄历了，现在乖崖公才是新任的判西川路、峡路转运使！"

权只是临时的差遣，判却是实实在在的差遣任命，张咏一下子就比林特这位前任高出许多。

林特没见到圣旨，认定这是二人在戏弄他，恼羞成怒道："杨延昭你假传圣旨，戏弄本钦差，是想步王均后尘吗？"

杨延昭这才揭秘道："多日前，陛下降旨要我一月之内平定蜀乱，我答应了，但同时提了个条件——一旦我按时或提前完成，朝廷就要改任乖崖公为川峡二路转运使，且差遣一定得是'判'或'知'！"

说着，杨延昭让随从取出一份圣旨，空白的，但已盖上了玉玺。然后他要来笔墨，抛弃了华而不实的骈文体，用再直白不过的语言写下了一道给张咏的简短任命书。

林特和在场的人都看呆了，当官这么多年，还头一次见到现场写圣旨的！

但林特久在中枢,一见圣旨的轴是黑犀牛角做的,还有玉玺的印文、所盖位置均毫无偏差,便知晓这是货真价实的了。

张适、杨怀忠等人正担心杨延昭走后,林特为了完成税收将蜀中刮层皮,没想到张咏老大人复任蜀中一把手,不免喜形于色,纷纷向张咏道贺。

张咏却转而向林特道谢,谢谢他替自己准备了上好的席面,还把该请的人提前请到了,真是太善解人意了。林特心里那个气呀,但自己身为代理计相,面子要紧,只好借着张咏的台阶若无其事地与众人推杯换盏。结果喝了个酩酊大醉,被好心的张咏留宿转运使府一夜。

第二天天刚蒙蒙亮,杨延昭便起身来到张咏府门前,向其辞行。

张咏不愧是出了名的急性子,催促道:"还道个什么别,大名府都火烧眉毛了,官家比什么时候都需要你!"

杨延昭苦笑道:"不急这一时,我来此是想让乖崖公看看这个。"

说着,他从怀中掏出一张纸,上面拓有粗线条的一头牛和一头马。

张咏拿过来仔细看了看,"这不是辽国的青牛白马图腾吗?"

"正是,这个文身是在赵延顺的尸体上发现的!"

张咏面露骇色:"如果赵延顺是辽国潜藏于我大宋的细作,那么这次蜀乱岂不是与萧燕燕有关!"

联想到现在辽军大兵压境,与此遥相呼应,不免让张咏头皮发冷。

杨延昭回忆道:"昨日赵延顺临死前怒斥王均不争气,没有把战火烧出川峡二路,想来他们的计划应该远不止于目前我们所看到的。"

张咏点点头,他之前查过赵延顺的军籍档案。此人出生于蜀中的黎州,打小从军,追随王均多年,从哪一条看都是不折不扣的大宋人。但眼前的这条信息彻底推翻了档案中的一切,这意味着此人打一生下来就在大宋,一辈子都在执行潜伏任务。这么长的时间里，他能干的事远远不止这场叛乱！

再进一步推论，如果他这样的潜伏细作不止一个，那么这些人多少年来所部下的将是怎样的一个大局？

"后面的事就交给乖崖公了，前线十万火急，延昭先行一步了。"杨延昭拜别道。

张咏拱手道："放心去吧，蜀中的善后事宜我已有了想法，不日便会上奏朝廷，担保从此再无大乱！"

第十二章
局中之局

曾几何时，柴家高贵为君，赵家屈膝为臣。虽然今日时移世易，但柴映雪骨子里的皇家血脉至今仍在沸腾。

就在赵恒为辽国的铁林军焦头烂额时，汴梁忽然传来噩耗——宰相李至病逝！紧接着，首相李沆也毫无征兆地病倒了，朝廷中枢的担子一下全落到了副相吕蒙正和见习宰相毕士安身上。

吕蒙正和毕士安皆是正直有余，运筹帷幄不足，面对一个泱泱大国，尤其是天灾人祸肆虐中的泱泱大国，颇感吃力。

更重要的是，赵恒不在京城，李沆便是百官和百姓的主心骨。他的突然病倒，无疑让京城乃至全国的人心都慌乱起来。

对此，大柴郡主建议赵恒"心病还得心药医"，既然问题是人心不安引起的，那就打一场胜仗，给百官和百姓吃一颗定心丸。

赵恒亦是被接连不断的火灾、水灾、战事搞得苦不堪言，早已是久旱盼甘露，所以便将王继忠、杨嗣等人招来宫中，一起商议大破铁林军的办法。

王继忠吃铁林军的亏最多，自然也最有发言权。

"铁林军是骑兵，微臣这段时间以来一直在骑兵战术上想对策，结果用尽了办法，也没有一条奏效。"说到这里王继忠表情有些发苦，"原因无他，皆是因为我朝虽地大物博，却无一处产良马，骑兵一直是我军的软肋！"

"爱卿说的朕自然明白，那你的新对策是？"赵恒更想听到解决方案。

"放弃骑兵对攻，想办法让辽军来主动进攻，我军以步兵和弓弩大阵克之！"

"铁林军不是刀枪不入吗？"

"铁林军有重甲在身，一般的弓弩自是无法重创，不过床弩至少合三张以上大弓之力，定能穿透其战甲！"

赵恒点点头，但床弩体型笨重，移动不便，只能适合伏击战或阵地战。战术有了，那么用什么计策诱敌人彀呢？

第十二章 局中之局

王继忠所套用的计策是三十六计中的第十七计——抛砖引玉,即假意调集寇准修河禁军的一部分驰援大名府,引诱辽军半路截击。然后事先安排好的伏兵用床弩大阵射杀,一举破敌。

赵恒挑刺道:"一路上可截击的地点颇多,如何知道辽军会选哪里出手?"

王继忠请求来到赵恒近前,指着连日来一直摊在御案上的地图道:"就是这里,马桥镇!"

他分析马桥镇有一处天然隘口,两面大山耸立,狭窄的隘道内却是地势平坦,便于骑兵纵横。如果骑兵正面相遇,非常有利于势强的一方冲杀。

赵恒觉得有道理,转而询问一直没说话的杨嗣意见。

杨嗣始终觉得对付骑兵最好的办法还是骑兵,现在蜀乱已平,等田敏的静塞军一到,二者同为重甲骑兵,完全可与铁林军一战。

王继忠摇头道:"静塞军固然有宝马良驹,但其中精华不过区区一千匹白马。反观铁林军,其建制至少也在五千人马!"

"静塞军的数量是少一些,但这些马匹是耶律休哥耗费多年心血培育而出,又有杨延昭、田敏的潜心锤炼,绝对有一战之力。"

杨嗣坚持己见还有一层原因,那就是利用此战达到震慑辽军的目的。辽军以骑兵为主,如果将其最精锐的骑兵击败,那么其整体士气必然受挫!对于达成大宋以战息战的战略目标是有益的。

赵恒觉得双方说得都有理,但静塞军远在蜀中,出蜀的道路多为山路。即便出了蜀,还要跨越永兴军路、京西北路、京畿路、京东西路五个一级行政区才能到达大名府。这些路程对一个人还好说,八百里加急,换马不换人,至多不过三天的事。但对一支军队而言,又要携带粮草辎重,又不能中途换马,最少也要十天半月才能赶到。

眼下的战场瞬息万变，谁知道十天后大名府姓赵还是姓耶律。思来想去，赵恒最终同意了王继忠的方案，同时下令让杨延昭所部加快步伐出蜀。

当杨嗣带着圣旨送到治河的工地时，寇准正在临时搭建的帐篷中与国大山讨论东阿决口的收尾方案。共事多日来，寇准大小事宜已毫不避讳国大山，便请杨嗣当场宣读圣旨。

圣旨的字数虽然多达三百，但核心内容就一句话——调集万名禁军由杨嗣统领火速赶往大名府，作为诱饵吸引铁林军来攻。

圣旨刚刚念完，国大山的暴脾气就爆发了。现在黄河沿岸各州县都忙着赶工，一下抽调这么多人延误了工期怎么办？

寇准只得好言宽慰："只是去充当一下诱饵，仗一打完就回来了，前后顶多耽误六天时间。"

寇准好说歹说，总算是勉强说通了国老爹，随后便安排禁军调动之事。

此次调动名为增援，实为请君入瓮，所以戏份一定要做足。寇准混迹政坛多年，这点功夫还是有的。

他一方面大张旗鼓从各处工地抽掉了三万禁军，配齐粮草，命令他们休整半日，明天一早出发。另一方面向各州县下发告示，征集三万工匠，填补禁军走后的空缺。

暗地里他与杨嗣商定：三万人走到半道，立即分两万人原路返回，其余一万人交由杨嗣率领赶到马桥镇，参与王继忠的歼敌大战。

在明面上的大举造势下，这支援兵还未出发，消息就传遍了半个河北东路。又有大将杨嗣统领，更加让人深信不疑。

第二天，杨嗣便领着三万大军浩浩荡荡出发。另一方面，王继忠也提前赶到了马桥镇，将三百多架床弩沿隘口两边的山峰布好，确保铁林军一旦进

第十二章 局中之局

入，连一匹马都甭想跑掉。

又过了一天，杨嗣带着一万大军经过急行军，终于进入了马桥镇地界。同时，大名府方向的斥候也送来消息，辽军的铁林军果然离开大营，直奔马桥镇而来。王继忠好不兴奋，下令所有弓弩手就位，准备好好"伺候"下铁林军。

孰料等了大半天，杨嗣的人马都进入隘口了，铁林军还未出现。王继忠只得通知杨嗣放慢脚步，用蜗牛般的速度前行，结果半个时辰的路程走了整整五个时辰还没出来！就在杨嗣和他都快要疯掉的时候，斥候突然来报——铁林军绕道远程奔袭，猛攻那两万返回修河工地的大军，斩杀近八千人，然后正折回杀向隘口而来！

王继忠蒙了，现在杨嗣的人马被夹于整条隘口之中，进不得，也退不得，这不成了待宰的羔羊？

杨嗣索性豁出一条命，下令大军后部向隘口内且战且退，尽量将铁林军引至床弩大阵的最佳射程内，与其同归于尽！

然而铁林军又一次出乎了他们的预料，卸下重甲，竟然向山上的王继忠攻来。王继忠立即看出了对方的企图——夺取床弩！

制造一架床弩耗时长，且核心部件作为最高军事机密一直不为人所知。辽军以前缴获了一些也无法复制，只能想尽办法在战场上缴获。这次一定又是故伎重演。

情急之下，他只得一边带兵迎战，一边赶紧将床弩推下山隘，就地销毁。铁林军的近战格斗技能丝毫不逊于马上功夫，王继忠在付出了重大代价后才脱离了战场。

一天之内，宋军的伤亡超过了万人。

萧太后得势不饶人，第二天将康红玉在内的五百多名宋军俘虏押于大名府城下，限赵恒半个时辰出城一战，否则就砍下所有俘虏的人头！

赵恒知道后急得团团转，王继忠、杨嗣两员大将刚刚新败一场，全军士气低落，出战的结果只能是增添新的伤亡。但不出战，全城的军民都将眼睁睁看着康红玉等人被屠杀，不仅赵恒的颜面尽失，还将彻底印证大宋战胜辽国无望！

这是一道无论怎么选，都将送命的考题，赵恒望着萧燕燕的方向叹气道。

这时，内侍忽然来报：殿外王继忠和杨嗣二位将军求见，请求准许出战，如果不能救回康红玉，甘愿战死城下。

赵恒手中的良将不多，自然不愿二人战死，便走出大殿劝二人不要鲁莽。

杨嗣慨然道："文死谏，武死战，倘若国家亡了，臣还活着，那么这就是臣最大的不忠！"

王继忠也是情绪激昂道："臣的夙愿是马革裹尸，不是平安终老，请陛下成全！"

赵恒虽然为二人的忠心所感动，但理智告诉他现在不是讲忠心的时候，因为百官和百姓更需要信心。

就在战与不战悬而未决的时候，柴映雪那道娉婷秀雅的身影突然出现在了君臣三人面前。和上次大名府被围时一样，她今日又是一袭绢布甲在身。

"皇兄，二位将军，你们都别争了，就由我来带兵出战吧。"

赵恒知道郡主久居敌国，为了生存心智早已异于常人，但听到她这么说还是有些不能接受。

"映雪你别胡闹，这是生死大事！"

"更是军国大事！我怎么会胡闹？"柴映雪不为所动道，"我一非男儿身，

第十二章 局中之局

二未身兼军职,所以就算败了,也不伤士气。"

"那也不行!"赵恒一挥袖子,"你们柴家为大宋已流血太多,朕说什么也不会同意。"

"柴家并非为了大宋流血!"柴映雪用无比孤傲的眼神看着赵恒,"妹妹也好,我也罢,只是为了中原百姓免遭涂炭。"

曾几何时,柴家高贵为君,赵家屈膝为臣。虽然今日时移世易,但柴映雪骨子里的皇家血脉至今仍在沸腾。

面对这份与生俱来的高贵,赵恒尴尬地选择了眼盲——因为即位之初,他在太庙见到太祖爷所立碑文中的"不得亏待柴氏后代"时,已经立誓谨遵祖训,否则人神共弃。

"如果非要出战也行,王卿家和杨卿家你随便挑一位,他们定会保你周全。"赵恒退一步道。

柴映雪摇了摇头,"我能否救回康红玉尚未可知,再搭上他们其中一位,到头来伤的还是我军士气。我带尹继伦便足矣。"

赵恒明白,尹继伦官阶不高,又非此战的统兵大员,作为她的保镖最合适不过。但为了郡主的安全,他还是为其配备了万人大军随扈。

* * *

城外的萧燕燕已命耶律斜轸将五十名刀斧手排成一列,将第一批准备砍头的俘虏押在阵前,只要时辰一到,立刻行刑。

康红玉原本强烈要求将她算入第一批人中,但被萧燕燕所拒——俘虏中这位前北线统帅的女儿最有分量,一定要放在最后处决,要不后面就没看头了!

然而就在行刑时刻将至的一炷香前,大名府城的北河门突然大开,一队宋军浩浩荡荡冲杀了出来。萧燕燕正猜测统兵的是王继忠还是杨嗣时，却看到了柴映雪那杨柳般的纤弱身姿。

萧燕燕不禁仰天大笑道："南朝难道没男人了吗？派一个弱女子来破朕的铁林军。"

她身后的五千铁林军和其他各部大军也是放声大笑，同时纷纷磨刀霍霍，准备将这支送上门来的宋军尽数消灭。

柴映雪一边纵马向前，一边回敬道："太后，你们北朝不也是您一个女子领兵陷阵吗？由我来对阵，难道委屈了您不成？"

萧燕燕抬起马鞭指了指在阳光下仿佛一堵铁墙般，闪着耀眼银光的铁林军，提醒道："你是在我辽境长大的，铁林军战斗力如何，你应该清楚！"

其实，她一直想把这位拥有皇族血统的郡主嫁给次子梁王，然而天不遂人愿。

"兵法云'知己知彼，百战不殆'，正因为我很熟悉，所以大宋之内最有资格应战的便是我！"柴映雪毫不领情道。

"既然如此，那我就给你一次机会，每隔一炷香，我会杀五十个俘虏。想救他们，你可得抓紧了。"

萧燕燕朝身后一挥手，那堵闪烁着腾腾杀气的"铁墙"便迎了上去。

柴映雪朝身边的尹继伦一使眼色，后者从腰间的五把刀抽出两把，喊了一声"杀啊"就冲了过去。

对面的铁林军虽然也是对冲，但数千匹马像是被一根缰绳牵着，在疾驰过程中也是笔直如剑。反观尹继伦的人马早已乱如箭矢，不顾一切地涌向"铁墙"。

两军刚一交手，高下就分了出来。铁林军一刀砍去，宋军必死无疑，反之却像砍在石头上，毫发无伤。

宋军中唯一例外的是尹继伦，他腰间的五把刀皆是亲手锻造磨制，有的适合剔骨，有的适合断筋。敌人即使重甲在身，也能被他如庖丁解牛一般，砍得血肉横飞。一番对攻下来，黑乎乎的他竟然像根钉子一般突入"铁墙"之中。

就在尹继伦杀得正酣时，身后和城头上的宋军皆大呼起来——就在刚刚，一炷香时间已到，第一批五十名宋军俘虏人头落地，猩红的鲜血刹那间喷染了大地！

虽然刑场近在眼前，但萧燕燕脸上毫无异色。

"映雪，你想救人可要抓紧了。"

言罢，第二批五十名俘虏立即被押到行刑位。城头的赵恒看得脸皮直跳，世上竟有这种杀人不眨眼的女人？

柴映雪明白，萧燕燕并非嗜杀，而是在打心理战——我在大宋的土地上随意杀人，你大宋的皇帝、郡主、将领皆是无可奈何，究竟谁才是这片土地的主人？

试想，这件事传到全国各地，大宋必亡的谣言还会有人怀疑吗？

但柴映雪也有自己的打算，她见尹继伦所部已经牢牢吸引了铁林军的全部火力，便领着另外三千兵马突然冲向萧燕燕和耶律斜轸所在的中军位置。

萧燕燕起初也有些意外，不过很快便定下心来——这小妮子手无缚鸡之力，派一猛将即可擒获。她瞟了眼身后的大将萧柳，后者立即会意，点齐五千兵马迎了上去。

萧柳虽非运筹帷幄的帅才，却是一等一的将才，冲锋陷阵最是擅长。匆忙应战间，竟能迅速布出五虎群狼阵，反攻过去。

然而迎接他的不是高深的天地三才阵或者七星北斗阵，而是一群亡命徒——以柴映雪为首，所有人竟然将双腿用绳子牢牢拴在马腹上，这意味着他们要么战死，要么把敌人杀死，绝无逃命可能！

饶是萧柳这般久经沙场的老手，也被柴映雪的决绝吓得不轻。双方刚一交手，他的五虎群狼阵就被冲得节节后退，一时竟无还手之力。

看着柴映雪挥剑如风的英姿，萧燕燕竟有些许的欣慰，当初这小妮子的剑法还是她让耶律休哥等人教的。

不过，这些都不重要了，既然她选择了做敌人，那就送她一个轰轰烈烈的死法。

萧燕燕传令铁林军的后队转前队，反向从背后包抄柴映雪，与萧柳一前一后夹击。

萧柳在短暂的被动之后，也渐渐稳住了阵脚，与柴映雪形成僵持之势，而调头的铁林军则一点点从后面进行蚕食。双方两下一配合，柴映雪所部就变成了待宰的羔羊。

尹继伦看到大柴郡主被围，拼了命地想要赶去救援，但与其纠缠的那部分铁林军虽然人数减少，却坚硬如前，一个人都别想冲破他们的阵列。

柴映雪面对越缩越小的包围圈，知道该是使出三年前杨延昭在瀛州城下用过的那招了。

她转头看向身后的一众军卒，决然道："将士们，用我们的血来点燃大宋的怒火吧！"

说完，她第一个挥剑斩断马尾。坐骑疼痛难忍，发疯似的向前冲去。其他人也纷纷照做，宋军的战马瞬间像是天马附体一样，没命地冲击萧柳的大军。

第十二章　局中之局

萧柳本想稳住阵脚，但宋军的马比投石机投出的石砲还凶猛，一排接一排撞击而来。他的人被撞之下必然落马，但柴映雪的人都被绳子绑得牢牢的，怎么撞也脱离不了马背。在如此猛烈的攻击下，他的人马伤亡直线上升。

萧柳尚未想出应对之策，本人就在宋军连续不断的"马弹"突袭下，陷入了柴映雪的重围。

"萧将军，今日我柴映雪必战死于此，我的命就由你来偿了！"柴映雪指挥士卒围了上去。

萧柳这才明白，原来大柴郡主本来就是求死的，所缺的只是一件证明宋人勇气的陪葬品。她一弱女子若能围杀辽国大将，即便今日败了，那么宋人也必然为她的勇气和胆识所鼓舞。

"郡主想要在下这条命，那就试试有没有这个能耐！"

说完，萧柳挥舞宝剑迎了上去。他的臂力一向惊人，柴映雪的人不是被他砍断了兵刃，就是被一拳击中马头，连人带马翻倒在地。

柴映雪知道留给自己的时间不多，为了早点干掉萧柳，她不顾一切带头冲了上去。孰料萧柳如杨延昭的父亲杨无敌一样，身受多处创伤已如血人一般，竟能把自己砍得连连后退。

就在这时，萧柳的部众终于靠着弩箭开路冲破了阻拦，赶到了他身边。萧柳顾不得一身伤口，立即指挥反扑。铁林军此时也变换成五虎群狼阵，加快了蚕食速度。

由于包围圈的缩小，柴映雪所部人马的冲撞空间被进一步挤压，效力大打折扣，逐渐陷入了被动挨打的境地。

"郡主投降吧，你并非将帅之才，但能拼战至此让萧某敬佩。我愿向太后求情，免你一死。"萧柳发自真心地劝道。

柴映雪断然拒绝："我的命是我自己的，生由我做主，死也由我做主！"

说完，她挥剑将仅剩的一截马尾斩断，猛地向萧柳直冲过来。萧柳挥手驱散了周遭的士卒，然后拔剑相迎——自己能为这位奇女子所做的，就是一个体面的死法。

然而就在两人剑锋相触的一刻，包围圈一侧的铁林军突然出现了戏剧性的一幕——原本阵型巍然的战马突然像撒出去的豆子一样，争先恐后地向西边奔去，任凭背上的辽军士兵怎么打骂，也停不下来。

萧柳主动撤剑，退出和柴映雪的对战中，好搞清楚是出了什么变故。他侧头往铁林军战马狂奔的方向看去，竟然发现了一支新的宋军队伍。领头的旗手高擎的一面红色大旗分外耀眼，上书三个大字——静塞军！

是田敏？！萧柳迅速想到了那个脑袋总是鲜花不离的家伙。

就在他走神的时候，尹继伦不知从哪儿冒了出来，火急火燎地冲到柴映雪身边，像铁塔一般横于她的面前。

"姓萧的，敢伤郡主，吃洒家一刀！"

萧柳知道"黑脸大王"的厉害，双手握剑奋力一挥，与尹继伦的杀猪刀碰在一起。虽然他的臂力不小，但还是被震得连人带马后退好几步。

柴映雪见到静塞军赶来，知道铁林军猖狂的日子要到头了，便打消了拼命的计划，遂拦住尹继伦，低语要他去救康红玉等人。尹继伦心领神会，先是挥舞着杀猪刀护送柴映雪脱离了与萧柳的战斗，将其安然送回北河门下，然后带领一支轻骑兵重新杀向辽军。

田敏这边将静塞军的前队一字排开，啥也没做，就像磁铁一般把铁林军的战马吸了过来。等它们狂奔到不足三十步远时，他一声令下，静塞军军卒纷纷亮出诸葛弩，对准手忙脚乱的铁林军齐射。

第十二章 局中之局

铁林军一时招架不住,纷纷中箭。虽然他们的甲胄厚实,但由于距离太近,还是有一部分弩箭穿透了他们的甲片,加上诸葛弩的连射式打击,之前刀枪不入的铁林军终于出现了伤亡。

铁林军的指挥官是耶律休哥的三子耶律道士奴,他八岁起就被父亲传授骑射,自小在马堆里长大,对马匹的习性最为熟悉。随着距离静塞军越来越近,他闻到一股熟悉的味道——给马用的发情草药!

很显然,田敏这厮是摆了一出"美马计",弄来清一色的母马,马身上涂抹了大量的发情草药,这才把我军的战马给吸引了过来。

不过好在两年前的货币之战中,他的妹妹耶律兰吃过一次同样的亏。有了前车之鉴,他来中原之前便预备了一种草药泥,可以有效抑制战马的"性趣"。

耶律道士奴一边指挥前队的铁林军不顾一切,正面冲击静塞军的母马阵,搅乱田敏的阵形;一边下令所有人从马背上的军用袋里取出膏药状的草药泥,塞进各自战马的鼻孔里。

前队的铁林军接到命令后,从想尽办法让马转向转为纵马前行,毫无惧色地向前迎冲上去。借着甲胄的坚韧,不少人在被射成刺猬后依然不倒,终于冲到了静塞军近前。

田敏似乎也被铁林军的顽强劲儿震慑到了,出人意料地带头避战后撤。

此时大部分铁林军已经把草药泥涂在了马鼻上,效果很快显现,战马又变得听话起来。耶律道士奴便指挥铁林军奋起直追,誓将这伙儿只会旁门左道的所谓王牌一举歼灭。

铁林军自恃天下第一,哪里容得下这世上还有一支重甲骑兵。他们一边追击,一边以惊人的速度重组为"铁墙",死死咬住静塞军不放。

就这样追逐了一炷香时间，奇怪的是田敏的静塞军近在眼前，铁林军却怎么也追不上。就在耶律道士奴下令卸掉部分战马的甲胄，好减轻负重加快速度时，左右两翼突然各冲出一支静塞军，以锯齿阵形冲杀过来。

这时，前面的田敏也忽然掉头，用诸葛弩招呼正在动手给战马卸甲的铁林军士卒。

田敏还不忘向耶律道士奴夸耀："这是晶爷所创的骑兵情侣阵第一式——英雄救美！"

耶律道士奴忽然想起来，父亲曾提过这家伙确实鼓捣出个"英雄救美"阵，就是将这些平日里混在一起的公马和母马分开，开战时置于阵形中央的母马先诱敌深入，使敌军陷入月牙形的半包围中。然后利用两翼的公马急于救这些母马的冲劲，任其玩命地攻出，如此形成双面冲杀。

不过耶律道士奴自恃铁林军从无败绩，不惊反喜，从容指挥全军迎战。

孰料两军刚一接战，铁林军坚不可摧的"铁墙"就被冲得四处漏风，静塞军的"锯齿"竟然轻易刺入其中！

原因除了战马实力相当，甲胄也是一个原因。耶律道士奴原本以为对方的重甲不过是徒有其表，等他的钢刀砍在上面时才发现，其坚韧度比自己的甲胄有过之而无不及。

不过铁林军在甲胄上也不吃亏，双方的战斗力不分伯仲，可谓你能伤我，我也能创你。耶律道士奴不由放下心来，这静塞军的精良战马不过一千匹而已，不及自己的五分之一，反吞掉静塞军只不过是时间问题！

但他低估了田敏的"旁门左道"。

田敏在将"锯齿"深入铁林军之中后，改纵向进攻为横向冲杀，将两边的"锯条"像锯木头一样扯动起来。铁林军就算是铁打的一块，也经不住两头铁锯齐下,遂被一点点蚕食掉不少人马。

始料未及的耶律道士奴见阵形上讨不到任何便宜,再恋战下去只会徒增伤亡,果断下令全军分成八股队列,分散撤退。为了确保这支帝国的精锐少一些损失,他本人留下亲自殿后,直到七股队列安然撤离后,他才指挥最后一股铁林军撤出战斗。

"不愧是耶律休哥的儿子,你且留好性命,晶爷下次要亲手来取!"田敏高声下战书道。

耶律道士奴撂下一句"我等着",然后领兵向萧燕燕的中军奔去。

田敏也迅速收拢阵形,经北河门进入大名府城。一入城门,他就撞见了尹继伦,后者刚刚从辽军手里救出了康红玉,此刻也是刚刚回来。

两人一打照面,尹继伦就嗔怪道:"你小子咋才回来?不知道老子这儿火烧眉毛了!"

田敏嘿嘿笑道:"你这大黑脸,肯定是打娘胎里就烧过的,不在乎多烧这一回。"

康红玉受过往怒怼田敏的惯性使然,替尹继伦辩解道:"你脸白有啥用?今天多亏了尹大哥这张黑脸,当年耶律休哥被他砍伤后曾告诫全军,遇上黑脸大王当避之。刚才他去救我,辽军个个被吓得屁滚尿流,你行吗?"

田敏正要怼回去,这时赵恒在柴映雪和一众武将的簇拥下,浩浩荡荡向他们行来。

田敏和二人赶紧下马,伏拜在地,向赵恒行君臣大礼。

赵恒快步来到田敏身前,弯腰将他扶起,眼中满是激动地看着这张白得不像话的脸。

"你就是田卿家呀!朕要好好地赏你,今日如果不是爱卿神兵天将,还不知那铁林军要横行到几时。"

田敏一改往日的不羁,自谦道:"陛下过誉了,尹大人和诸位将军连月来护跸大名府,他们才是扬我军威的国之砥柱。"

赵恒这才发现尹继伦和一身伤痕的康红玉还跪在地上,赶紧上前,亲自将二人扶起身来,然后重点对康红玉好言宽慰一番。康红玉只想为父报仇,多杀辽国人,便主动请缨让赵恒给安排任务。赵恒拗不过她,就让她先归到杨嗣麾下。

然后他又转向田敏,询问一个困扰了好半天的问题:"田卿家,算行程你从蜀中赶到这里至少还要七八天,如何今日便到了?"

田敏如实回禀,当日在绵州击败赵延顺之后,杨延昭便命他星夜兼程出蜀,驰援大名府。

"原来如此,杨爱卿真是忠君体国!"赵恒感怀道。

"杨大人也在赶来大名府的路上。"田敏补奏道。

赵恒听着既高兴又有些失落,杨延昭刚刚收复成都,恐怕赶来还需要些时日。随后,他下旨田敏今日稍事休息,明日以其为前锋,向辽军发起全面反击。

"臣启陛下,如果改在后日,臣获胜的把握更大!"田敏突然奏道。

赵恒好奇:"这却是为何?"

田敏神秘兮兮道:"此乃机密,陛下信我便是。"

"真是没规矩,对陛下也敢这般遮遮掩掩!"王继忠训斥道。

田敏却说啥也不吐露半个字。

赵恒只得摆了摆手,"罢了罢了,田爱卿只管放手去干便是。"

"陛下您就瞧好吧!"田敏一脸胜券在握状。

第十二章 局中之局

* * *

辽军的中军大帐里，萧燕燕也正和耶律斜轸、萧柳等人讨论着目前突变的局势。

自从新岁伊始，耶律斜轸一直被旧疾所困，常常咳血，所以几次御前会议他都开口很少。于是耶律道士奴作为今天的首要责任人，首先伏拜于地，向太后陛下叩头认罪。

听着道士奴的自责声，萧燕燕心中不免发出了和百年后辽国行将灭亡时，满朝文武同样的惆怅——要是于越大人在就好了！

于越是辽国特有的官位，无品无级，无具体职事，却崇高无比。原因无他，这是一个十分大的荣誉职务，大至极也，所以无品。辽国二百多年的历史上，有幸担任此职务者一共十人，但真正成为这一荣誉职务代名词的，唯有耶律道士奴的爹耶律休哥一人。

耶律休哥智勇无双，但他的儿子耶律高九正直重义，却稍逊智谋；耶律道士奴有勇有谋，却过于谨慎，关键时不敢拼力一搏。他们都是可用之才，却并非可倚重之才，因为没有一个完整继承老爹的天赋！

"够了！"萧燕燕打断道，"朕不想听什么臣该死、臣有罪，朕想听的是包在臣身上！"

一听这话，包括萧柳在内，都是赶紧跪倒在地，自觉无用。

唯一安坐不动的耶律斜轸用被病痛折磨得已变沙哑的声音劝慰道："太后莫忧，只要再需三日，'水德星君'工程就可以完成。到时赵恒就是有十支静塞军，也照样得给他陪葬！"

一口气说了这么多话，像是长跑了一圈似的，让耶律斜轸不停地喘起来。

萧燕燕勉强点了点头，"如果囚牛最初的计划得到不折不扣的执行，朕现在便已君临汴梁了！也罢，谁让有杨延昭这颗六郎星下凡，专坏我大辽的好事……你们倒是说说这几天中我军当如何抵挡静塞军。"

耶律道士奴自打撤回大营就在想这事儿，就等着萧燕燕发问。

"依臣愚见，田敏之所以费尽心机搞什么'英雄救美阵'，无非是精兵有限，无法正大光明地与我铁林军一对一拼杀。"

萧燕燕和耶律斜轸皆是微微点头。

受到鼓舞的耶律道士奴继续道："我军不妨来个以逸待劳，将铁林军按千人一队分成五队，明日轮番与其对战，不信累不死田敏那厮！"

萧柳等人一听，都觉得此计可行。

萧燕燕却不住地摇头道："此计不过是灭敌三千，自损八百，而且还不一定能全歼静塞军！"

耶律斜轸也深表赞同："陛下圣明，我们唯有一战全歼静塞军，才能彻底浇灭南朝的最后一丝希望。"

萧燕燕回望了一眼这个难得的知己，"韩隐（耶律斜轸字）所言甚是，囚牛前面铺垫了那么多'岁在庚子，女主代之'的戏份，朕不能辜负了他！"

她略微沉吟了片刻，吩咐耶律道士奴："宋军来攻的话，你这么办……"

耶律道士奴听完，心说这哪是什么打战的兵法，分明是打架的套路。不过他也不得不承认，这招比他的办法更一劳永逸。

"明日朕去'水德星君'工地巡视，就由韩隐你挂帅，迎击他们吧。"

耶律斜轸在侍从的搀扶下起身，给萧燕燕行礼领命。

一天后，宋军以静塞军为前锋，王继忠所部为中军，出北河门向辽军大营攻来。辽军也在耶律斜轸的率领下，派出五万人出营应战。

两军像是约定好的，分别派出各自的王牌静塞军与铁林军对战。北河门

第十二章 局中之局

的城楼上,赵恒支起明黄色的华盖,拿出全套的皇帝仪仗,想要见证这扬眉吐气的一刻。

"胜败在此一举,田爱卿你可不要辜负朕望呀!"赵恒祈祷道。

为了给静塞军鼓舞士气,他亲自在城头上击鼓,向田敏下达进攻的号令。

田敏心中也是暗暗立下决心:畾爷以前是全军身高上的兵样,今天起就是打仗上的兵样!

他抽出宝剑,大喊一声"冲呀",然后带头领着组成五虎群狼阵的静塞军向铁林军冲去。耶律道士奴也不示弱,长剑一挥,带着铁林军迎面而来。

五虎群狼阵的妙处在于将阵形摆成一个剑刃形,利用骑兵的快速冲锋,一举刺入敌军,如利剑一般破膛开肚。静塞军马匹雄健,所以田敏有信心将此阵法的威力发挥到极致。

双方一交火,静塞军就长驱直入,冲破铁林军的层层阵列,不消一炷香时间就将其一劈两半。

赵恒在城头上看得真切,忍不住叫了一声"好"。不料,一旁观战的柴映雪却轻呼一声"不妙"。赵恒正欲询问缘故,这时铁林军忽然变换阵形,一分为四,以四个月牙分阵将静塞军围在中间——事实上,他更想摆的是分成六瓣的六花阵,但太后不通阵法,就让他用东西南北四个阵列摆成个包围圈。

耶律道士奴指着一脸发蒙的田敏道:"你们南朝人不是爱吃馄饨嘛,今天我就拿你的静塞军包馄饨吃!"

"我呸,你个牛鼻子老道,摆个四不像阵就想消灭畾爷,做梦去吧!"田敏毫不示弱道。

耶律道士奴不再废话,随着他的手臂挥下,东西两个月牙阵向前聚拢为剑刃状，如同两把剑刺向静塞军。

田敏见东西两翼挨打，赶紧指挥南北两翼分头进行策应。孰料刚刚取得点效果，铁林军剩余的两个月牙阵忽然也聚拢为剑刃状，从南北两个方向同时迫近，让静塞军顾此失彼，陷入四面被打的险境。

更可恶的是，这四把"剑刃"在耶律道士奴的调度下，如同一道嗜血的机关，轮番转动从不同方向刺来。静塞军本来人数就少，在这种损招下更是疲于应付，毫无还手之力。

赵恒在城头上看得真真切切，静塞军已经陷入了数倍于己的铁林军包围之中。虽然有良马和重甲还能帮着支撑一些时间，但这两样铁林军同样也有，被其吃掉只是或早或晚的问题罢了。

朕决不允许静塞军有失！赵恒急忙叫来人，令其向王继忠下旨，立即出兵救出静塞军，并且罕见地下了死命令——即便拼上全军的性命也在所不惜！

"皇兄不如再等等，"柴映雪忽然阻止道，"前日田敏既然信誓旦旦保证过，一定有他的后招。"

赵恒现在把国家的希望全押在了静塞军身上，哪里听得进去。

就在这时，静塞军中突然传出一声暴喝——六郎在此，辽寇莫狂！

此时耶律道士奴正为胜券在握而得意中，忽然听到"六郎"二字，脸色为之一变——杨六郎？！

他瞪大眼睛往静塞军中一瞅，果然见到一袭银色山文甲的杨延昭立马横剑于阵中，背后一杆红色的"杨"字帅旗正抖落开来，十分抢眼。

赵恒和一众将领也是一头雾水，杨延昭不是还得七八天才能赶回来吗？

杨延昭一亮相，立即接过静塞军的指挥权，将阵形重新调整为五虎群狼

第十二章 局中之局

阵。然后像一位剑术大师似的，将这锋利的"剑刃"阵形刺入铁林军两个"剑刃"相衔的薄弱处，静塞军"剑刃"的顶点处正是杨延昭本人和身着静塞军军服的剑舞！

杨延昭和马冲他们挥舞着锋利的宝剑，切豆腐一般将剑之所及的铁林军杀得人仰马翻。有了这些用在剑刃上的好钢带头，静塞军也是个个如狼似虎，合力将五虎群狼阵锻造成一柄稀世利刃，把这招"旋风霹雳斩"挥舞得如风如雷。

在静塞军良马的速度与剑舞的剑术合体攻击下，铁林军的阵形转瞬间就被静塞军断开。更让耶律道士奴气恼的是，这"旋风霹雳斩"与铁林军的大阵旋转方向同向，等于从背后攻击，追着铁林军的屁股砍。

耶律道士奴曾想把阵形调整为六花阵或是雁翔阵，但杨延昭带领下的静塞军进击速度太快，根本不给他喘息的机会。无力回天的情况下，他只得让原本为尾部的人马调整为头部，快速撤出战斗。

见到铁林军吃亏，耶律斜轸立刻派萧柳率大军赶去支援。王继忠也是反应神速，指挥麾下的禁军相向而行。

有了杨延昭和静塞军的鼓舞，宋军士气大振，将这段时间来的憋屈全部发泄出来，狠狠与之对战。但耶律斜轸只想救出铁林军，不想此时决战，所以等耶律道士奴的人都安全后，便立即鸣金收兵。

辽军在萧柳和耶律道士奴的合力指挥下，军容严整，秩序井然，王继忠自知难以占到便宜，便见好就收，也下令收兵。

事后王继忠派人收拾战场上的铁林军尸首，共得五百余，这让赵恒心情大好，下令将其铠甲、战马传示京城，以提振士气。

当天回到宫中，赵恒立即在视政殿单独召见杨延昭，赐宴为其接风。一杯酒刚下肚，赵恒就迫不及待地询问杨延昭是如何"飞"到大名府的。

原来杨延昭拜别张咏后，和剑舞采用了八百里加急的行军方式，在沿途驿站换马不换人，几乎是不眠不休地赶路，终于在昨天半夜赶到了大名府城。不过为了保密，他并未声张，直接进了静塞军的军营。

"真是难为你了！"赵恒说着端起酒杯敬向杨延昭。

杨延昭举起酒杯，却是代表天下万民，"陛下也瘦了。"

赵恒一饮而尽，面露疲色道："朕是瘦了，可天下并没有变肥！"

日日操劳换来的却是天灾人祸、民不聊生，赵恒深感失职。

"恐怕现在最瘦的就是蜀中了！"杨延昭替川峡二路的百姓叫苦道，"那里刚遭遇了叛乱，百废待兴，许多百姓家破人亡尚无处安身，但朝廷的夏税、科配眼看就要接踵而至，他们才是真正的难为之人！"

赵恒闻言放下了酒杯，"不瞒爱卿，朝廷现在已快成无米之炊之势，也只能先紧着他们一些了。"

杨延昭便将他在川峡二路的所见所闻一一道出来，赵恒也是时至今日才知道那里的人竟然为了筹到足够的铜钱纳税，竟然沦为盗墓贼大行偷坟掘墓之事。

赵恒沉吟了一会儿，跟杨延昭交底道："如果萧燕燕半月之内还不退兵，仅河工一项就能把我大宋的财政拖垮！"

现在虽说东阿县的决口封堵在即，但黄河水势不减反增，沿岸州县多处堪忧，河工一刻都不能停。

"半月……"杨延昭咬了咬嘴唇，"这样吧，臣保证十天之内让萧燕燕撤兵，陛下可否免去蜀中百姓今岁的全部科配？"

第十二章 局中之局

"只要十天?!"赵恒又惊又喜,"延昭你有几成的把握?"

"七成。"

只有七成吗……赵恒拜杨延昭屡创奇迹的过往所赐,以为他会说九成。

第十三章

百年细作

　　老夫与黄河为友半生，早已心意相通，多少年来一直为我所用。今日老夫就要执河为剑，斩尽这些胆敢自命不凡想要驯服黄河的蚍蜉！

离大名府不远的郓州东阿县决口，寇准正站在一处工程用土堆积出的土坡上，目不转睛地注视着决口中间的合龙门一幕。

按照国大山的解释，合龙门的原理很简单，就是在堵截后收窄的决口中间的留口——龙门口安放做好的王八埽，这样决口便可彻底堵上。

虽然听起来像是搭积木，但国大山赶造出的王八埽一共有六十步长，重达数百万斤，全靠人力一层层安放。决口处水流湍急，王八埽却必须一次性安放到底，否则就会功亏一篑。

事实上这是东阿县决口的第二次合龙门。就在五天之前，第一次合龙门因为合龙缆绳断裂，把王八埽冲得四分五裂而导致了失败。幸好国大山经验丰富，为以防万一，提前在下游安排了人手，及时将冲散的埽全部拦住。

事后国大山也是拼了老命，连续改工出一个新方案——分段合龙！即把王八埽拆成三段，每段二十步，三段之间用绳索相连。具体施工时，先安放第一段，因为只有短短的二十步宽，龙门口的空间绰绰有余，一次性安放到底十分容易。然后再依次放下另外两段，如此龙门便可顺利合龙。

阎承翰听他说得天花乱坠，就问老前辈以前用这种方法成功过几次？谁知国大山一盆冷水浇下——从没用过，如果用在眼前的东阿县，那就是史上第一次。

判都水监大人当下就犹豫了，他私下去找一群老河工，询问新方案的可行性，结果被轮番浇冷水——龙口现有六十步宽，你用二十步的埽去堵，不被黄河冲跑才怪！

阎承翰便叫上众老河工去找寇准，让他劝阻国大山，否则这项耗费数十万贯的王八埽一旦被冲毁，那可就罪过大了。

寇准却力排众议，坚决支持国大山，并向所有民夫、工匠和禁军许诺：

合龙成功后，所有人放假三天，每人赏钱一贯！

此时此刻，国大山正镇定自若地指挥着众人安放第一段王八埽，民夫一边喊着整齐的号子，一边一点点松着缆绳，将王八埽放入龙门口之中。埽顺利沉底后，民夫立即往上面加倒土料，然后加放五花骑马桩将埽牢牢地压入河底。

寇准表面上古井不波，心里却不免紧张。按照老河工们的说法，现在龙门口缩短为四十步宽，水流势必会变急，第一段埽如果撑不住，与之绳索相连的后两段埽就将被一起卷走！

然而老河工们的担心最终没有成为现实，第一段埽在民夫们的加固下岿然不动。

寇准长长吐出一口气，姜果然还是老的辣，不，蠚的辣！

耄耋之年的国大山却不以为意，继续指挥民夫按部就班，一点点安放第二、第三段埽。如此耗费了整整一天的时间，到了掌灯时分总算是完工了。

望着终于归于河道正流的黄河，寇准赶到国大山所在的正坝上，询问其故。

国大山先是嘲笑了一番那些所谓的老河工，然后解释道：第一段埽放下去之后，虽然不能截断水流，但有前面的拦水坝和左右两道正坝阻拦分流，与之合力必然让水势减弱一半。所以安放第二段埽，只需一半的力道。到了第三段，几乎相当于在平地施工，焉有不事半功倍之理？

寇准听得心悦诚服，代表两岸百姓对其躬身三拜。国大山也不客气，慨然受之。

经过一天的鏖战，即便只是动了动眼睛的寇准，这时也支持不住了，向所有人简单道了一声"辛苦"，然后安排妥饭食酒肉后，回帐篷倒头就睡。

很快，钦命治河大臣大人的呼噜声就盖过了黄河的波涛声，响彻天地。

众民夫、禁军酒足饭饱后，借着酒劲亦是纷纷鼾声四起。好多人甚至抱着酒坛子就在工地上呼呼大睡起来。自打开工至今，这还是他们吃的第一顿踏实饭，睡的第一个安稳觉。

在众人鼾声大作的时候，有一个人却是例外，他就是此次封堵决口的首功之臣国大山。

老爷子不忍打扰帐篷外酣睡中的护卫，轻手轻脚走出帐篷。门外，他从自家府中带来的八位随从早已等候多时。

"走吧，随我到龙门口。"

随从们默然听从安排，搀扶着老爷子穿过随处倒地而睡的民夫和士卒，一路轻步赶到了龙门口的金门上。

这个位置居高临下，往前俯瞰是桀骜不驯的黄河，向后俯视是刚刚驯服黄河的数万民夫与禁军。

在银色的月光下，国大山银色的须发迎着河面上阵阵的凉风随意飘散。

"你们说，是人定胜天，还是天定胜人？"

随从中一个管家模样的恭敬道："当然是天定胜人，这些蚍蜉想撼黄河，不自量力。"

国大山仰天大笑，指着滚滚黄河道："错，是人定胜天！黄河数千年来桀骜难驯，不曾屈服一人，知道为何？那是因为中原之人自以为是，不肯屈尊去通河性，明河理，与黄河为友！"

随从们闻听皆是躬身道："先生英明！"

国大山身朝黄河，目视苍穹，仿佛这一刻他成了天下的主宰。

"老夫与黄河为友半生，早已心意相通，多少年来一直为我所用。今日老夫就要执河为剑，斩尽这些胆敢自命不凡想要驯服黄河的蚍蜉！"

说完，他那干枯如柴的大手一挥，随从们便心领神会，跑到拴着第三段埽的缆绳处一起用力。结果他们刚一使劲儿，缆绳便断成两截，拴着埽的那截扑通一下掉进了河中。

"笨蛋！"国大山见状怒骂道，"你们不是昨天检查过了？"

随从们皆是两眼发蒙，慌忙解释昨天确实检查过不下三遍，绳索都是牛筋编制而成，不会有问题的。

"大山先生，你错怪他们了，这绳索是刚刚半个时辰前，我让人锯断的！"

国大山一听暗叫不好，疾走几步望向金门之下——寇准不知从哪儿冒了出来，脸上还分明写着"你的狐狸尾巴终于露出来了"。

"你竟然没睡？"

寇准嘿嘿笑道："卧榻之侧有豺狼，如何敢睡去？"

"这话老朽就听不懂了！我国大山担心合龙埽的安全，带人来检查一番，怎么就成豺狼了？"

寇准审案子喜欢直来直去，便直言："我早就派人检查过图纸，你设计的第三段埽留有一个暗门，与前两段中的暗道相通，一旦打开就会泄水而入，毁掉整个封好的大坝！"

国大山面色古井不波道："东阿县不过一县城，郓州州城才是重中之重。老朽留这个暗门不过为了防止有朝一日水势过大，威胁到州城，以作开坝让东阿县做缓冲之用。"

"那你为何趁所有民夫和士卒酣睡之时，偷偷来打开这暗门？"寇准一指身后数万熟睡的人，"难道你不知暗门一旦打开，他们就将无一幸免！"

"老朽说了，只是检查，并无开启暗门的想法。"

寇准嘿嘿一笑，指着国大山身后的一个胖乎乎的随从道："且听听他怎么说。"

胖随从向前大跨几步，将国大山如何设计暗门，又如何打算水淹寇准及数万修河大军的丑行一一揭露出来。

国大山的脸色终于变得难看起来，指着胖随从道："你，你不是萧燕燕派来的亲信吗？为什么要吃里爬外？"

寇准哂笑一声，"都说萧太后算无遗策，但她偏偏没料到她的好姐夫，屡败屡叛的宋王耶律喜隐在她身边安插了一些眼线。"

"耶律喜隐……"国大山恨不能将这个名字咬碎。

辽国自开国皇帝耶律阿保机时起，宗室子弟抱着以前部落首领轮流坐庄的传统不放，就总是举着"皇帝轮流做"的大旗造反。所以宗室叛乱一直困扰着历代辽国皇帝。

"怎么样，豺狼先生你还有什么话说？"寇准叱问道。

"豺狼？哼哼，你可知道老夫是谁？"国大山声如洪钟，仿佛要把大坝震破。

寇准没有直接回答，而是吟起了一首不甚高明的诗："小山压大山，大山全无力。羞见故乡人，从此投外国。"

"你……你怎么知道这首诗？"国大山面色微不可察地闪过一丝惊骇。

一向视"诗奴"贾岛为偶像的寇准脸上赫然刻着"这也叫诗"。

"此诗的作者是辽国现任皇帝的曾祖父，曾经的太子，差一点成为辽国第二任皇帝的耶律倍所作，我说得没错吧？"

国大山的眼中忽然涌上了无限感怀，半天才道："没错。"

"如果我猜得没错，阁下就是这耶律倍的儿子！"

面对寇准滚烫的目光，国大山仰天大笑道："何以见得？"

寇准却答非所问："这只是你的一个身份——如今已无关紧要的身份，我想你现在最重要的身份应是囚牛才对！"

国大山不置可否。

寇准继续道："辽国百官只知萧太后安插有一细作，代号囚牛，几十年来搅得我大宋鸡犬不宁，立下赫赫功勋，却不知此人姓甚名谁，年庚几何，祖籍何处。"

"赵宋生于不仁，陈桥兵变背主篡位，何须什么囚牛，天自灭之！"

"难道你叔叔辽太宗耶律德光入侵中原，大肆杀戮，就是仁义之举？"寇准厉声反诘。

国大山没有任何征兆地突然暴怒道："他是蠢材，四十三年前入主汴梁，却嫌中原炎热难挨，竟放弃大好的河山，举兵返辽！"

寇准对国大山口出"蠢材"并不意外，皇位本就是耶律倍的，却被二弟耶律德光夺走，被迫出逃中原。那首狗屁不通的歪诗也正是他离开家乡时，无限感伤的应景之作。

"好吧，我们还是继续谈谈囚牛。"寇准像一个侦探，背着手自顾自地推理道："囚牛者，龙生九子之长。辽太祖生有三子，除去继承皇位的次子耶律德光和被流放的三子耶律李胡，便是长子耶律倍，也就是国大山你的父亲，我说得没错吧？"

"仅凭囚牛二字，你如何得知囚牛便是暗示耶律倍？德光那蠢材也有长子的。"

"传说中的龙之子囚牛喜好音乐，耶律德光的儿子全是好酒好杀之辈。"

寇准说着目光看向了国大山，"而耶律倍仰慕中原文化，自小精通音律，好诗善文，与囚牛何其相像。我猜囚牛这个代号怕是你自己取的吧？"

国大山反问："就算老夫是囚牛，可为什么一定是耶律倍的儿子？"

"耶律倍生于一百零一年前，你如今耄耋之年，照此推算，当是其子才对！"

寇准猜测，耶律倍出逃中原时，仓皇间留下了长子，也就是后来的辽世宗耶律阮，一定还带着其他子女。这其中就包括国大山。

"寇准，你只说对了一半！辽国人人只道囚牛，却只有我那孙媳妇萧燕燕知道朕的真实身份。"国大山整了整衣服，挺胸俯视寇准，"你听好了，朕不是什么耶律倍之子，朕就是大辽让国皇帝——耶律倍！"

寇准不免心中一惊，这老家伙竟然是他！虽然寇准之前存过一丝这种猜测，但扳着指头一算，国大山如果活到今日就是一百零一岁的老妖怪了，这才打消了此"荒诞"的猜想。

这时，几个随从听说"国大山"说自己是耶律倍，竟全都扑通跪倒在地，向这位萧太后都要叫声爷爷的老祖宗磕头行礼。

敢情耶律倍对身边的人都一直瞒着身份！

"所以你才改姓'国'？"

耶律倍点点头，"虽然朕没当过一天皇帝，但如今大辽已重归朕的子嗣，朕即国家，姓'国'有何不可？"

"放着子孙的供养不享，却赖在我大宋兴风作浪，为祸一方，你可真是子孙的好表率！"寇准斥道。

耶律倍抚着胡须放声大笑道："哈哈哈，是你们中原人不争气罢了！七十多年前我踏足中原时，后唐末帝李从珂就与石敬瑭不和，才使得我大辽有可乘之机打下汴梁，夺得燕云十六州。所以德光那蠢材要撤走时，我便假死留了下来，要为我的子孙创造条件，再次入主中原！"

"这么说，曹彬、吕端、呼延赞等诸位大人的蹊跷离世，东京的大火，以及大宋亡国的预言都是你所为了？"

耶律倍得意地摇了摇头，"小娃娃，你太小看朕了，川峡二路的叛乱，还有眼前的洪水也都是朕的杰作！"

虽然耶律倍的话印证了寇准此前大部分的猜测，但是当他亲口承认时，还是让寇准大为惊骇。

起初寇准暗中查访太医院时，发现无论是太医，他们开的药方，还是所用的药材都毫无问题。直到他无意中得知太医院去岁刚刚更换了一批新的药锅，经过仔细检查，他才发现其中五只专为大臣赐药用的药锅被虎狼草浸泡过。因为只是浸泡，毒性大大降低，不足以立即致命，所以不易被发现。几位被赐药的大臣年老体虚，加之所赐药量不下一副，便纷纷中招。

发现了这个马脚，寇准便推断出与重臣中毒前后脚的东京大火、被调包的天书都是人力所为。因为东京大火的源头广陵王府与皇宫近在咫尺，宫女王翠英个人的纵火行为看似巧合，但站在整个大火的全局和着火的时机，就太巧合了。

果然在寇准欲擒故纵，宣布处决王翠英结案后，经过一番暗访，终于查清她的情夫所欠高利贷，是被一个手下经营着多家赌坊、青楼的恶霸所设计。到后来吕端两个儿子欠债不还的事情弄得满城风雨时，寇准竟然发现他们的债主竟是那恶霸一处地下钱庄的管事。

那时正值杨延昭上奏要严惩符衙内，却因为此事涉及吕端的儿子，最终被一并降温处理。寇准通过与杨延昭互通来信，便猜测川峡二路叛乱亦是大宋必亡这个预言中的一环。

然而，让他和杨延昭泄气的是，无论是那恶霸，还是蜀乱的罪魁赵延顺、王钦若的幕僚王肃，皆是出生在中原，长大在中原，查遍母族、父族与子族，均与辽国无任何瓜葛，彼此之间也无任何来往。

但如果由耶律倍来操纵这一切，那么以他百岁的高龄和他逃奔中原至今七十年的漫长时光，可谓是心有余且力充足！

寇准尽力显得一脸平静，揣测性地问道："赵延顺、王肃是你的孙子，还是曾孙？"

"哦？"耶律倍正视了一眼寇准，"你竟能想到他们是我的子嗣？"

寇准淡淡一笑，"说来也巧，三年前我赴辽境谈判，曾在耶律斜轸的府上做过客。在宴厅之中见过一幅画像，画中之人鼻梁奇长，正如阁下这般。奇怪的是，画像中人并无黄袍加身，却与令尊、令郎并列。我心存好奇便询问耶律斜轸，他道这便是当今皇上的曾祖父，也就是耶律倍你！"

寇准那日见到国大山之后，便觉得他与耶律倍有些相像。但查阅国大山的档案，只能查到大宋立国之时，之前的一无所获。不过，他却是见过王肃本人和赵延顺的画像的，二人皆是鼻梁奇长，又同样在给大宋制造麻烦，不由得他不怀疑到耶律倍身上。

"没错，他们的确是我的孙子和曾孙，其父是我用其他身份与中原女子分别生下。"耶律倍的目光由正视转为欣赏，"你心细如尘，见微知著，果然是赵光义留下的肱股之臣！不过你这般忠心于行将作古的大宋，又是何必？"

"我大宋眼下虽然遇到点困难，但文有直臣，武有悍将，何来亡国之忧？"

耶律倍十分肯定地告诉寇准:"亡不亡国不是你们臣子说了算的,也不是天子说了算的,而是这黄河!"

"只可惜黄河之患已被你亲手治愈,这也是我之所以直到今天才揭穿你的原因。"

寇准为了将计就计,一边表面上对耶律倍言听计从,一边暗中将他的每一份图纸都临摹一份,让都水监的精干之人排查。结果得到的反馈是他设计的方案十分严谨,除了王八埽中的暗门。

耶律倍终于恢复了睥睨的目光,"朕是堵上了决口,但你知道为何贵朝自立国之日起,就水患不断吗?告诉你,这全是朕的功劳,现在黄河如朕手中之剑,只听命于朕!"

原来王景大坝经过唐末与五代十国长达近百年的懈怠,河道淤积严重,黄河改向南流已是势不可挡。但耶律倍却在赵光义时提出了引黄河之水北流,灌注水长城塘泺的建议。赵光义当时连遭高梁河战役、雍熙北伐两次大败,正意欲全面转入防御。然而大宋北部边疆一马平川,无险可守,辽国骑兵想来就来,想走就走,全国上下皆是束手无策。

耶律倍的建议无疑是一场及时雨,让赵光义找到了阻挡辽国南下的办法。从此,黄河就从一条漕运、水利之河变成了大宋的护城河,赵光义举全国之力要把她留在北方,为赵家的江山站岗。

"没有赵宋、李唐之前,黄河便已存在亿万年,岂能被你们这些蚍蜉之辈所驱使?"耶律倍从根到尾缓缓捋着胡须,仿佛在抚着整条黄河,"所以黄河本性向南,尔等逆鳞北驱,焉不被河患所扰!"

寇准不禁脊背发凉,几十年来大宋的北部防线全是以塘泺为依靠,一点点建造起来的,想弃何其难矣!所以即便这东阿县的决口堵上,也不过是让河道的淤泥越积越深，迟早会迎来更大的水灾。

不过，他的嘴上绝不能认输。

"亡羊补牢，犹未晚矣，大不了让黄河一支南流，一支东流，既可以让塘泺不干，也可以顺其水性。"

"小娃娃，朕既然敢把这个秘密告诉你，就不怕你告诉赵恒！修建塘泺只是朕的第一步，朕这么多年主持河工，每每消耗木材都在数百万束。"耶律倍得意地欣赏着寇准的表情变幻，"这些木材在朕的建议下，均伐自永兴军路、京西北路、京畿路和河北东路等黄河沿岸各路。现在各路已是山秃木尽，知道这意味着什么？"

寇准当然不知。

"木者泥沙之固也，没有了沿岸的树木，河沙必然增多，河床必然抬高，河患必然越积越重。你说到头来，河患是不是只会重，不会轻呢？"

寇准还是头一次听到这种理论。虽然不辨真假，但有一点他是清楚的，除了每次的河工所用，自太宗时起京城及各地州府均大兴土木，所用木材数量巨大，耶律倍所说的"山秃木尽"并非妄言。

看寇准陷入思索，耶律倍趁热打铁道："这些事情你且慢慢见证便是。不过眼下，朕已在黄河上步下一招杀局，明日便可送赵恒下地狱，让赵宋必亡的预言成真！你现在归顺我大辽还来得及。"

寇准倒吸一口凉气，这老东西果然是老而成精，处处留手！他朝身后的士卒一抬手，众人皆是刀剑出鞘，直指耶律倍。

"你到底做了什么？从实招来，否则我现在就让你驾崩！"

耶律倍放声大笑道："哈哈哈，我都活了一百零一岁了，早就活够了，死对我没有任何威胁。"

第十三章 百年细作

"那如果我上奏为你表功,大大的功,让你以一个'敌国功臣'的身份死去呢?"寇准换了种办法威胁。

耶律倍反将一军道:"按我大辽的史书,朕早在六十多年前就被李从珂杀死了,现已被子孙在太庙供奉了三代,何其尊贵!反倒是你们,表功的话是表给国大山呢,还是耶律倍呢?"

"就算你嘴硬,可你的随从们未必嘴硬!"

耶律倍哂笑一声,"这件事只有我和曾孙媳妇萧燕燕知道,你就别费劲儿了!"

寇准见这老家伙不吃软的,只好让手下人来硬的,上去抓住他。那个耶律喜隐派来的胖随从也伸手向耶律倍扑去。

耶律倍朝其他随从一使眼色,他们便豁出命去,徒手拦向胖随从和宋军士卒。借着这面人墙,耶律倍从容地走到岸边。

"朕顶着宋人的身份太久了,岂能终了还死在你们的手中!"耶律倍面朝滚滚的黄河重新整了整衣服,"老朋友,就由你载着朕远播大海,归于天际吧!"

说完,他双臂平张,像一只腾空的秃鹫般纵身一跃,坠入了河道,溅起的浪花转瞬便溶于汹涌的波涛之中。

等寇准制服了那些随从,冲上金门时,那个百年老妖已随黄河滚滚东逝,片甲不存。

*　*　*

第二天清晨,当杨延昭点齐兵马,来到辽军大营前时,却发现营中空无一人,仿佛突然从世间蒸发了一般。

杨延昭最终循着辽军的马蹄印,发现了他们的行军方向——汴梁!

赵恒知道后顿时六神无主——汴梁原有的禁军一部被他领到了前线，一部被寇准带到了黄河工地，现在城中剩余的全是些老弱病残，如何抵挡得住对方的十万铁骑？

杨延昭、王继忠皆是主动请缨，请求率兵火速追击，拦住辽军。赵恒正要给二人派任务，负责与寇准联络的杨嗣火急火燎地赶来，将寇准用信鸽送来的急报送到赵恒手上。

赵恒刚刚看完决口封堵的好消息，旋即觉得眼前一团黑——想不到国大山竟是耶律倍，一手布下了这天下乱局！

更让他恐慌的是，寇准猜测耶律倍应该在流经大名府一段的黄河做了手脚，恐怕今日就会发威。

寇准做出这样的推测并不难，因为耶律倍临死前曾透露他布下的杀局可以让赵恒今日下地狱。想来想去，既然是借用黄河之力，那必然是此刻赵恒驻跸的大名府段河道！

偌大的视政殿之中，柴映雪的声音格外清脆："现在的情势很明显，大名府被淹，皇兄和大宋的武将精英将被一网打尽。萧太后偷袭汴梁城，则大宋的文臣精英和皇室宗亲也将被一网打尽！如此大宋的整个朝廷将荡然无存，'女主代之'的预言也必然成真！"

王继忠顾不得君臣之礼，一边向御阶疾走，一边说："陛下，当务之急是赶紧撤离大名府城，趁大水还没淹来！"

然而他刚刚拽住赵恒的衣袖，大殿之外突然传来一阵急促的马蹄声。马蹄未停，就听有人在外大吼"黄河决堤了"……

就在刚才，留在辽军大营中对残余物资进行清点的士卒们突然远远看到黄河大水漫来，一些眼疾手快的拽过马匹就往城里飞奔。北河门守将得报后骑快马直闯皇宫，赶来报信。

辽军大营距大名府城不过四五里，洪水此刻怕是已迫近城下！

赵恒一下子腿软了，这皇宫处在大名府城的正中，也就是最里面。身边的侍从、近卫、大臣、禁军加一起得上万人，这么多人毫无准备，一下子怎么撤出去？

还有城中的百姓多达十几万人，他们正和往常一样各行其是，如何跑得过瞬息即至的滔滔巨浪？

"陛下放心，臣等就是全部舍掉性命，也要把您送出城去！"

王继忠说着就把赵恒驮到背上，急匆匆地要往殿外跑去。

皇帝一乱，殿中的宫女、太监、侍卫也是乱作一团，顾不得殿前礼仪，纷纷抢着往殿外夺路跑去。刚刚还威严肃穆的视政殿瞬间变成了闹市！

一片乱哄哄之中，一个震耳的声音忽然扫荡起大殿中的喧嚣——陛下别走！

王继忠急忙刹住双脚，愣愣地看着横在身前的杨延昭。他背上的赵恒也是茫然看着这位手下最英勇的武将——都这个时候了不让朕跑，你要谋反不成？

"你这是做什么？我命令你赶紧闪开！"王继忠怒目道。

杨延昭却纹丝未动，也未做出任何意欲谋反的举动，只是无比镇定道："陛下莫慌，这水再大，也淹不了大名府。"

一向自持有度的杨嗣上来一把拽住他的胳膊，提醒道："现在黄河都要到城门口了，你还有心思说胡话，赶紧找人来护驾！"

杨延昭丝毫没有动腿的意思，"你忘了，我去平叛之前，可是大名府的楼店务管事，执掌城中的道桥街巷修治大权。"

杨嗣若有所悟，一拍脑门道："你是说你在前年的府城翻修中做过手脚？"

被他这么一提醒，赵恒忽然想起三年前杨延昭利用一些简易的砖料，在瀛州城赶工出一道临时的街巷，将辽军打得几乎全军覆没的事情。他心中猛然间有了底，让王继忠把自己放下来，听听杨延昭怎么说。

杨延昭也不故弄玄虚，简单讲述了前年翻修府城的一番"手脚"。原来他当时在施工前，考虑到大名府紧挨黄河，百姓曾多次饱受水患的教训，便修了三条地下暗渠。这些暗渠北边的口均在外城的北城墙下，与城中的下水道相连，然后绕经城东门，向北经由导洪渠道直通下游的黄河。

"那爱卿赶紧去安排打开暗渠，让黄河之水汇入！"赵恒急令道。

杨延昭胸有成竹地答道："这些暗渠建在护城河下，设有机关，一旦水量过大就会压破河底的暗门，自行汇入。"

赵恒听得两眼放光，"爱卿难道会未卜先知，料到有今日一劫？"

"陛下谬赞了，臣当时是考虑到黄河泛滥是不会挑白天黑夜的。一旦夜间决口，城中百姓猝不及防，到时灾情就会不可估量，所以才有此打算。"

赵恒这才把心彻底放回肚子里，上前抚着杨延昭的肩膀——这还是他头一次对臣下做如此亲近的动作，看得王继忠都有些发酸。

"朕得爱卿，犹如得武曲星神助！"

这时，刚才慌得没了体统的侍从、侍卫们都是羞愧难当，在大内总管的带领下纷纷跪倒在地，向赵恒请罪。

经历了劫后余生的赵恒倒也大度，没跟他们计较，当然也没空跟他们计较。因为大名府虽然暂时安全了，但汴梁城还危在旦夕，他回到御座，命杨延昭为三军统帅，火速带领城中兵马驰援汴梁。

第十三章　百年细作

杨延昭谨遵圣谕，率领静塞军和三万禁军立即出发，追赶辽军而去。就在他点齐兵马，即将出发时，大柴郡主突然追来，送来一个俘虏和一封刚刚收到的飞鸽传信。

"信是赵光义……先皇安插在辽国的卧底'泰伯'所传，俘虏是王显大人刚刚送来的！"

杨延昭快速扫过信后，心中一块巨石总算是落了地，"如此，萧燕燕必然知难而退。"

他让马冲看好俘虏，然后冲柴映雪一拜，"多谢郡主。"

柴映雪痴痴地望着他，轻叹一声："难道此生你我只能这样相敬如宾？"

杨延昭眼神不自然地看向别处，"映阳故去后，我已不会爱了……"

说完，他带着深深的歉意与柴映雪对视了一瞬，然后翻身上马，头也不回地走了。

在杨延昭点兵出发的同时，杨嗣指挥其余的人马分散到城中，排查地下暗渠的排水情况，严防出现纰漏。

好在暗渠是他那号称"食人羊"的学弟所修，工程质量十分过关，大部分洪水经由暗渠顺利通到了下游的黄河。剩余的一小部分洪水也只是漫湿了一些街道而已，并无大碍。大名府总算是有惊无险，躲过一劫。

此时的汴梁城中，再一次谣言四起，坊间纷纷传言赵恒在大名府遭遇天谴，他连同城中的军队、百姓全部被黄河所吞噬！

汴梁距离大名府数百里，虽然谁也没亲眼见到那里到底什么情况，但宰相李至的病故、李沆的病重和禁军在大名府一线的接连败绩，早已在众人心中佐证了"赵氏受命，终于德昌"的准确性。于是百姓们纷纷回家收拾细软，准备出逃。

百姓的情绪很快又影响到了官员身上。他们身在中枢,自然对前线、灾区的情况一清二楚。而传言的内容可谓件件不落,连刚刚赶回的静塞军都成为传言中阵亡的一部分,更加让他们坐卧不安。

最后三司、六部、台谏和各有司衙门的上百号官员云集到中书省,向临时挑大梁的吕蒙正、毕士安和王继英求证传言。

吕蒙正是做过三次宰相的人,经历过的大风大浪不胜枚举,堪称是政坛老船夫了。

面对这群六神无主的帝国精英,他身如巨鼎,岿然不动道:"大名府的塘报还没到,坊间的传言倒是先到了,这说明什么?说明城中有辽国的细作,这些传言一定是他们编造出来的!"

御史梅尧臣在货币之战中是见过辽国人的厉害的,惊慌道:"什么,辽国人就在咱们身边?那汴梁岂不是要不攻自破了!"

听他这么一分析,不少平日里养尊处优惯了的文官也是被恐辽症传染,纷纷悲观起来。在宋朝考个官太难了,但当官的待遇太好了,不仅一家老小的吃穿彻底解决了,连仆人的工资、牲口的草料朝廷也给一并承担了。一想到辽国人来了要改朝换代,一身荣华转眼间成为过眼云烟,竟有人哭天抢地起来。

"老夫是本朝最大的官,我还没哭,你们哭什么?"吕蒙正怒喝道。

对呀,辽国人来了肯定先抓官阶大的!梅尧臣等人这才勉强安静下来。

"退一步讲,就算陛下真的遭遇不测,他临走时为以防万一,不是已任命雍王赵元份为留守?"

众人一听点头如啄米,官家现在无子,所以雍王名为东京留守,实为监国,正是为了一旦出现极端情况,可以立即补位成为大宋的新一任掌舵人。

第十三章 百年细作

吕蒙正看百官情绪已经稳定了一些,便好言宽慰:"国有大难,还需各位臣工一起同舟共济。齐心,虎豹豺狼奈我何,心散,覆巢之下无完卵!"

毕士安和王继英一起配合吕蒙正,向众人晓以利害,总算是让他们明白了自己与大宋唇亡齿寒的关系。如此,各衙门堂官、掌事带着本司官员重新返回工作岗位,努力共同维持中枢的正常运转。

吕蒙正等人也不敢懈怠,一面派人火速赶往大名府了解情况,一面加强城中戒备,严厉打击胆敢造谣生事者。

然而千防万防,吕蒙正还是忽略了一个地方,那就是汴梁城的南门——南薰门。汴梁作为一座人口超百万的大都市,每天物资的消耗量是巨大的,仅猪肉一项就要上万头。

为了保证猪肉的新鲜,每一晚的子时,当城中大部分街道人影寥寥时,南薰门会大开,然后由开封府雇来的民夫将上万头生猪赶进城中。

这一夜也不例外,子时时分,上万头哼哼唧唧的生猪在民夫熟练的驱使下,井然有序地来到南薰门下。由于日日如此,守门的士卒只是简单在城头上核对了下领头民夫的名字,就把城门打开了。

谁知城门开启的一刻,刚刚还十分老实的生猪突然发了疯似的向城中冲去,将守门的士卒拱得人仰马翻。门楼上的守将愕然中发现城外那些民夫正举着火把,将像是浸过油的猪尾巴一根接一根点燃。那些生猪疼痛难忍,所以才发起疯来。

南薰门与御街相连,直通内城的正门朱雀门。如果不加阻止,则整个京城危矣!守将赶紧敲响门楼上的大钟,向城中报警!

紧接着,朱雀门、宫门的钟声也接连响起,将刚刚躺下的吕蒙正、毕士安和王继英全部吵醒。好在现在国事吃紧,三人都在宫中留宿。他们一碰头,立即做出决定：一是紧闭朱雀门和内城各门，王继英指挥禁军严阵以待，随时准备应付不测；二是由外城的禁军和开封府的府兵阻拦，尽快将生猪控制，抓捕造反的民夫，平息事态。

那些生猪尾巴烧得疼痛难忍，加之御街又宽又直，外城的军队还没集结完毕，成千上万的生猪便冲到了朱雀门下，飞蛾扑火般不要命地猛撞城门。骑快马赶到的王继英指挥禁军扎堆涌向门洞，拼命护住城门。

就在这时，生猪的后面突然涌来一群百姓装束的人，个个手拿兵刃，一边在后面驱赶生猪继续猛拱城门，一边大喊"赵恒已死，速速投降"。

同时外城东西南北各处也涌出不少人，四处高喊："火猪拱门，猪踏朱雀，大宋要亡了……"

王继英心中大惊，上元节大火后，坊间纷纷传言五行属火的大宋却被大火所累，这是天要灭之的征兆。现在辽国细作人为地再来一出"火猪拱门"，且拱的是代表火神的朱雀门，本来已成惊弓之鸟的城中百姓还不大乱呀！

果不其然，住宅靠近御街的百姓被城中乱哄哄的声音吵醒，出门一看果真见到了"火猪拱门"一幕，顿时成了辽国细作的扩音器，向街坊四邻奔走相告，相约一起逃命。

御街在内城的一段两旁全是中枢要害部门和重臣的府宅，值班官员和六部九卿们也是被这惊天般的动静吵醒，纷纷起身，惊恐地看着城中正发生的恐怖一幕——原来战场距离我们这么近！

* * *

一天后，辽军在萧燕燕的率领下，兵临开州城。开州地处河北东路与京畿路交界，一旦攻克，辽军就可长驱直入，攻打大宋的首都汴梁城。

在萧燕燕看来，开州州城不过一座方圆二十来里的小城，面对她的十万大军只是区区一螳臂而已。

她命萧柳为攻城总指挥，率三万人攻城。萧柳为了速战速决，指挥弓箭手架起弓弩大阵，用轮射的方式，东西南北四面依次对空起射。漫天的箭雨瞬间笼罩了开州的上空，冰雹一般噼里啪啦砸向城中的各个角落。

经过两炷香时间的猛烈轰击，小小的开州城已是千疮百孔，仿佛一下子倒退了二十年！

萧柳旋即四面出击，辽军像汹涌的潮水一般冲向四座城门，誓要一举将这座弹丸小城再打退二十年。

看着被士兵的呐喊声淹没的开州城，萧燕燕心中大悦，"再有两天，朕便可在汴梁喝到银丝水芽了！"

银丝水芽是大宋天子的御用名茶，茶叶光莹如银丝，味道香澈心扉。萧燕燕两年前从耶律休哥的战利品中得到过一饼，品过之后念念不忘，可惜却无处再得。如今中原的万千物华近在眼前，萧燕燕禁不住得意起来。

囚牛，您的百年夙愿，朕的终生梦想，如今终于要得偿了！

萧燕燕原本以为拿下开州，不过一个时辰的小事。孰料萧柳攻了一个时辰，竟一门未破，这让她大为光火。

屋漏偏逢连阴雨，萧燕燕心中的这把火还没熄灭，斥候忽然来报：背后有支宋军正疾驰而来！

萧燕燕急问："来了多少人？是哪部分的？"

斥候回禀哪部分的还不清楚，不过队伍绵延四五里，估计不少于五六万人！

萧燕燕立即调集剩余的全部人马，由她和耶律斜轸一同率领迎战。辽军的阵形刚刚摆好，那支神秘的宋军就呼啸而至。

首先映入眼帘的是一面绣着"静塞"的大旗，辽军上下无不为之一震——静塞军还没死？紧接着一面上书"剑舞"的大旗在一群白袍玄甲的英姿武士簇拥下，也出现在了辽军的视线。

事已至此，萧燕燕用脚指头也能想到最后要出现的是谁了。

果然，最后出现在她眼前的是一面绣有"六"字的鲜红帅旗——六郎星者，大辽之克星也。这杨六郎不写"杨"字，而写"六"字，分明是要用此旗震慑我大辽官兵。

在萧燕燕的心中，赵恒和大名府城的宋军早已移民到了泽国，眼前的这支军队现在应该正在冥界等候阎王的发落，怎么会毫发无伤地出现在开州？！

等一身银盔银甲的杨延昭立于两军阵前时，见惯大风大浪的萧燕燕，终于确信这小子果然是六郎星下凡，专门跟我大辽过不去的！

回想当初，囚牛指使赵延顺在川峡二路挑起叛乱，除了毁掉南朝的财税来源，为的就是攻出蜀中，威胁汴梁，好调虎离山，将其剩余的精锐军力吸引过来，朕便可趁机率军直捣汴梁。谁料这杨延昭一去蜀中，先占剑门关，后破绵州城，生生把兵力占据绝对优势的叛军封在了剑门关之内。至其全军覆没，也未能踏出蜀中半步。

好在囚牛布局大半生的黄河终于在关键时刻决口，抽走了汴梁的十万禁军。其献上的"水德星君"计划，又足以借黄河之力淹没赵恒和他的精英部队。偏偏又是这杨延昭横插一杠子，让朕的计划功亏一篑……

借着辽军上下惊愕的当儿，杨延昭骑马出列，对着辽国的最高统治者高声道："萧太后，你水淹东阿县和大名府的阴谋已全部失败，现在我大宋的各路大军正向开州涌来，这里就是你的败亡之地！"

第十三章 百年细作

什么,囚牛水淹东阿县的计划也失败了?萧燕燕心中大骇,这是囚牛筹划了许久的局,只有我和他知道全盘计划,怎么可能也被破呢?

萧燕燕心中怨愤之余,脸上却是古井不波,"莫以为你得了几次手,就可以给朕相面了!此刻汴梁乃是一座空城,我十万大军克之轻而易举!"

"有我在,你是没机会看到我大宋国都的!"杨延昭的音量不大,却是底气十足。

耶律斜轸这时打马到阵前,指着杨延昭道:"黄口小儿,老夫一生未尝过你南朝的败绩,今天也不例外!"

看到耶律斜轸,杨延昭的呼吸忽然有些急促起来。

"你爹杨业当年号称'杨无敌',不照样败在老夫手中,被俘陈家谷吗?"耶律斜轸哂笑一声。

"当年是你以众欺寡,赢得并不光彩!"杨延昭罕见的怒道,"今日我便与你一战,看看势均力敌之下,你是否还有本事赢我杨家第二次!"

耶律斜轸正要应战,萧燕燕突然道:"杨延昭你还是趁朕的心情好,赶紧归顺我大辽,否则你今日只要敢动一刀一枪,朕就杀你全家!"

杨延昭丝毫不为所动,"等你先过了我这关,才有资格说这话。"

"你错了,囚牛布局多年,在汴梁城中早已布置了人数不菲的契丹武士,昨日已按计划动手,现在怕是你的母亲和兄弟已成为阶下之囚!"

闻听汴梁有变,田敏、马冲等人都是大惊失色。城中兵力空虚不说,百官和百姓皆已如惊弓之鸟,只需极小的一丁点火星,便可让全城的人心顷刻间崩塌。

杨延昭却淡然对之:"恐怕你要失望了,你回头看看,那里是谁?"

萧燕燕不知道这小子哪儿来的这么大自信,但还是扭头看向开州城头。

只见先前被动挨打的守军突然转守为攻，兵多得像泉水一般不住地涌上城头，将萧柳的人枪挑、箭射，纷纷击落到城下。

一片反击声中，城头突然竖立一面鲜红的"李"字帅旗。旗面下，一个面色蜡黄，但身形坚硬的老者在衣甲鲜艳的禁军护卫下，出现在北城楼上。

"他是……"萧燕燕从出场气势上判断，此人绝非等闲之辈。

"老朽李至，大宋中书省参知政事在此，辽寇休得猖狂！"

李至的自报家门掷地有声，让包括萧燕燕在内的辽军上下都是惊骇不已——这老家伙不是死了吗，怎么会好端端的站在这里？

尤其这灭宋大局的主谋之一萧燕燕，更是面泛波澜，这已经是她一天之内第二次大白天见鬼了！

现在轮到杨延昭哂笑了："萧太后，你又失手一次。"

萧燕燕从城楼上收回目光，怒视杨延昭，"李至是堂堂南朝宰相，竟然耍这种阴谋诡计，这难道就是你们南朝人的取胜之道？"

"那你指使囚牛在李至大人药锅中下毒，又算什么英雄之举？"杨延昭冷冷反问道，"我们不过是将计就计，引你和囚牛两条毒蛇尽早出洞罢了！"

原来寇准在怀疑国大山就是囚牛后，与李沉暗中商量来一出将计就计，干脆让病情已然恢复的李至假死，配合对手动摇人心的计划，引诱他们亮出在京中的全部底牌。

果然，消息一出，大宋亡国的谣言再次甚嚣尘上。而据开封府的密探侦察，散播的源头就在大相国寺一带。巧合的是国大山的宅子就在附近！

为了进一步验证寇准的判断，在接到马桥镇诱敌围歼的圣旨时，寇准故意不避讳国大山，让他得知了整个计划。后来的马桥镇之败看似消耗了修河禁军的实力，打击了宋军的士气，但却让寇准和李沆确认了国大山就是囚牛。国大山久居汴梁，他在城中一定还布有其他的后招。

于是……

"朕没猜错的话，"萧燕燕的脸色终于凝重起来，"李沆的病倒也是装的，他只是要引出囚牛在汴梁的全部力量？"

杨延昭点点头，"不错，为了保密，就连官家、朝廷的百官也全都被蒙在鼓里！"

萧燕燕握着缰绳的手指几乎变成了铁青色，她不用问也能想到前日夜里，当潜藏在汴梁的契丹武士倾巢出动时，李沆突然出现在城头，用自身的安然无恙当场击碎"火猪拱门"的谣言。然后调集城内城外埋伏良久的军队分头行动，将身份暴露的所有契丹武士一网打尽！

"就在昨日午时三刻，八百名契丹武士已在御街当众问斩，以正视听！天理自昭昭，善恶皆有偿，萧太后你的所有阴谋诡计都已落空！"杨延昭用最大嗓门儿，确保在场的所有人都能听到这正义的宣判。

萧燕燕自己都没察觉，她的额头竟随着对面黄口小儿的声音跳个不停。她曾经设想过蜀中叛乱的半途而废，也曾假设过赵恒的大难不死，甚至盘算过"火猪拱门"即便失败，自己就率十万大军去做压垮赵宋的最后一根稻草。但她无论如何也没想过，这满盘计划的悉数落空！

终于，她察觉到了身后万千双目光的炙热。值此满盘皆输之际，十万辽军都在等着她这个辽国当家人拿主意。

萧燕燕终是恢复了往日的威严与镇定，以一种不掺任何情绪的口气问道："囚牛现在是死是活？"

"已经跳下黄河，为他落空的百年阴谋殉葬去了！"

"错！囚牛为龙之长子，他是随河东流，从此逍遥四海了。"萧燕燕突然口气一变，面朝辽军，"大辽的勇士们，想必你们都听说过囚牛，他不是别人，正是我夫君景宗的亲祖父、世宗的亲生父亲，太祖皇帝的长子耶律倍！"

包括耶律斜轸在内，辽军上下都是一副目瞪口呆状——竟然是他老人家？

"七十多年前，正是出于他的筹划，成功挑拨了唐末帝李从珂和石敬瑭的矛盾，使得我大辽攻下汴梁，差一点入主中原！在太宗皇帝撤离之时，又是他放弃了归国的宝贵机会，甘愿假死潜伏汴梁，为我大辽再次打下中原，布下一个大大的杀局！"萧燕燕顿了顿，脸色悲壮如赴刑场，"他一个本该承继大辽的太子，一个本该享受子孙奉养的百岁老人，尚且为我大辽鞠躬尽瘁，你们这些沐浴他老人家子孙三代恩泽的大辽子民，该当如何？"

"杀进汴梁，臣服中原！"辽军无不声嘶力竭道，同时将征服与必胜刻在了脸上。

萧燕燕亦是与全体将士交换着炙热的目光，她一把抽出镶满珠玉的佩剑，转身剑指杨延昭："大辽的勇士们，消灭他们，一个不留！"

辽军阵中的刀剑出鞘声、弓弦张满声此起彼伏，连战马的前蹄都不住地刨着地上的土，准备全力冲刺。

宋军亦是感受到了敌人的冲天杀气，无不剑拔弩张，毫不示弱地回应着对方的决绝。

下一瞬就是血溅长空！

"慢着！"杨延昭突然高声喝止道。

"你想请降吗？"萧燕燕决然道，"晚了。"

"不，只是嫌太后你不够坦诚，尤其对你身后那些准备舍命的契丹将士！"

萧燕燕断然否认道："你胡说，朕有什么隐瞒？"

杨延昭无视辽军的滔滔杀气，打马往前几步，指着耶律斜轸道："萧太后怕是一直未告诉你的人，耶律斜轸已死，这个人不过是个冒牌货！"

这话如同一盆刚刚化掉的冰水，将全体辽军沸腾的心气浇了个寒彻心扉。自耶律休哥故去后，耶律斜轸便是全军心中仅剩的战神，是辽军纵横天下、无所畏惧的信仰支撑！虽然这次出征至今，他身患重病，一直是太后和萧柳等人代为指挥，但他们之所以有胆量深入宋境至此，一多半原因是因为耶律斜轸是他们的统帅，即便只是名义上的。

一生与宋对战，未尝败绩者，唯耶律斜轸一人！

听到杨延昭的霹雳之言，辽军上下一齐看向耶律斜轸和萧太后，万分期待二人能干脆地否认这个"谣言"。

孰料一向快人快语的耶律斜轸却是默不作声，而是转头求救似的看着萧太后。

萧太后沉默了片刻，终是坦承道："没错，韩隐确实在这次南征刚刚开始时，就已病故途中。"

耶律道士奴等大将都是大惊失色，连忙追问萧燕燕眼前这个"耶律斜轸"到底是何人？

"这是他的叔伯兄弟耶律延宁，因相貌与之相似，所以在韩隐过世后代为主持部分军务。"

道完，萧燕燕意味深长地看向杨延昭，"看来，我大辽之内也有贵国安插的'囚牛'！"

知道耶律斜轸病故的人不过寥寥数人，杨延昭一个南朝人竟能知晓，一定是内部出了细作。

"错，贵国出的不是囚牛，而是反贼！"

杨延昭的话如一道雷霆炸响在辽军的头顶——又有人反叛了？！

自从辽国立国起，皇帝的亲戚、皇后的亲戚和境内的敌烈、乌古、党项、阻卜、乃蛮等部落就没消停过，三天两头地造反。这次又会是哪个活腻歪的……

萧燕燕像是听到打家劫舍一类的消息一样，无所谓道："朕一生杀掉的反贼比你们南朝的军人加起来都多，这次不过是再砍一些人头罢了，你小子不用危言耸听。"

她绝非夸夸其谈，过往那些反贼无论是功勋卓著的名将，还是德高望重的宗室亲王，无一不是败在她的铁腕之下。所以被她这么一说，辽军心中的不安便消减了大半。

"再者，我国内尚有皇儿隆绪坐镇，还有能征善战的韩德让、梁王、齐王妃从旁协助，恐怕等不到朕亲自出手，小小叛贼就引颈自刎了。"

"萧太后所言极是，"杨延昭微微一笑，"但，这次叛乱的恰恰是能征善战的齐王妃萧胡辇！"

"你胡说！"萧燕燕出奇地愤怒了。

辽军上下也是义愤填膺，纷纷怒斥杨延昭狡诈，挑拨太后姐妹关系。

第十三章　百年细作

杨延昭很快就证明了自己所言不虚。

"太后你这么多年之所以能倾力南侵我大宋，全赖你的大姐萧胡辇镇守贵国的北境，为你安定大后方，是也不是？而萧胡辇自从丈夫齐王过世后，一直守寡至今，对也不对？她去岁喜欢上一个奴隶，名叫挞览阿钵，两人要成亲，太后你说什么也不同意，有也没有？"

萧燕燕终于不淡定了，这些秘辛他一个敌国的将领是如何知晓的？去年她和大姐因为这件事几乎反目。最后为了顾全大局，她才不得不妥协，将打得遍体鳞伤后流放边疆的挞览阿钵赦免，还给了她那痴心的大姐。

杨延昭继续在萧燕燕的伤口上撒盐："可惜太后你的好心、仁慈换了驴肝肺，那挞览阿钵想做韩德让第二，在你出征后一直怂恿齐王妃起兵谋国。就在几天前，齐王妃终于情迷心窍，在北境举起反旗，率兵直指上京！"

见杨延昭说得有鼻子有眼，辽军上下惶惶不安起来，一个个面如死灰，仿佛末日就在眼前。

在他们心中，如果耶律斜轸是镇敌的男神，那么萧胡辇就是护国的女神。这位齐王妃镇守北境多年，党项、敌烈无不被打得服服帖帖，比自家的绵羊还乖。她要是真反了，估计那些部族也会跟着一起造反。现在太后、兰陵郡王都征战在外，那扶不起的皇帝耶律隆绪能行吗……

"如果太后你还是不信，就看看他是谁！"

萧燕燕和辽军众将士顺着杨延昭的声音所指，寻到了他身后的一个契丹人。此人虽年纪轻轻，但衣甲华丽，一看就不是等闲之人。

萧燕燕怒气冲天，怎么是萧恒德这个不成才的家伙？

一见自己的丈母娘，萧恒德立即像见到救星似的大叫："太后救我……"

萧燕燕摊上这么个惜命的女婿，甭提多丢人了，怒道："你不是跟着令尊萧达凛在围攻瓦桥关，跑来这里作甚？"

萧恒德连忙向她禀报，是齐王妃起兵反叛，他父亲倍感事态严重，才派他乔装前来送信的。不料他人刚到定州，就被宋军抓了个正着。

这下辽军彻底慌乱了，男战神病逝，女战神造反，这不是要大辽的命吗？

恰在这时，开州城内的宋军在李至的指挥下，将萧柳击退，从正面压向辽军大部队而来。

众将也是六神无主，纷纷打马围拢到萧燕燕身边，请她速速拿个主意。

面对接连而来的意外和重击，萧燕燕忽然想起了十八年前，那时她的丈夫景宗耶律贤突然在打猎途中去世，儿子隆绪不过十岁，孤儿寡母说的正是她。而宋王耶律喜隐等人虎视眈眈，暗中串通朝中大臣和统兵大将，意欲取而代之。

那时她的危机不比眼前小，甚至更大，但她还是挺过来了，不仅把一个个对手全部打败、压制，还成了今日权倾天下的无冕女皇。

不过又是一道门槛，抬腿跨过去便是！

萧燕燕恢复了镇静，转头朝耶律道士奴耳语了几句。片刻后，他去而复返，还带来了一辆大车，车上载着一具棺木。

"诸位将士，这就是韩隐的灵柩！"萧燕燕环视众人道，"他临终前对朕说'此生死在沙场，马革裹尸，终是无憾了'。今天我把这句话送给你们每一个人！"

众将士听着无不脸颊发烫，马革裹尸是一个军人最高的荣誉，北院大王戎马一生，终享此福，是为楷模！

第十三章 百年细作

"韩隐为我大辽征战一生,我们不能让他终了还暴尸荒野,客葬异乡,对不对?"萧燕燕掷地有声地说。

"对!"辽军无不报以誓死之容。

萧燕燕欣慰地点点头,"现在,我们就杀出重围,护棺归国!"

辽军纷纷拿起兵刃,剑朝宋军,誓要杀出一条归国的大道。

杨延昭的反应却出乎所有人的意料,他抬起右臂,示意本部兵马让开一条大道。

马冲首先表示不理解:"大人,现在辽军陷入我军前后夹击,又人心惶惶,正是一劳永逸歼灭萧燕燕这敌酋之时,切不可错过呀!"

萧燕燕也是倍感意外:"小子,现在可是为你爹报仇的最好时机,只要你放朕归国,朕保证不会给你第二次这样的机会。"

杨延昭眼神无比锋利地与其交错着,"我爹是为大宋捐躯的,所以我与你只有国仇。只要你不再侵犯我国土,我与你便没有私怨。"

"哈哈哈,不愧是弘农杨氏的后人,果然胸怀四海!"萧燕燕眼神旋即变得决绝,"一山不容二虎,宋辽两国势同水火,岂有并尊这天下之理?"

杨延昭亦是坚定道:"你们辽国皇帝着汉服,皇后着契丹服,不正是水火交融之举?还有辽国分设南北二院,北院行契丹之法度,南院循我中原之惯例,难道不是南北并尊之举?"

萧燕燕一愣,她和辽国的历代先皇虽然都想要征服中原,但骨子里更多的是羡慕,是向往,这么好的锦绣中原为什么不是我们的生养之地?

"太后你仰慕中原的风物,精通中原的风土,却始终没看透一点!"

"哪一点?"

"我大宋儿女的风骨！"杨延昭一字一顿道，"孔曰成仁，孟曰取义，只要是关乎国家兴亡，不论男女老幼，皆有守土卫国之责。所以即便没有了燕云屏障，没有了吕端、曹彬这些国之砥柱，甚至遭遇了囚牛倾其一生所设计的灭宋之局，我大宋依然屹立不倒！"

萧燕燕默然，这是她始终想不明白的一件事。

"以砖石筑长城，风雨可摧，以人心筑长城，无往不胜！"杨延昭掷地有声道。

萧燕燕沉默良久，终于眼中的坚韧出现了一丝松动，"朕领教了。"

她最后望了一眼这锦绣山河，然后马头向北，一路绝尘而去。

望着辽军卷起的滚滚尘土，马冲问道："大人，真的就这么便宜了他们？"

这时，已赶出城来的李至代杨延昭答道："萧燕燕以十万哀兵拼死一战，我军兵力只有她的一半，鹿死谁手还两说。再者，与其让她那位没有吃过败仗的姐姐执掌辽国，倒不如让她这个连吃败仗的老对手继续当家，这样两国才有可能实现永久的和平。"

"还有一点，"杨延昭目视北方，"对这些侵略者而言，最好的惩罚是让他们自相残杀，彼此内耗。内耗越大，合力越弱，到时她自会坐到谈判桌前。"

* * *

一个月后，张咏上奏赵恒，痛陈以往蜀中屡遭叛乱的原因：一是川峡二路按山川形胜划设，蜀地的要害汉中等地皆在西川路，叛军掌控容易，进可图谋中原，逐鹿天下，退可据险自守，自成一国。所以他建议将川峡二路一分为四，将险要关隘分散在四个互不隶属的一级行政区内，便可长治久安。二是将以往的税银由铜钱为主、铁钱为辅，改为单一的铁钱，彻底废除蜀中百姓遭受盘剥的苛政。

赵恒与众臣商议后,全部准奏。从此,川峡二路分为四路,四川由此而来。此后张咏广施仁政,推出了替代铁钱的纸币"交子",进一步减轻了百姓的负担。自此直至北宋寿终正寝,蜀中再无大的叛乱发生。

图书在版编目（CIP）数据

宋朝很生气.Ⅲ，千年虫局/韩小博著.—北京：中国国际广播出版社，2018.8
ISBN 978-7-5078-4341-5

Ⅰ.①宋…　Ⅱ.①韩…　Ⅲ.①长篇历史小说－中国－当代　Ⅳ.①I247.5

中国版本图书馆CIP数据核字（2018）第157137号

宋朝很生气Ⅲ：千年虫局

著　　者	韩小博
策　　划	张娟平
责任编辑	笑学婧
版式设计	国广设计室
责任校对	徐秀英

出版发行	中国国际广播出版社　[010-83139469　010-83139489（传真）]
社　　址	北京市西城区天宁寺前街2号北院A座一层 邮编：100055
网　　址	www.chirp.com.cn
经　　销	新华书店
印　　刷	天津市新科印刷有限公司

开　　本	710×1000　1/16
字　　数	280千字
印　　张	20
版　　次	2018年8月　北京第一版
印　　次	2018年8月　第一次印刷
定　　价	42.00元

欢迎关注本社新浪官方微博
官方网站 www.chirp.cn

版权所有
盗版必究